Cuori infranti

(Serie Pine Grove, 2)

Jean C. Joachim

Moonlight Books

Dedica

Ai miei lettori: voi siete il vento che mi permette di volare.

Grazie per il vostro aiuto e il vostro sostegno:

David Joachim, Steve Joachim, Larry Joachim, Vicki Locey, Roz Lee.

Altri libri di Jean Joachim

<u>FIRST & TEN SERIES</u>
GRIFF MONTGOMERY, QUARTERBACK
BUDDY CARRUTHERS, WIDE RECEIVER
PETE SEBASTIAN, COACH
DEVON DRAKE, CORNERBACK
SLY "BULLHORN" BRODSKY, OFFENSIVE LINE
AL "TRUNK" MAHONEY, DEFENSIVE LINE

<u>HOLLYWOOD HEARTS SERIES</u>
IF I LOVED YOU
RED CARPET ROMANCE
MEMORIES OF LOVE
MOVIE LOVERS
LOVE'S LAST CHANCE
LOVERS & LIARS
His Leading Lady (Series Starter)

<u>NEW YORK NIGHTS NOVELS</u>
THE MARRIAGE LIST

<u>PINE GROVE NOVELS</u>

UNPREDICTABLE LOVE

<u>SHORT STORIES</u>
UN DOLCE AMORE RIAFFORIATO

Capitolo Uno

Quando il suo alter ego, Breaker Winslow, morì in un incendio, Rick Winslow si sentì come rinato. Chiudendo gli occhi, riusciva ancora a percepire quel calore e a sentire l'odore del fumo. La paura si impossessava di lui ogni volta che sentiva ardere il fuoco in un camino o il profumo di un barbecue. Quando la sua elegante villa a Manhattan fu totalmente distrutta, Rick si rifugiò in campagna. Ritornando nella sua città natale, trovò tutto ciò che aveva cercato: la solitudine, in una casa con un terreno di quaranta ettari.

Parcheggiò nel vialetto della sua nuova casa. In piedi accanto alla sua auto, esaminò l'edificio. Trasandato, fatiscente e inquietante furono le parole che gli vennero in mente. Rick Winslow si avvicinò con cautela alla fattoria pericolante. Fortunatamente, il terreno era abbastanza vasto da garantirgli un po' di privacy e da tenere lontani i vicini ficcanaso. La struttura era così lontana dalle sue abitudini di vita da farlo rabbrividire.

C'era un comignolo di mattoni sulla sinistra. Una volta entrato in quella vecchia topaia, la prima cosa che avrebbe fatto sarebbe stata murare il camino.

Ritornare a Pine Grove non era stata una scelta. Quello era rimasto l'unico posto in cui potesse nascondersi, evitando gli sguardi degli estranei. Avrebbe vissuto in pace, avrebbe preso un cane e forse avrebbe anche iniziato ad allevare galline, per avere le uova fresche. La sua vita precedente era finita e il suo futuro era lì.

Sua cugina Mindy aveva trovato la proprietà. Lui era andato a vederla lo stesso giorno e il giorno dopo aveva fatto un'offerta per comprarla. La maggior parte del terreno era in aperta campagna. L'avrebbe lasciato incolto per far ricrescere gli alberi, come un muro dietro il quale nascondersi.

Tirò fuori un berretto dalla tasca posteriore e se lo calcò sulla fronte, seguendo le istruzioni del dottore.

"Resti lontano dal sole. Il suo viso resterà sensibile per un po', forse per sempre. Metta ogni giorno la protezione solare e indossi un cappello. Stia lontano dalla spiaggia e starà bene. Presto le cicatrici svaniranno e lei avrà di nuovo un bell'aspetto."

Un bell'aspetto? Secondo quali standard? Non avrebbe mai più avuto un bell'aspetto e non sarebbe mai più stato Breaker Winslow, modello, attore e idolo da copertina. Quando Breaker Winslow aveva ignorato i vigili del fuoco e si era precipitato al secondo piano della sua villa per cercare il suo golden retriever, non aveva idea di quanto l'incendio fosse diventato feroce.

Era riuscito a sollevare Ralph ma, facendosi strada verso l'uscita, era stato colpito da una trave. Aveva lasciato cadere il cane, che era rimasto sepolto sotto un mucchio di macerie in fiamme, cadute dal soffitto. Aveva perso conoscenza ed era stato salvato dai vigili del fuoco. Le cicatrici sul suo viso non potevano guarire con qualche cerotto e Ralph era morto comunque.

Adesso era soltanto Richard B. Winslow. Sì, "B" come Breaker. Rick per la sua famiglia e i suoi amici d'infanzia. Non potendo più fare il modello, Rick non aveva nessun altro lavoro. Quando la notizia si diffuse, i paparazzi iniziarono a perseguitarlo. Ogni sforzo di nascondersi falliva e non passò molto tempo prima che l'orribile immagine del suo volto apparve sui giornali.

Abbandonato dal pubblico che l'adorava, dai suoi *amici*, dalle tre donne con cui andava a letto e persino da sua madre, era diventato un recluso. Per un anno, si era nascosto in casa di sua cugina, finché il suo viso non aveva smesso di dominare le pagine dei giornali. L'intervento aveva funzionato, ma non avrebbe mai più avuto lo stesso aspetto. Aveva ancora i suoi folti capelli castani, i suoi occhi penetranti, dello stesso colore del mare dei Caraibi, e un fisico scolpito dalle ore trascorse in palestra, ma niente di tutto questo contava più.

Sarebbe stato meglio se fosse morto nell'incendio insieme a Ralph. La sua vita si era sgretolata come un toast bruciacchiato. Non gli era rimasto più niente, nemmeno il suo amato cane. Dopo aver preso in considerazione il suicidio, aveva permesso alla sua cara cugina di convincerlo a ritornare alle sue radici, dove sarebbe stato accanto a lei e avrebbe ritrovato la pace.

Rimase lì, senza avere alcuna idea di quale sarebbe stata la sua prossima mossa. Un suono proveniente dalla lunga strada che confinava con la sua proprietà lo fece trasalire. Alcune persone si stavano avvicinando. Lui si nascose dietro un mucchietto di alberi e rimase a guardare.

Un'auto si avvicinò al confine della sua proprietà e si fermò. Un uomo scese dal sedile anteriore. Rick sentì la voce di un bambino che urlava dal sedile posteriore.

"Non farlo papà, non farlo!"

L'uomo si riavvicinò all'auto e uscì con un cagnolino in braccio.

"Mi dispiace, tesoro. Dobbiamo farlo. Ha bisogno di cure e noi non abbiamo denaro."

Rick osservò l'uomo mentre lasciava il cane sul prato e risaliva in macchina. Il bambino disse di nuovo qualcosa dal sedile posteriore, ma Rick non riuscì a distinguere le parole.

"Starà bene qui. Qualcuno si prenderà cura di lui. Accidenti, tesoro, è un cane. Può catturare i topi e mangiarli. Starà bene." L'uomo risalì in auto e sbatté lo sportello, poi abbassò il finestrino. "Addio, Sparky. Prenditi cura di te."

Un bambino si sporse dal finestrino posteriore.

"Sparky!" esclamò, cercando di raggiungere il cane.

Il veicolo accelerò e decollò lungo la strada, passando in dieci secondi da zero a cento chilometri orari. Il bambino continuò a piangere finché l'auto scomparve in lontananza. Il cagnolino le corse dietro. Rick iniziò a inseguirlo.

Dopo più di un isolato, il cagnolino crollò, ansimando. Man mano che si avvicinava, Rick si accorse che il cagnolino era un carlino. Era disteso su un fianco, respirava affannosamente e aveva la lingua penzoloni. Mentre Rick si avvicinava, il cagnolino si voltò, si sollevò sulle zampette, poi si acquattò ringhiando.

Rick fece un passo indietro. Il cagnolino rimase fermo, poi si voltò, guardando nella direzione di un'indistinta nuvola di polvere, lasciata dall'auto in lontananza. Voltò la testa per tenere lo sguardo fisso sull'auto, o almeno così sembrava.

"Mi dispiace, piccolo. Non c'è più niente da fare. Sono andati via," disse Rick.

Il cagnolino lo guardò, poi si accucciò, distendendo le zampette posteriori e appoggiando il muso sulla strada.

"Faresti meglio ad alzarti prima che ne arrivi un'altra." Ma Rick sapeva che non sarebbe passato più nessuno per parecchio tempo da quella strada solitaria.

"Vieni con me, ho un po' di pollo," gli disse, avvicinandosi. La creaturina si sollevò, fece qualche passo, girò in tondo alcune volte e fece un po' di pipì sull'erba. Poi ritornò al suo posto, guardò nella direzione in cui il suo padroncino si era allontanato, appoggiò il muso sulle zampette e non si mosse.

"Non puoi restare ad aspettare lì. Mi hai sentito?"

Il cagnolino lo ignorò.

"Non torneranno a prenderti! Ti hanno abbandonato! Scaricato! Non ti vogliono!" urlò lui. Il carlino lo guardò, poi tornò a rivolgere lo sguardo sulla strada.

Gli occhi di Rick si riempirono di lacrime. "Stupido cane. Va bene, se vuoi restare ad aspettare, che mi importa? Sarà il tuo funerale." Abbassando la voce, con le spalle curve, si voltò e si diresse verso casa.

Una volta raggiunto il portico cadente, si fermò e si voltò a guardare. Il cagnolino non si era mosso.

"Capisco come ti senti. Nemmeno da me tornerà nessuno, amico," borbottò tra sé. Dopo un ultimo sguardo al carlino, aprì la porta ed entrò in casa.

LA SUA CENA PREVEDEVA pollo arrosto, insalata di patate e insalata di cavolo, comprati in gastronomia. Tagliò un po' di pollo e riempì un piattino. Camminando verso la strada, notò che il cagnolino non aveva cambiato posizione. Stavolta, il carlino non gli ringhiò mentre si avvicinava, ma si voltò ad annusare. Rick mise il piattino davanti al cucciolo.

"Ho provato a spiegartelo. Non ti vogliono. Credimi, ti sto dicendo la verità. Non torneranno. Non hai più una casa adesso, proprio come me. In un certo senso, tranne per il fatto che io ho una casa. Tu non hai niente. Lo so, non è molto carino da parte mia sottolinearlo. Voglio solo che ti allontani dalla strada."

Il cagnolino mangiò il pollo e agitò la coda per un attimo. Starnutì in direzione di Rick, poi riprese il controllo.

"Salute." Rick aprì una bottiglia d'acqua e riempì la ciotola ormai vuota. Il carlino lo guardò. Quando Rick fu a distanza di sicurezza, bevve tutta l'acqua. Rick scosse la testa.

Quando il sole tramontò, l'aria si rinfrescò, rendendo l'atmosfera perfetta per una bella dormita. Lui sbadigliò e stiracchiò le braccia.

"Spero che nessuno ti investa. Buona notte," disse Rick allontanandosi.

Ritornando in casa, salì le scale, si tolse i vestiti e si mise a letto. Nell'ampia camera da letto in cima alle scale, sul letto king size, c'erano due cuscini, lenzuola e una coperta sottile. Non essendoci tende alle finestre, poteva osservare la luna mentre si stiracchiava. Abbassando per un attimo lo sguardo, vide che il fedele cagnolino non si era mosso. Rick chiuse gli occhi e si addormentò rapidamente.

Alle sei, quando si voltò, i raggi del sole del mattino raggiunsero i suoi occhi. Si lavò e andò in cucina. Presto, il profumo del caffè riempì la stanza. Si avvicinò alla finestra e si strofinò gli occhi, non credendo a ciò che vide. Quello stupido cane era ancora in mezzo alla strada.

Indossando solo i jeans, Rick prese la ciotola e una bottiglia d'acqua e si diresse al limitare della sua proprietà. Sobbalzò quando il forte suono di un clacson lo fece trasalire. Voltandosi, vide un enorme camion che sfrecciava lungo la strada.

"Deve essersi perso," borbottò tra sé. "Andiamo, adesso, cucciolo. È ora di alzarti." Ma il cane non si mosse. Rick si abbassò, vide che aveva gli occhi aperti e capì che era vivo.

"Forza! Devi sposarti da lì. Sta arrivando un camion! Ti schiaccerà come una frittella! Alzati! Alzati, stupido cane!"

Dopo tutte quelle urla, non successe niente. Rick prese la sua decisione in un frazione di secondo. Prese il cane in braccio e si gettò in mezzo all'erba. La bestiolina si divincolava come un maiale, sfidando Rick a non mollare la presa. Mentre il camion sfrecciava davanti a loro, evitandoli per pochi centimetri e suonando il clacson, furono ricoperti dalla polvere e dal fumo.

"Vaffanculo!" urlò Rick dietro a quel colosso bianco, che lasciò una scia di fumo nero dietro di sé.

Il cagnolino gli scappò dalle mani, fece qualche passo e si sedette a fissare Rick. Ansimando e con la lingua penzoloni, il carlino lo guardava negli occhi.

"Ti ho appena salvato la vita. Potresti almeno dimostrarmi un po' di gratitudine!"

Poi versò dell'acqua nella ciotola e gliela avvicinò. Il cagnolino si mise a bere. Rick si sedette sul prato, piegando le ginocchia e appoggiandovi i gomiti, mentre guardava bere il suo piccolo amico. Improvvisamente, il cane si mise a correre, fece un salto e iniziò a leccare il viso di Rick. Cadde sull'erba mentre il cagnolino lo riempiva di saliva. Lui scoppiò a ridere, nonostante la strana sensazione di sentire la sua lingua sul lato destro del viso. Nessuno l'aveva più toccato lì dopo l'intervento. La parte sinistra andava bene, liscia e perfetta come sempre.

Il carlino indietreggiò, si sedette sulle zampe e abbaiò. Rick si alzò in piedi.

"Ok, ok, sì. Sono tornato per te. Puoi entrare in casa. Ho fame. Andiamo a mangiare."

Attraversò il prato, con il cagnolino che trotterellava dietro di lui. Rick accese la radio e preparò delle uova strapazzate per sé e per il cane.

"Ti servirà un nome. Stupido potrebbe andar bene, ma la gente avrebbe qualcosa da ridire in proposito. Mmm, lascia che ti guardi."

Il pelo del carlino era sporco e arruffato. Era magro, troppo magro, e la sua testa sembrava troppo grande.

"Ragazzo mio, nessuno ti offrirebbe mai un lavoro come modello. Mmm." Rick si accarezzò la barba incolta sulla guancia ustionata. Finalmente, la barba stava ricrescendo. Il dottore gli aveva detto che sarebbe successo. Forse sarebbe stata irregolare, ma avrebbe nascosto alcune cicatrici e alcuni arrossamenti.

"Sei piuttosto trasandato, ma lo sono anch'io." Rick bevve un sorso di caffè e continuò a fissare la bestiolina.

"Nessun nome carino, come Sparky, ti si addice. Ti chiamerò Scruffy."

Il cagnolino abbaiò. Rick gli riempì di nuovo la ciotola dell'acqua. Non aveva né il collare né la pettorina. Rick non sapeva nemmeno se fosse vaccinato.

"Dobbiamo andare dal veterinario. Ti serve anche una pettorina. Chiamerò Mindy." Controllò l'orologio. Erano solo le sette. Troppo presto per chiamare sua cugina. Probabilmente stava scopando con il suo nuovo marito in quel momento. Appoggiò la schiena alla sedia mentre i pensieri del sesso mattutino vagavano nella sua mente. Adorava fare sesso la mattina. Svegliarsi accanto a una ragazza nuda, sexy e vogliosa era molto meglio di un mimosa per cominciare la giornata. Tuttavia, sembrava che non sarebbe più successo molto presto.

Breaker Winslow era andato a letto con tante donne da aver perso il conto. Tutte volevano il suo corpo, oltre a poter raccontare che avessero scaldato le sue lenzuola. Chi era lui per opporsi? Più che felice di accontentarle, era diventato un vero esperto nell'arte amatoria. Più donne amava, meno ne sceglieva. Era diventato piuttosto selettivo su dove diffondere il suo seme.

Adesso, sarebbe stato fortunato a trovare una prostituta che accettasse di scopare con lui senza bendarsi gli occhi. Non l'aveva più fatto dopo l'incendio. Si strofinò di nuovo il viso, dolcemente. Un lamento leggero ma insistente catturò la sua attenzione. Scruffy stava davanti alla porta sul retro e agitava la coda.

"Ok, ho capito. Hai bisogno di uscire. Andiamo, farà bene anche a me un po' di esercizio."

Indossò un berretto da baseball, aprì la porta e i due si misero a correre e a saltare in giardino.

"MINDY, HO UN LAVORO per te."

"Ho già un lavoro. Gestisco il teatro di Pine Grove, ti ricordi?"

"Ho bisogno d'aiuto e tu sei l'unica che io possa chiamare."

"È ora che tu ricominci a uscire."

"Non posso, sembro Elephant Man. Non vorrai mica che il lato destro della mia faccia spaventi le vecchiette e i bambini, vero?"

"Smettila, Rick. È ora che torni a essere autosufficiente."

"Non si tratta di me, ma del mio cane."

"Il tuo cane?"

"Sì, un carlino per la precisione. Scruffy. Devo portarlo dal veterinario, ma ho bisogno di un guinzaglio e di una pettorina per lui."

"Ho un'amica che ha bisogno di lavorare. Che ne pensi se la mando da te? Potresti assumerla come assistente."

Silenzio.

"Ok, purché non svenga quando vedrà il mio viso."

"Non è orribile come pensi. Sono solo un paio di cicatrici sulla parte destra del viso, tutto qui."

"Un paio di cicatrici? Pensaci bene."

"Il tuo punto di vista è diverso. Tu la vedi come un modello. Vedila come una persona normale. Queste cose possono succedere alla gente. Poi le superano e ricominciano a vivere la loro vita."

"Mandami la ragazza. Come si chiama?"

"Jessica Lennox."

"Perfetto, mandamela."

"Quanto la pagherai?"

"Qualunque cifra vorrà." Lui non era nella condizione di poter contrattare sul prezzo.

"Ok. Vedrò se le interessa."

Lui riagganciò. Dopo aver portato una sedia sul portico posteriore, lui e Scruffy si sedettero all'ombra. Il cagnolino si appoggiò il muso sulle zampe.

"Avrei anche bisogno di una cuccia. Più di una, credo."

Demoralizzato, si guardò intorno nel portico decadente e si ricordò della vernice rovinata sui telai delle finestre e in ogni stanza. I bagni erano in pessime condizioni e la cucina era un relitto degli anni Cinquanta.

Odiava aspettare, quindi fece qualche telefonata. Era arrivato il momento di rendere più confortevole la sua vita in quel posto sperduto.

"Carla, tesoro. Sono Rick. Sì, sono ancora vivo. Ho un lavoretto per te."

"Io non faccio 'lavoretti', Rick, caro. Lo sai bene."

"È una casa piccola. Una fattoria in campagna."

"Ah. Non mi piace lasciare la città. Quant'è grande?"

"Tre camere da letto, un salotto, una sala da pranzo e una cucina grande. Oh, e due bagni."

"Solo due bagni? Come farai a sopravvivere?"

"Falla finita. È una vecchia casa pittoresca. Richiede un po' di lavoro..."

"Quanto lavoro?" Lui immaginò il suo cervello calcolatore all'opera.

"Ok, molto lavoro."

"Tesoro, mi piacerebbe aiutarti, ma ho già firmato per una villa per milioni di dollari. Lo capisci, vero? Non posso stare in due posti contemporaneamente."

"Capisco perfettamente. Buona fortuna."

Lui riagganciò e cancellò il suo numero dalla lista dei contatti. "Stronza," borbottò tra sé.

Non era rimasto sorpreso dalla sua reazione. Da quando aveva perso tutto, i suoi amici gli avevano voltato le spalle. Senza il suo prestigio e i suoi contatti, non attirava più la loro attenzione. Tutti lo evitavano come se avesse la peste. Frustrato, si alzò in piedi e si mise a passeggiare sul pavimento scricchiolante.

Entrò in casa e prese un blocchetto e una penna. Voleva fare una lista di tutto ciò di cui aveva bisogno. La sua nuova assistente avrebbe dovuto occuparsi di tutto, perché non aveva intenzione di mettere piede in un negozio.

Quando finì di scrivere la lista e di bere il caffè, qualcuno bussò alla porta. Purtroppo, non avendo ancora alzato le tende, non poteva nascondersi e decidere se aprire o no. Avrebbe dovuto aggiungerlo alla lista. Una bella ragazza bionda stava fuori dalla porta.

Lui inclinò leggermente la testa, nascondendo la parte destra del viso mentre le apriva.

"Jessica Lennox. Mindy Winslow mi ha detto che lei ha un lavoro per me."

"Proprio così, si accomodi. Non badi alla casa."

Lui aprì la porta. Lei entrò, guardandosi intorno.

"Non mi sono ancora trasferito veramente. Ho perso tutti i miei mobili in un incendio, quindi sto ricominciando dall'inizio."

"Ha bisogno d'aiuto per questo?"

"Sì, andiamo a parlarne in cucina."

Rick le fece strada. Mentre Jessica si avvicinava, Scruffy si irrigidì e iniziò ad abbaiare. Jessica si fermò.

"Non preoccuparti di lui, è qui solo momentaneamente. Andrà via non appena gli troverò una casa."

Rick si abbassò per accarezzare il cagnolino. "Sta tranquillo, cucciolo, lei è un'amica."

Jessica si sedette al tavolo, lontano dal cane. Il carlino girò intorno al tavolo, poi si distese sul pavimento, tenendo lo sguardo fisso sulla nuova arrivata.

Lei aprì la borsetta e tirò fuori un blocchetto e una penna. "Che cosa ha bisogno che faccia, signor Winslow?"

"Per favore, chiamami Rick." Lui avvertì una sensazione di calore sul collo mentre osservava la sua reazione alla vista del suo viso. Lei lo guardò, aggrottò la fronte e aprì il suo blocchetto. Lui si rilassò e appoggiò la schiena alla sedia. Dopotutto, sembrava proprio che lei non stesse per vomitare il suo pranzo né niente del genere. Il suo respiro si calmò.

"Ho bisogno di arredare la casa, di qualcuno che faccia la spesa ogni settimana e di alcune cose per il cane. Non potrò portarlo dal veterinario finché non mi procurerò un guinzaglio e una pettorina. E anche due ciotole per il cibo e per l'acqua."

"Posso farlo. Ma perché non vai tu a comprare quello che ti serve?"

"Con il viso ridotto così?" disse lui, abbassando lo sguardo per guardarsi le mani.

"Oh, ok, capisco. Posso fare qualunque cosa tu voglia. Prendo quindici dollari all'ora, compresi gli spostamenti."

"Perfetto, può cominciare subito?"

"Certamente."

"Per prima cosa, occupiamoci del cane, poi potremo parlare della casa. Ho già qualche idea."

Jessica si guardò intorno. "Questa vecchia casa ha anche bisogno di qualche riparazione."

"Lo so, le persone che vivevano qui non se ne occupavano molto, ma ha del potenziale."

"Oh, sì che ce l'ha. Amo le vecchie case," disse lei, alzandosi in piedi e camminando per la cucina, finché un ringhio di Scruffy la fermò.

"Non si preoccupi di lui, signorina Lennox, non resterà qui."

"Jess," disse lei, tenendosi a debita distanza dal cane.

"Credo che ogni stanza debba essere ridipinta. E bisogna scegliere tutti quei colori."

Lei si leccò le labbra. "Sembra un progetto enorme."

"Sono certo che ci vorranno dei mesi ma, quando avremo finito, sarà un capolavoro."

"Mio fratello Will fa il muratore. Può fare la maggior parte dei lavori qui dentro."

"Eccellente! Offri il servizio completo. Ecco la lista."

Rick le diede il pezzo di carta e le istruzioni e le porse un mucchio di banconote.

"A proposito, di che cosa ti occupi?"

"Cucino torte e crostate per il caffè in centro e per qualche altro locale e poi faccio qualche lavoretto, come quello che sto facendo per te. Aiuto le persone anziane."

"Oh, capisco, una vera imprenditrice," disse lui.

"Direi di potermi definire così. Tornerò tra poco con le cose per il cane, poi andrò a fare la spesa."

"Bene, voglio portare Scruffy dal veterinario al più presto. Non so che malattie potrebbe avere. Guardalo."

Lui indicò il cagnolino, magro e tutto sporco.

Lei arricciò il naso. "Forse dovremmo aggiungere dello shampoo per cani alla lista."

Lui annuì e la accompagnò alla porta. Dopo aver sparecchiato il tavolo della colazione, si sedette sul portico con l'ultima tazza di caffè. Scruffy si accucciò per terra accanto a lui. Prese una penna e aprì un taccuino. Rick si mise a osservare il terreno: spiazzi erbosi, boschi, una strada solitaria e nessuna casa in vista. Fece un sospiro. Privacy totale, proprio ciò di cui aveva bisogno.

Appoggiò la penna sul foglio.

"È ora di fare una lista, Scruffy. È ora di andare avanti con la mia vita." Cercò di pensare da dove cominciare, ma non gli venne in mente nulla. Dopo un quarto d'ora, chiuse il taccuino e si mise la penna in tasca. Bevve l'ultimo sorso di caffè e guardò verso gli alberi.

Il cagnolino gli si avvicinò e gli appoggiò la testa sul piede. Lui si abbassò e grattò il carlino dietro le orecchie, poi gli accarezzò la schiena. Sentire il suo pelo sotto le dita lo calmò, proprio come succedeva con Ralph. Tuttavia, essendo un cane da caccia, Ralph non era coccolone quanto lui. Eppure, era stato un buon amico, un protettore fedele e un compagno.

Il cagnolino starnutì, sbuffò e sospirò prima di chiudere gli occhi, mettendosi comodo sulla sneaker di Rick. Il contatto con lui riscaldò il cuore di Rick. Nessuno, a parte medici e infermiere, l'aveva più toccato da allora. Ne sentiva la mancanza. Il contatto fisico era una costante del lavoro da modello. Aggiustare un abito, rinfrescare il trucco, pettinare i capelli, modificare una posa: lui aveva amato ogni minuto del suo lavoro.

Ma quel capitolo adesso era chiuso. Doveva fare qualcos'altro nella sua vita. Qualcosa che lo tenesse lontano dalle persone, perché non avrebbe potuto sopportare le occhiate maliziose e cariche di pietà o gli sguardi sfuggenti. Non era Quasimodo, anche se alcuni giorni gli sembrava così, ma aveva delle cicatrici ben visibili.

Si strofinò la guancia destra. Merda! Cazzo! La barba gli era cresciuta in modo irregolare. Sperava che servisse a nascondere le cicatrici, ma sembrava proprio un'altra delusione. Vaffanculo. Delusione era diventato il suo secondo nome.

Capitolo Due

Jess ritornò con un guinzaglio, una pettorina, del cibo per cani, due ciotole e qualche cuccia per Scruffy. Rick chiamò sua cugina.

"Ok, adesso siamo pronti per andare dal veterinario. Da chi e dove?"

"Mmm. C'è un nuovo veterinario che ha sostituito il dottor Blaine, che si sta riprendendo da un infarto. Il dottor Henderson è qui da circa sei mesi. Ecco il numero." disse lei velocemente. "Ascoltami, adesso devo andare. Shy è qui per preparare la sceneggiatura del nuovo spettacolo di Miranda. Chiamami stasera per aggiornarci. A proposito, come ti è sembrata Jess?"

"Perfetta. È uscita a fare la spesa adesso. Non potresti portare tu Scruffy dal veterinario?"

"Dovrai ricominciare a guardare le persone in faccia, prima o poi."

"Guardarle in faccia? Era una battuta? Decisamente di cattivo gusto, Mindy. Ci sentiamo più tardi." Lui riagganciò, fece un respiro profondo e digitò il numero dello studio del veterinario. Qualcuno aveva cancellato un appuntamento e il dottore avrebbe potuto vederlo tra un'ora.

"È tutta colpa tua!" esclamò, agitando il dito davanti al carlino, che si mise a fissarlo con i suoi occhioni marroni, facendogli quasi passare la rabbia. "Dovrei fare l'eremita. Ho comprato questa casa per stare lontano dalle persone, non per affrettarmi a incontrarle."

Il cagnolino abbaiò.

"Lo so, lo so, è la vita che va così, giusto? Mi hai incastrato, cazzo." Rick mise la pettorina a Scruffy e lo portò a fare una passeggiata. Poi attaccò il guinzaglio sul sedile posteriore e guidò verso lo studio del veterinario. Fece una smorfia, si strofinò il mento ruvido, fece un respiro profondo e percorse il viale insieme al cagnolino. Quando entrò, l'infermiera era seduta alla scrivania con la testa bassa, intenta a scrivere.

"Rick Winslow. Ho un appuntamento.", disse mostrandole il lato buono del suo viso.

"Winslow? È parente di Mindy?" gli domandò l'infermiera, guardandolo.

"È mia cugina." Si mise a battere il piede ed evitò di voltarsi verso di lei.

"Bene. Il dottor Dani sarà da lei tra un minuto," disse lei, alzandosi dalla scrivania e dirigendosi verso il retro dell'ufficio.

Il dottor Danny? Somiglierà al dottor Dolittle?

L'infermiera lo accompagnò nella stanza degli esami. Lui tenne il lato del viso con le cicatrici vicino al muro mentre scortava Scruffy dentro la stanza. Un bel sedere femminile, piegato e coperto da un paio di jeans, attirò la sua attenzione.

"Sarò da lei tra un minuto," disse una voce femminile.

Oh, merda! Il dottor Danny è una donna! Non posso affrontare una donna.

"Senta, se è impegnata, possiamo tornare un'altra volta."

"Non dica stupidaggini," disse lei, sollevandosi.

Lei lo guardò per un attimo prima che lui si ricordasse di voltarsi. Lei sbatté le palpebre una volta, guardò il carlino, riguardò Rick e poi cominciò a parlare.

"Per caso la conosco?"

"Non credo. Sicuramente si starà chiedendo cos'è successo alla mia faccia. Posso spiegarle."

Lei distolse lo sguardo da lui. "In realtà, vorrei sapere qualcosa su di lui," disse lei, indicando il cagnolino. Lei lo prese in braccio e lo mise sul tavolo da visita.

"Che cosa gli è successo?"

"A Scruffy?"

"Ha chiamato questo poverino 'Scruffy'? È una battuta?"

"Una specie."

"Una pessima battuta. È stato lei ad abusare di questo carlino? Deve essere segnalato alla Humane Society."

Lui spalancò gli occhi e la guardò stupito. Non se ne parlava, non poteva perdere Scruffy. Lui alzò le mani. "No, no. Aspetti un momento, non è mio."

"Allora non posso curarlo. Dove l'ha preso?"

"La prego di darmi un minuto per spiegarle."

Lei fece una smorfia, strinse gli occhi e lo guardò. Aspettando la sua spiegazione, prese il cagnolino in braccio e cominciò ad accarezzarlo.

"Qualcuno l'ha abbandonato davanti a casa mia. Proprio sul ciglio della strada."

Lei aggrottò la fronte. "E lei si aspetta che io ci creda?"

"Chiami mia cugina Mindy. Chiami Jess Lennox. È la verità."

"E lei ha intenzione di tenerlo? Per quanto tempo?"

Lei osservò Rick dalla testa ai piedi e spalancò gli occhi. Lui recitava ancora la parte del modello ricco e di successo: camicia su misura, jeans costosi e capelli perfettamente pettinati. Lui si strofinò il viso, rendendosi conto all'improvviso di dare nell'occhio in quella cittadina di campagna. Era cresciuto lì, ma l'aveva lasciata per il fascino della grande città.

"Non lo so, per sempre, immagino. Non ci ho pensato."

"Lo prenderò io. Sicuramente riuscirò a trovargli una buona casa," disse lei, aggrottando la fronte prima di voltarsi. Si mise Scruffy su un solo braccio mentre prendeva degli attrezzi e li disponeva sul tavolo in acciaio inossidabile.

Il panico gli tolse il fiato. Non poteva perdere quella bestiolina. Nel poco tempo che avevano trascorso insieme, gli si era affezionato. Una sensazione di dolore gli attraversò il corpo. Con la stessa velocità con cui era arrivata, si trasformò in rabbia. Riprese il cagnolino.

"Ha una bella faccia tosta! Lui è mio. L'ho trovato io e ho intenzione di tenerlo. Troveremo un altro veterinario." Lui si diresse verso la porta.

"Hey!" esclamò lei, con le mani sui fianchi.

In preda alla rabbia, lui si voltò.

"Veniamo qui per chiedere aiuto e lei cerca di portarmelo via? Ma come ragiona? Questo cagnolino è stato abbandonato. Io so bene quello che sta passando. L'ho portato da lei per salvarlo e lei mi tratta in questo modo? Come se fossi un criminale?" Continuando a camminare verso la porta, borbottò tra sé mentre le lacrime minacciavano di uscire dai suoi occhi. Fece un respiro profondo per cercare di calmarsi. No, non si sarebbe messo a piangere perché quella donna era una stronza.

"No, aspetti, aspetti!"

Rick si fermò. "Che diavolo vuole?"

"Non deve arrabbiarsi. Stavo solo pensando al cane."

"Veramente? Vuole per caso che un uomo ripugnante metta le mani su questo dolce cagnolino?"

Lei fece un passo indietro. "Cosa? No. Non l'ho mai pensato."

"Allora che cosa ha pensato?" Con le narici dilatate, sentiva l'adrenalina scorrergli nelle vene. Il suo corpo era pronto a combattere per tenere con sé il suo piccolo amico.

"Mi dispiace. Ho solo pensato che, beh, lei è Breaker Winslow, non è vero?

"Breaker Winslow è morto.", le rispose con un tono più duro di quanto intendesse.

"Oh. Mi sono sbagliata. Venga qui, lasci che gli dia un'occhiata." Si mise uno stetoscopio intorno al collo. Ha ragione, ha bisogno d'aiuto." Il suo tono tranquillo lo ammorbidì. Lei gli fece un sorriso incerto.

La paura si allontanò lentamente dal suo corpo. "Non me lo porterà via, vero?"

Lei scosse la testa. "No, no. Le credo. Ma questo cucciolo è malnutrito. Ha bisogno di cure mediche." Lei arricciò il naso. "E di un bagno."

"Ok, allora lo curi." Mentre le porgeva il cane, i loro sguardi si incrociarono. Lo sguardo glaciale che le aveva lanciato alcuni minuti prima si era ammorbidito. Lui guardò il pavimento. Pietà. La riconobbe nel momento in cui la vide - pietà. La odiava più della derisione. Nessuno doveva provare pietà per Breaker Winslow. Lui era un ricco figlio di puttana. Anche se aveva perso il suo lavoro e la sua identità nell'incendio, almeno aveva abbastanza denaro da leccarsi le ferite in grande stile.

La dottoressa gli fece i vaccini, gli mise un antipulci, un antizecche e un collirio per gli occhi e gli prelevò un po' di sangue per esaminarlo.

"Ora capisco ciò che intendeva quel coglione quando ha detto che Scruffy era troppo costoso."

"Probabilmente si riferiva al collirio. Ne avrà bisogno per tutta la vita."

"Quanti anni ha, dottoressa?"

"Guardando i suoi denti, direi circa due."

"Bene, resterà ancora vivo per molto tempo."

"Con le cure giuste, cibo ed esercizio, dovrebbe vivere a lungo."

"Bene."

"Oh, un'ultima cosa," disse Dani.

Lui aggrottò la fronte. "Di che si tratta?"

"Per amor del cielo, gli dia un nuovo nome!"

Rick scoppiò a ridere. Era l'ultima cosa che si sarebbe aspettato. "Qualche consiglio?"

"Tutto *tranne* Scruffy!"

"Ci penserò."

"Una volta pulito, sarà bellissimo. Adesso tagliamo le unghie." Lei prese un tagliaunghie da un cassetto. Il carlino si agitò. Rick appoggiò le sue grandi mani su entrambi i fianchi del cucciolo e gli parlò con tono calmo, tenendolo fermo. La dottoressa Dani stava a pochi centimetri da lui. Sentiva odore di lillà. Doveva essere il suo profumo. Cazzo, quel profumo causava una certa reazione tra le sue gambe.

Quando ebbe finito, lei mise gentilmente il cane per terra.

"Fatto. Può pagare alla segretaria."

"Grazie," le disse, porgendole la mano. Lei gliela strinse con sicurezza. La morbidezza della sua pelle fece tornare alla mente Breaker Winslow, il celebre rubacuori. Aveva sempre avuto delle donne nella sua vita. Toccarle, baciarle e fare l'amore con loro era stato uno dei suoi hobby preferiti. Era passato così tanto tempo che non riusciva nemmeno a ricordarsi l'ultima volta che aveva accarezzato una mano femminile.

Lei aprì la porta e lui colse il suo suggerimento.

"Non si dimentichi, un bel bagno e un nuovo nome."

"Certamente," disse lui annuendo. Si avvicinò alla segretaria. "Signorina, potrebbe consigliarmi un buon centro di toelettatura per cani?"

Lei scoppiò a ridere. "Sono Nancy. Si vede che questa non è la sua città! Tutti qui lavano il cane in casa. Ha un tubo? In una giornata calda, non c'è niente di più rinfrescante di un bel bagno nel cortile con un po' di shampoo e un tubo. Un centro di toelettatura? Davvero? Qui a Pine Grove? Molto divertente. Sono duecentocinquanta dollari."

Lui porse alla donna la sua carta di credito.

"Oh, ecco il collirio per gli occhi. Glielo metta una volta al giorno. Gliene darò una confezione in più."

Scruffy non vedeva l'ora di uscire. Rick ridacchiò tra sé. *Cane sveglio. Già odia questo posto.* Si ricordò di come il suo coraggioso retriever si trasformasse in un budino tremante ogni volta che doveva andare dal veterinario. Sembrava proprio che Scruffy seguisse le sue orme.

DANI HENDERSON ASPETTÒ che Rick uscisse dalla sala d'aspetto prima di avvicinarsi. Si appoggiò alla scrivania della segretaria, che si voltò verso di lei.

"Da quale pianeta viene quell'uomo?"

"Chi?" le chiese Dani.

"Winslow."

"Perché?" ribatté Dani.

"Mi ha chiesto dove poteva trovare un centro di toelettatura." Nancy scoppiò a ridere.

"Davvero?"

"Deve venire da Marte. Riesci a immaginarlo? Un centro di toelettatura qui a Pine Grove?"

"Nancy, tu non hai pensato che fosse ripugnante, vero?"

"Winslow? No, anzi lo definirei piuttosto carino. Quelle cicatrici lo rendono interessante."

"Non l'hai riconosciuto?"

"Avrei dovuto?"

"È Breaker Winslow, il modello."

"Il modello?"

Dani annuì.

"Porca miseria! Non l'avrei mai detto."

"A causa del suo viso?"

"No. Non ho idea di chi sia. Non ho mai visto Breaker Winslow prima d'ora. Però il suo nome è piuttosto carino."

"È su un milione di copertine di libri. Pubblicità nelle riviste? Non l'hai mai visto?"

"Oh, aspetta. Forse quella volta che sono andata in Florida a trovare i miei genitori. Ho dato un'occhiata a un paio di libri in aeroporto. Sulla copertina di un libro c'era un ragazzo molto bello. Forse era lui."

"È molto sexy."

Nancy annuì.

"Il suo incidente non ha rovinato il suo aspetto," disse Dani.

"Tuttavia, non sta ricevendo molte chiamate dalle case editrici."

"Forse no, ma a me piace il suo aspetto. Gli dà carattere, non trovi? Non è uno dei soliti bellocci."

"Sono d'accordo. È ancora molto bello. Soprattutto da queste parti. Non ci sono molti uomini così qui intorno."

"Qualcuno c'è."

"Sì, ma sono sposati o troppo giovani."

"Nancy! Cosa direbbe quel bel ragazzo del negozio per animali?"

"Cal? Scoppierebbe a ridere."

"Farebbe meglio a stare attento."

"Non ci stiamo frequentando. Non ancora, almeno."

"Ahia! Devi fare in modo che quel ragazzo si dia una mossa," disse Dani, dando una pacca sul braccio alla sua amica.

"Verrà da me. Sa che mi piace e che io sono una donna fedele."

"So che lo sei e lo apprezzo molto," rispose Dani.

"Lo so. Tutti hanno lasciato il lavoro perché non volevano lavorare per una donna, lasciandoti senza personale."

"Già, chi è il prossimo?"

"Abbiamo un gatto da sterilizzare tra circa dieci minuti."

"Perfetto, abbiamo il tempo per una tazza di tè." Dani andò sul retro, dove teneva le scorte di cibo e bevande.

"Non avrai per caso una cotta per quel ragazzo, vero, dottoressa Dani?"

"Io? Per Breaker Winslow? No. Non penso proprio. È troppo arrabbiato."

"Ha i suoi buoni motivi per esserlo, direi," ribatté Nancy, prendendo una penna e scrivendo degli appunti sulla cartella clinica di Scruffy.

"Certo." Dani mise una tazza d'acqua e una bustina di tè nel microonde.

Immagino che abbia le sue buone ragioni per essere così arrabbiato. Ma il suo viso? Non è così male. E se puntasse un po' sul suo fascino, beh, diventerebbe estremamente pericoloso.

Ritornò alla reception, sorseggiando la sua bevanda.

"Però, potrebbe andare finché non arriva qualcosa di meglio," disse Nancy, continuando la conversazione come se Dani non fosse uscita dalla stanza.

"Dubito che avrò tempo per un uomo. C'è molto da fare qui."

"Le notti qui possono essere lunghe e solitarie, soprattutto in inverno."

"Perfette per dormire. Avrò bisogno di riposo per alzarmi all'alba e prendermi cura degli animali da allevamento prima che arrivino cani e gatti."

"Continua a raccontartela. Fa' pure, ma non mi puoi prendere in giro. Quell'uomo sta cercando qualcosa e ho la sensazione che l'abbia trovata proprio qui," disse Nancy.

"Ti stai sbagliando, Nancy. Noi qui salviamo cani e gatti, non uomini." Dani mise entrambe le mani intorno alla tazza.

"Direi che dipende dagli uomini. Alcuni hanno davvero bisogno di essere salvati."

"Forse, ma non è un mio problema."

"Credo che quel ragazzo sarà un problema per tutti. Qualcuno dovrebbe fare qualcosa."

Dani le lanciò un'occhiataccia. "Beh, non guardare me. Non c'è posto nella mia vita per un uomo, per nessun uomo."

"È un peccato, perché quel ragazzo è molto diverso."

"Già, ha la parola guai scritta in fronte."

"Se avessi vent'anni di meno e non fossi interessata a Cal, beh..." Nancy arrossì in viso e non finì la frase.

"Puoi prendertelo. Io ho già abbastanza da fare col lavoro. A proposito, abbiamo ricevuto qualche curriculum oggi?

"No, ma ne sono arrivati due ieri. Li ho messi sulla tua scrivania."

"Grazie. Puoi cambiare argomento quanto vuoi, ma non cambierà la situazione. Il signor Winslow? Tornerà, ricordati bene le mie parole."

Prima che Dani potesse rispondere, la porta si aprì e un uomo entrò con un trasportino in mano. Si sentì un sonoro miagolio.

"Deve essere il nostro gatto," disse Dani, posando la sua tazza. Sollevata di poter sfuggire all'interrogatorio di Nancy, andò sul retro e si preparò per l'intervento.

NELLA SUA AUTO, RICK parlava con il suo cane mentre guidava lungo la tortuosa strada di campagna.

"Vuoi un nuovo nome, Scruffy? Vediamo un po'. Come possiamo chiamarti?"

Il cagnolino abbaiò.

"Povero cagnolino abbandonato? No, troppo lungo. Trovatello? No. Orfano? No. Ho trovato! Che ne pensi di Oliver? Come Oliver Twist, il protagonista del romanzo di Dickens. Conosci quella storia, vero? Perfetto. Lui era un orfano proprio come te, anche se adesso tu non lo sei più. Potrebbe andare anche Ollie, per abbreviare."

Soddisfatto, Rick guidò verso casa, cantando insieme alla radio. Gli piaceva cantare, anche se era stonato. Era la prima volta che alzava la voce per cantare dopo l'incendio. Lo attribuiva alla presenza del cagnolino, che di certo non lo giudicava. Alla fine della canzone, Oliver abbaiò, come se volesse applaudire.

Quando entrò in cucina, sorrise vedendo scatole e barattoli sul bancone. Jess aveva fatto il suo lavoro. Aprì il frigorifero. Tutti i cibi erano conservati al posto giusto. Lui si strofinò le mani. Era ora di pranzo.

Frugò tra le scatole e i barattoli finché non trovò una scatola di premi per il cane. Avrebbe cominciato subito ad addestrarlo, insegnandogli a sedersi in cambio di un premio. In mezzo a due confezioni di latte, c'era un panino della gastronomia. Rick lo prese insieme a una birra e uscì sul portico posteriore. Oliver lo seguì. Quando finì di mangiare, Rick iniziò a dare al cucciolo qualche lezione. Poi prese lo shampoo per cani da una busta di carta marrone piena di attrezzi per la pulizia. *Stupendo!*

Dopo aver cercato intorno a tutta la casa, trovò un tubo malmesso, aggiustato in due punti, arrotolato sotto il portico.

Lo tirò fuori dolcemente, pulendosi le mani sui pantaloni per togliere la polvere e le ragnatele. Lo agganciò a un rubinetto arrugginito e girò la manopola finché non si mosse. Dal rubinetto, iniziò a uscire a singhiozzo dell'acqua marrone.

"L'acqua è piena di ruggine, quindi dovremo aspettare," disse. Il cane si distese accanto al suo padrone. Rick diresse il getto lontano dal carlino, cercando di non spaventarlo. Lasciò correre l'acqua sporca. Non c'era nessuna bocchetta. Sorrise, ricordandosi come, quand'era giovane, riusciva a far uscire l'acqua da un tubo sprovvisto di bocchetta.

Essendo stato bello dal momento in cui era nato, Rick Winslow aveva trascorso un'infanzia piuttosto normale a Pine Grove fino all'età di dieci anni, quando aveva cominciato la sua carriera come modello. Sempre pronto a combinare marachelle per la strada, il piccolo Rick aveva sempre una rana in tasca e un'idea in mente.

Prese il tubo e cominciò a schizzare il cane. La creaturina balzò via, poi cercò di mordere l'acqua. Rick mirò di nuovo e l'intrepido cagnolino corse via, allontanandosi a tutta velocità. Rick si mise a correre, cercando invano di bagnare il cane. Troppo stremato per restare in piedi, cadde ridendo sull'erba. Oliver gli si avvicinò con cautela, poi si mise a leccargli la faccia. Lui afferrò il cane, se lo strinse al petto e gli diede un bacio sulla testa.

"La dottoressa ha ragione. Tu puzzi, amico mio. Forza, facciamo il bagnetto."

Rick non aveva mai fatto il bagno a un cane prima. Il cagnolino bagnato scivolava dalla sua presa e continuava a sfuggire al suo padrone, ma l'inseguimento continuò. Alla fine, Oliver esaurì tutte le sue energie e si fermò ansimando. Rick lo afferrò, lo bagnò col tubo e gli mise un po' di shampoo.

"Questa roba puzza quasi più di te," disse, insaponandogli la zampa. Quando ebbe finito di insaponarlo, riprese il tubo, avvicinandolo di nascosto. Oliver si voltò sentendo il rumore del tubo che scivolava sull'erba e ricominciò a correre. Rick inseguì il cagnolino insaponato finché la lunghezza del tubo glielo permise. Capendo che il suo padrone non poteva andare oltre, il carlino ansimante si distese, osservando prima Rick, poi il tubo.

Rick sorrise e mise il pollice all'estremità, permettendo all'acqua di arrivare più lontano. Riuscì a bagnare il cagnolino. Quando lo mise giù, Oliver ritornò da lui, aspettando di metterglisi accanto per scrollarsi. Facendo una smorfia, il ragazzo si coprì il viso con le braccia, mentre il cagnolino si scrollava e abbaiava.

Senza tanti giri di parole, tra la doccia che aveva ricevuto da Oliver e il tubo impazzito, Rick era tutto inzuppato. Si sedette per terra e chiamò Ollie, che gli si avvicinò trotterellando. Ebbe la sensazione che il carlino gli sorridesse.

"Sei felice di avermi inzuppato?" disse, grattandolo dietro le orecchie.

Lui rispose abbaiando.

"Andiamo, è ora di spazzolarti," disse Rick, alzandosi in piedi con il carlino in braccio.

"Ma che cazzo?" chiese Mindy Winslow, la cugina di Rick, con le mani sui fianchi. "Che cosa è successo?"

"La mia prima lezione di toelettatura," le rispose.

"Non mi sembra che sia andata molto bene."

"Al contrario. Adesso ho un cane pulito e mi merito un bell'A+," ribatté lui.

"Peccato che il padrone sia tutto sporco," disse lei, scoppiando a ridere.

Capitolo Tre

Il giorno dopo, Jess si fermò a ritirare la lista delle commissioni. Rick aprì la porta in vestaglia, sbadigliando. Oliver si irrigidì e le abbaiò.

"Hai qualche lista per oggi?" gli chiese.

"No, hai già fatto tutto ieri. Potresti passare nel pomeriggio per darmi qualche idea su come sistemare questo posto?"

"Certo, va bene alle tre?"

"Per me è perfetto."

Chiuse la porta e preparò la colazione per sé e per il cane. Dopo, indossò una camicia e un paio di jeans e portò fuori Oliver. Non vedendo l'ora di esplorare il bosco da quando si era trasferito, il ragazzo e il cagnolino iniziarono a camminare in quella direzione.

Da bambino, amava la foresta. Amava perdervisi, scoprire nuovi alberi e nuove piante e cercare rospi e salamandre. Aveva preparato un terrario, ma aveva dovuto lasciare liberi tutti gli animali quando aveva cominciato a fare il modello.

Quando il tempo davanti alla macchina fotografica esauriva tutte le sue giornate, gli piaceva trascorrere i suoi preziosi momenti liberi a rilassarsi nel bosco. La sua carriera impegnativa gli aveva riempito la vita di persone che gli dicevano costantemente cosa fare. Nel bosco, nessuno lo disturbava né gli dava ordini, come "tieni la schiena dritta", "smettila di muoverti" o "non scombinarti i capelli."

Si sporcava, si arrampicava sugli alberi, lasciava che il vento gli scompigliasse i capelli e conduceva semplicemente la vita di un ragazzo normale. Il bosco era diventato il suo rifugio. Il terreno boscoso che adesso gli apparteneva lo attirava, in attesa di essere esplorato.

Molte delle cose che aveva imparato gli ritornarono in mente. Un piccolo ruscello interruppe il suo percorso. Lui rimase in silenzio per un po', aspettando il gracidio familiare delle rane leopardo. Non dovette aspettare molto prima che il loro richiamo di accoppiamento raggiungesse le sue orecchie, come una melodia ormai dimenticata. Oliver vide qualcosa dentro l'acqua e cominciò ad abbaiare. Una grossa rana verde maculata balzò fuori. Si mise a saltellare seguita da Rick e dal suo cane.

Un vecchio albero, che era caduto da un po' di tempo, offrì loro il posto perfetto per riposarsi. Rick si sedette e aspettò che il cucciolo lo raggiungesse. Oliver si sedette vicino a lui, ansimando. Facendo capolino attraverso lo spesso soffitto di foglie, dei raggi di sole rivelarono le particelle di polvere nascoste nell'aria. Il canto delle cince si mescolava al ticchettio dei picchi.

Rick si appoggiò sulle ginocchia e si mise ad accarezzare il suo amico, mentre rifletteva sui suoi prossimi passi. Per prima cosa, come diceva sempre sua madre, doveva trasformare quella fattoria fatiscente in un posto abitabile. Bisognava fare delle riparazioni, ridipingere le pareti, carteggiare e rifinire. Lui ebbe un brivido al pensiero dell'entità del lavoro. E poi bisognava comprare i mobili. Lui aveva solo un letto, un cassettone, una sedia, un tavolino da caffè per il salotto e un piccolo tavolo con due sedie per la cucina.

C'era qualche altro modo in cui poteva trascorrere il tempo? No. Forse la sistemazione della casa era un dono del cielo, che gli avrebbe permesso di evitare di affrontare gli anni vuoti che lo attendevano. Sganciando il guinzaglio dalla pettorina, lasciò libero Ollie. Il cagnolino rimase al suo fianco mentre i due proseguivano nel profondo del bosco.

Rick scattò qualche foto agli alberi e alle meraviglie della natura, poi controllò l'orologio: era l'una e mezza. Avevano abbastanza tempo per tornare a casa, pranzare e prepararsi per l'appuntamento con Jess.

Quando uscirono dal bosco e raggiunsero la strada, un'auto accostò accanto a loro. Era la dottoressa Dani.

"Come sta il cucciolo?" gli chiese.

Rick prese il cane e lo avvicinò al finestrino.

Lei lo annusò. "Vedo che ha fatto il bagnetto. Va molto meglio."

"E adesso mangia di più. Credo che non senta più molto la mancanza della sua famiglia."

Lei annuì. "Ottimo."

"Che cosa ci fa qui?"

"Sto tornando dall'ufficio postale. Mi piace percorrere strade diverse per conoscere meglio Pine Grove."

"Lei non è di qui?" le domandò.

"No, vengo da. Rye, nella contea di Westchester."

Lui annuì. "Bel posto. Come mai è venuta qui?"

"Per il lavoro. Bella baracca, è sua?"

"Quasi tutto ciò che riesce a vedere da qui è mio."

"Dovrebbe sistemarla un po'. Ha mai avuto un cavallo?"

Lui scoppiò a ridere. "No. È un elemento essenziale della vita in campagna?"

"Se costruisse un recinto, potrebbe tenere un cavallo."

"Non sarebbe troppo costoso?" le chiese.

"Vuole forse farmi credere che un ex modello di successo non possa permetterselo?

Stupito che lei conoscesse la sua identità, non seppe come rispondere.

"Devo andare adesso. Bella chiacchierata. Ottimo lavoro col cane." Lei rimise in moto.

"A proposito," le disse, ritrovando le parole, "adesso il suo nome è Oliver."

"Oliver?" disse lei, sollevando le sopracciglia e guardando il carlino. "Gli si addice. Ottima scelta."

"Grazie."

In quel preciso istante, Ollie si mise ad abbaiare, quasi sfuggendo alla presa di Rick. Dani schiacciò l'acceleratore e l'auto partì a velocità, percorrendo la strada solitaria e lasciando dietro di sé una nuvola di polvere. Rick sorrise. Aveva davvero conosciuto una donna che non provasse disgusto per le sue cicatrici. Beh, non aveva cercato di baciarla né niente del genere. Forse, se l'avesse fatto, lei si sarebbe rifiutata, ma ne dubitava.

Pensava di conoscere le donne abbastanza bene da capire quando una di loro si comportava solo in modo educato o quando stava flirtando. La dottoressa Dani non stava esattamente flirtando con lui, ma l'atmosfera che si stava creando non era quella di una semplice amicizia. Lei lo incuriosiva. Guardando dal finestrino della sua auto, aveva visto l'interno. Senza il suo ingombrante camice bianco, aveva notato le belle curve del suo corpo e una scollatura seducente, che aveva risvegliato il suo testosterone.

Guardò rapidamente l'orologio e si mise a correre. Jess sarebbe arrivata presto, quindi doveva pranzare prima del suo arrivo. Oliver si mise a correre al suo fianco fino a casa. Alcune gocce di pioggia attirarono la sua attenzione. Era la fine di aprile e le piogge non erano ancora finite. Lui alzò lo sguardo e vide che il cielo era diventato scuro, coprendo il sole del mattino. Era perfetto. Avrebbe potuto trascorrere il pomeriggio a organizzare i lavori da fare in casa, cenare e trascorrere la serata con Oliver.

A RICK COMINCIAVA A piacere la vita di campagna. La mancanza di sirene, clacson strombazzanti, strade affollate di macchine e camion e marciapiedi carichi di passanti lo calmava. Adesso la felicità faceva parte delle sue giornate. Tornare alle radici? Si mise a ridere all'idea. Erano passati moltissimi anni da quando era un ragazzo di campagna. Era possibile tornare indietro?

Entrò in cucina dalla porta sul retro appena in tempo per sentire bussare.

"Avanti, Jess. Appena in tempo per il pranzo," disse Rick, aprendo la porta.

"Il pranzo? Alle tre?"

"Che importa? Hai fame?"

Lei sorrise. "Mangerei volentieri qualcosa."

"Andiamo. Oliver e io stiamo preparando il pranzo."

Lei chiuse la porta alle sue spalle e lo seguì in cucina.

"Tu e Oliver?"

"È solo un modo di dire."

Rick preparò dei sandwich e li portò in salotto. Si sedettero per terra. Lui le propose alcune idee e lei prese appunti.

"E bisogna murare il caminetto," disse lui, prima di dare un altro morso al suo sandwich con prosciutto e formaggio.

"Cosa? Quel bellissimo caminetto in pietra?"

"Sì."

"Perché?"

"Non leggi i giornali?"

"So che dovrei farlo, ma a volte sono troppo impegnata."

"Per farla breve, questo..." le disse, indicandosi la parte destra del viso, "è la conseguenza di un incendio. Ho perso la mia casa, il mio cane, la mia carriera e la mia vita a causa di un incendio. Non voglio accenderne uno volontariamente in casa."

Lei gli appoggiò una mano sull'avambraccio. "Oh, mio Dio! Non ne avevo idea. Mi dispiace molto."

"È stato un incubo e lo sto ancora vivendo. Non voglio mai più avvicinarmi al fuoco."

"Lo capisco, ma quel caminetto può restare com'è. Non dovrai usarlo. Puoi metterci sopra un bel vaso di fiori. È bello e decorativo."

"Non per me."

"Sarebbe difficile renderlo bello murandolo."

Rick sospirò, aggrottando la fronte. Jess aveva ragione. Il caminetto doveva restare.

"Il fatto che sia qui non vuol dire che io debba usarlo."

"Certo che no. Andiamo al piano di sopra," disse lei.

Sollevato, lui la seguì sulle scale. La discussione sul caminetto aveva riportato in superficie dei ricordi spiacevoli. Il semplice suono della parola fuoco lo rendeva nervoso. Era passato più di un anno, ma a Rick sembrava che fosse successo ieri. Quando chiudeva gli occhi, sentiva ancora il calore, la sensazione di panico, il polso accelerato, il cuore che gli batteva all'impazzata e la scarica di adrenalina. L'odore del fumo non avrebbe mai lasciato le sue narici.

Adesso gli dava la nausea ma, all'epoca, era stato grazie ad esso che si era salvato dal pericoloso incendio del terzo piano. Se si fosse spinto oltre, sarebbe morto, o almeno così gli avevano detto i vigili del fuoco.

Ralph era rimasto lassù, senza mai smettere di abbaiare. Quando Rick l'aveva chiamato, il cane aveva sceso di corsa le scale. Il fumo era aumentato rapidamente. Il cane l'aveva cercato in tutte le stanze, confuso. Alla fine, Rick era riuscito a trovarlo e a prenderlo in braccio e si era diretto verso le scale, ma poi una trave, cadendo, l'aveva colpito dritto in faccia, facendo cadere per terra sia Rick sia il cane. In quel momento, una parte del soffitto era crollata, seppellendo Ralph sotto le macerie in fiamme. Proprio come gli avevano detto i vigili del fuoco. Rick era svenuto e i vigili del fuoco l'avevano portato fuori. Quando erano riusciti a raggiungere al cane, lui era già morto.

Persino il pensiero di un barbecue in giardino o di un fornello a gas acceso gli dava i brividi. Ne avrebbe comprato uno elettrico per la sua nuova casa. Nonostante i suoi amici dicessero di capirlo, lui si rese conto che, non avendo vissuto la stessa situazione, non avrebbero mai provato davvero quella sensazione di paura. Cercava di controllarsi parlando tra sé e sé. Ora che aveva Oliver, poteva parlare con lui e ottenere lo stesso risultato.

Alle cinque, Jess andò via, promettendogli che avrebbe parlato con suo fratello, che gli avrebbe portato un preventivo per i lavori da fare e che gli avrebbe consigliato un architetto. Rick si versò un vodka tonic, prese un premietto per il cane e si diresse verso il portico posteriore.

C'era una linea sottile tra una pace rilassante e un silenzio così immobile da far perdere la testa. Rick sentiva la mancanza dei pettegolezzi scambiati per telefono, delle feste per le quali prepararsi, dei servizi fotografici e delle attenzioni delle fan. E di una donna che lo spogliasse con gli occhi... e con le mani.

Aveva un aspetto affascinante quando indossava gli abiti delle ultime sfilate che aveva ricevuto in regalo dalle aziende per le quali aveva lavorato come modello. Non conosceva nessun altro uomo che possedesse tre smoking. Tutti i suoi vestiti erano andati perduti nell'incendio. Adesso possedeva alcune paia di jeans e i pochi abiti che aveva mandato al lavaggio a secco prima dell'incendio. Mindy lo prendeva in giro dicendogli che era un damerino. Cazzo, Breaker Winslow non poteva certo indossare degli stracci.

Stando con le persone giuste nelle occasioni giuste e partecipando sempre ai più eleganti eventi di beneficenza e alle feste private, si era abituato a ricevere molte attenzioni. Dopo essere stato scaricato da ogni *amico* e contatto sociale, era diventato un recluso e avrebbe giurato che quella fosse l'unica vita possibile per lui. Abituarsi a stare da solo era doloroso quasi quanto vedere nello specchio il riflesso dell'uomo che era diventato.

Il suo telefono iniziò a squillare, alleviando la sua solitudine. Ovviamente, era Mindy. Chi altro avrebbe potuto chiamarlo? Nessuno dei trecento nomi che aveva nella rubrica del suo telefono. Uno dopo l'altro, erano scomparsi tutti dalla sua vita. Li aveva cancellati tutti dopo essere uscito dall'ospedale. Ogni volta che aveva premuto quel tasto, aveva provato la sensazione di rabbia e amarezza.

"Mindy, tesoro, ti va di venire a bere qualcosa da me?"

"In realtà, ti sto chiamando per invitarti a cena stasera. Ti aspetto alle sei."

"Come fai a sapere che non ho già un impegno?" le domandò.

"E con chi potresti avere un impegno? Non conosci nessuno in città, a parte Jess."

"E anche la dottoressa Dani."

"Oh? Ti aspetto a cena, così mi racconti tutto. Adesso devo andare."

Quando mise giù il telefono, lui aggrottò la fronte, poi sorrise. Adesso aveva un motivo per farsi la doccia e vestirsi bene. Avrebbe portato Oliver con sé.

ENTRÒ NEL VIALETTO di Mindy e Drew e parcheggiò l'auto. Tolse il guinzaglio al cane e si diresse verso quella che era stata la sua seconda casa per un anno intero. Gli piaceva molto la casa di Mindy. Era antica e piena di nicchie e fessure, ma era stata ristrutturata per renderla confortevole e lui la considerava un incantevole santuario. Lui e Oliver si fermarono davanti alla porta. Mindy urlò, "È aperto!"

Quando entrarono in casa, un sonoro soffio fermò il loro cammino. Un enorme gatta Maine Coon stava sulle scale, con la schiena arcuata e il pelo dritto, che la faceva sembrare più grande di quanto non fosse. Oliver iniziò a guaire e si sedette sul pavimento.

"Va tutto bene, cucciolo. Sono sicuro che non ti farà del male," disse Rick, prendendo in braccio il suo cane.

"Non preoccupatevi di Minerva. Fa così ma non morde," disse Mindy, dando a Rick un bacio sulla guancia e lanciando un'occhiataccia alla gatta.

Essendo libero dal guinzaglio, Oliver si allontanò, odorando per terra ed esplorando il nuovo territorio. Mindy porse a Rick un vodka tonic.

"No, niente vodka costosa. Noi cerchiamo di risparmiare," disse lei, accompagnandolo in cortile.

Mentre si avvicinavano, Drew stava preparando il barbecue e girando il pollo. Alla vista della griglia, Rick si irrigidì. Mindy lo abbracciò.

"Mi dispiace, non ci ho pensato. Preferisci rientrare in casa?"

"Nessun problema," disse lui, prendendo una sedia e sedendosi lontano dalle fiamme. "Solo che non capisco a che cosa serva il fuoco per cucinare la carne se i fornelli elettrici sono meno costosi."

Drew alzò la mano per salutarlo, poi chinò la testa.

"Lo vedi questo? Siamo pronti per ogni catastrofe," disse lui, toccando l'enorme estintore situato accanto al barbecue.

Rick bevve rapidamente il suo drink. Prima che potesse finirne un altro, la cena era pronta. Sul tavolo, giacevano dei sandwich al pollo grigliato con fettine di avocado e un'insalata verde. Oliver si mise a grattare sulla porta posteriore e Mindy lo lasciò uscire.

"Tutto bene?" le chiese Rick.

"Certo. A parte i cervi, le volpi, i procioni..." disse lei.

"E anche qualche orso," proseguì Drew. "A proposito, abbiamo un regalo per te."

"Un regalo?"

Drew annuì. "Scusa, non è incartato," gli disse, appoggiando il piatto e alzandosi dal tavolo. Entrò in casa e uscì con un fucile in mano.

"Aspetta, Drew. Non essere avventato. Non dicevo sul serio riguardo al barbecue, davvero," disse Rick, sorridendo con le braccia alzate.

Mindy scoppiò a ridere e Ollie si mise ad abbaiare. Rick si abbassò per accarezzarlo.

"Va tutto bene. Drew è un amico e non ha intenzione di spararci, vero?" Rick alzò lo sguardo.

Drew scoppiò a ridere, "Questo è per te, Rick."

"Odio i fucili."

"Sei un ragazzo di città. Ci sono molti animali selvatici qui. La maggior parte sono innocui, ma ci sono gli orsi. Possono avvicinarsi molto, in cerca di cibo. Potrebbero frugare nella tua spazzatura e dovrai fare molta attenzione se vedrai una madre con i cuccioli. Sono pericolosi. Questo fucile non è molto potente. È solo un calibro 22, ma è sufficiente per spaventare un orso." Drew gli porse l'arma.

Lui lo prese, guardando nel mirino e avvicinandoselo al viso. Lo puntò verso Mindy.

"No, no!" Drew spinse giù la canna. Non puntarlo mai verso una persona."

"Non dovreste darmelo, non sono in grado di usarlo. Mi dispiace, Mindy," disse Rick, restituendolo a Drew.

"Dopo cena, ti darò qualche lezione."

"Drew ha ragione. Ne hai bisogno per proteggerti. Non hai nessun vicino. Permetti a Drew di insegnarti a usarlo. Mi sento più tranquilla sapendo che ne hai uno."

"Ok, ok. Non pensavo di essermi trasferito nel Far West. Ma capisco. Ora però voglio finire questo delizioso sandwich, prima che si raffreddi."

Dopo un dolce di anguria e mirtilli, Drew si allontanò insieme a Rick con il fucile, una scatola di munizioni e un paio di barattoli di latta. Oliver li seguì trotterellando. Si esercitarono fino al tramonto. Rick li ringraziò, prese il fucile, le munizioni e il suo cane e tornò a casa.

Rick appoggiò il fucile contro la parete della cucina, vicino alla porta sul retro. Gli dava i brividi. Mentre saliva le scale per andare in camera da letto, condivise i suoi pensieri con Oliver.

"Pensa, Ollie, viviamo in un posto tanto pericoloso da aver bisogno di un fucile. Però, non sarebbe servito a nulla nell'incendio, non trovi? Potrebbe essere così pericoloso qui?"

Il cane emise un guaito prima di saltare sul letto, accoccolarsi e prepararsi per la notte. Rick accese il lumetto del comodino, si tolse i vestiti e prese un libro. Forse un thriller non era il libro migliore da leggere se si viveva nel bel mezzo del nulla. Scosse la testa per allontanare

quei pensieri e lo aprì alla pagina dove aveva interrotto la sera precedente.

LE SETTIMANE SUCCESSIVE passarono molto velocemente. Con
l'aiuto di Jess e di suo fratello Will, Rick portò avanti il progetto di
ristrutturazione della sua casa. Jess portava avanti e indietro campioni
di vernice. Scattava foto a materiale metallico, lavandini, portacandele
e altri oggetti dei quali Rick aveva bisogno per rendere presentabile la
sua casa.

Will cominciò riparando i muri. Poi proseguì sistemando le porte
che non si chiudevano e restaurando i vecchi bagni. Rifinire i pavimenti
in legno e dipingere le pareti erano gli ultimi punti della lista. Se necessario, Rick andava a controllare. Quando doveva allontanarsi da casa,
lui e Oliver andavano a passeggiare nel bosco o esploravano il fienile e il
pollaio.

Quando lavoravano a casa sua, Rick condivideva la cena con Jess
e Will. Rick offriva loro da mangiare, spesso la pizza, che era il cibo
preferito di Will. Il modello storceva il naso davanti a quel cibo, lamen-
tandosi del suo destino di dover rinunciare a granchi, aragoste e bistec-
che di prima scelta. Notò che Jess e Will ridevano alle sue lamentele,
così smise di esprimere la sua opinione e continuò ad accontentarli, ri-
fiutando solo di comprare un barbecue e di grigliare gli hamburger.

Comprò comunque una padella per cucinarli in modo sicuro sul
fornello elettrico. Comprò dei nuovi bidoni per la spazzatura per riem-
pirli con le macerie della ristrutturazione e con gli avanzi delle loro cene
veloci. Anche se non l'aveva detto a nessuno, gli piaceva la compagnia.
Qualche volta, li intratteneva con i racconti delle feste alle quali aveva
partecipato e degli eventi frequentati dalle celebrità.

Quei due erano una strana coppia: come fratello e sorella erano
molto affiatati, ma riservati. Non parlavano molto della loro vita, dei
loro genitori o della loro infanzia. Rick immaginava che non volessero

parlarne e lo rispettava, ma ciò non gli impediva di pensare a cosa stessero nascondendo.

Jess, una ragazza carina, dai lunghi capelli biondi e dal fisico snello, non parlava mai di appuntamenti o di ragazzi. Rick si chiedeva come mai. Era strano che una bella ragazza come lei non avesse un sacco di uomini che le facevano la corte. Pensò semplicemente che non ci fossero abbastanza uomini decenti a Pine Grove. Lei non era il suo tipo. Preferiva una donna più matura e sicura di sé.

Ma non importava chi fosse il suo tipo. Nessuna donna decente l'avrebbe mai guardato, quindi perché avrebbe dovuto pensarci? Cercò di allontanare dalla mente il pensiero di trovare qualcuno, sentendosi sollevato di non dover frequentare altra gente. Nascondersi gli avrebbe permesso di vivere la vita tranquilla che desiderava.

Dopo una giornata impegnativa e dopo essere rimasto sveglio fino a tardi la sera prima a causa del romanzo ricco di suspense che stava leggendo, si sentiva stanco. L'idea di andare a passeggiare con Oliver lo sconvolgeva. Era come se il letto lo chiamasse.

"Stasera, passeggerai da solo, Ollie. Corri in giardino, fa' i tuoi bisogni e poi torna dentro, amico mio," disse Rick, aprendo la porta posteriore.

Il cucciolo si fermò davanti all'uscio, guardò Rick e ruotò la testa.

"Va tutto bene. Credo che tu sia abbastanza grande da uscire da solo per qualche minuto. Però sta' attento."

Il carlino uscì dalla porta e scese le scale fino al giardino. Rick si sedette sul divano e chiuse gli occhi. Non passò molto tempo prima che lo sentisse abbaiare. Quel suono acuto era davvero fastidioso. Sbadigliando, si alzò in piedi e si diresse verso la porta.

"Ollie! Smettila!" urlò uscendo sul portico, ma lui continuava ad abbaiare. Un bramito attirò la sua attenzione. Poi, un contenitore della spazzatura volò per aria e cadde sul portico. Il carlino continuava ad abbaiare. Rick alzò lo sguardo appena in tempo per vedere un grosso orso che si sollevava sulle zampe posteriori.

"Oliver! Vieni qua!" urlò Rick, ma il cagnolino non lo ascoltò. Continuava a proteggere il suo padrone e la sua casa. "Oliver! Subito!" gridò Rick, indietreggiando mentre l'orso avanzava.

L'orso si abbassò e diede una zampata al cagnolino con i suoi lunghi artigli, tirandolo su e lanciandolo contro la casa. Il cagnolino iniziò a guaire e Rick si sentì raggelare il sangue.

Improvvisamente in allarme, corse dentro a prendere il suo nuovo fucile. Quando tornò, pochi secondi dopo, l'orso era avanzato verso Ollie. Mentre frugava nella scatola delle munizioni, Rick tentò di caricare il fucile. Con le dita tremanti, riuscì a inserire tre proiettili, puntare il fucile e mirare. Il suono e il movimento distrassero l'orso dal cucciolo ferito. L'orso si voltò verso Rick, che sollevò la pistola. Le sue mani tremavano troppo per sparare con precisione. Sparò, ma sbagliò la mira. Facendo un respiro profondo, mirò con più attenzione e premette il grilletto. Riuscì a colpire l'orso, che indietreggiò. Rick sparò ancora una volta e l'orso si voltò e si diresse di nuovo verso il bosco.

RICK SCESE LE SCALE di corse verso Oliver. Immobile, il carlino respirava ansimando. Con cautela, Rick prese in braccio il suo adorato cagnolino e lo portò dentro. Prese il cellulare dalla tasca posteriore e chiamò lo studio veterinario. Rispose la segreteria telefonica.

"Cazzo!"

Posò il telefono, prese un asciugamano pulito dall'armadietto e lo avvolse intorno al cane sanguinante. La paura gli strinse il cuore. Non poteva perdere Oliver. Prendendo le chiavi della macchina dal tavolo della sala, afferrò il carlino con delicatezza, ma con fermezza, e si diresse verso la sua auto. Sapeva che la dottoressa Henderson viveva dietro la clinica. La veterinaria viveva vicino allo studio per risparmiare tempo e gestire le emergenze. Cazzo, quella era un'enorme emergenza.

"Forza, amico. La dottoressa ti curerà. Ma dovrai aspettare un po'. Non morire, Ollie. Per favore, non morire."

Rick mise l'auto in moto e accelerò. Mise il carlino, avvolto nell'asciugamano, sul sedile anteriore, allacciando la cintura di sicurezza. Uscì rapidamente dal vialetto e si precipitò verso la strada.

Quando arrivò, parcheggiò l'auto nel parcheggio, girò la chiave e balzò fuori. Prese il cane ferito e se lo mise in braccio. Evitò di suonare alla porta principale, pensando che lei probabilmente non avrebbe sentito, e andò sul retro.

Una flebile luce risplendeva da una finestra laterale. *Quella deve essere la sua camera da letto. È ancora sveglia!*

La speranza crebbe nel suo cuore. Bussò alla porta. Contò fino a tre, poi bussò di nuovo.

"Arrivo, arrivo!"

Lui si mise a camminare su e giù, stringendosi il cane al petto. Lei aprì la porta, legandosi una vestaglia intorno alla vita.

"È meglio che sia importante," disse lei, sbadigliando e coprendosi la bocca con la mano.

Le parole gli si bloccarono in gola. Si limitò ad allungare le braccia e a porgerle Ollie. "Ecco. Curalo."

Quando vide il carlino sofferente, lei spalancò gli occhi. "Che cosa è successo?"

"Prima curalo."

"Devo sapere..."

"Un orso l'ha aggredito. Un orso." Le lacrime fecero crollare tutte le sue difese. "Voleva proteggere me e la nostra casa. E un orso..." ma le lacrime gli impedivano di parlare.

"Seguimi," gli disse, prendendo il cane e facendogli strada dentro casa. Lei aprì una porta che portava alla clinica. Prima che lui potesse riprendere fiato, si ritrovarono in un ambulatorio. La dottoressa Dani si allontanò per un attimo e tornò con indosso una divisa bianca.

"Non c'è tempo di chiamare un'infermiera. Dovrai aiutarmi tu," gli disse, prendendo il materiale necessario da armadietti e cassetti.

Rick si asciugò il viso sulla manica. "Sono qui. Dimmi cosa vuoi che faccia."

Mentre la dottoressa visitava il cagnolino, Rick gli accarezzava la testa e gli parlava piano. Le sue parole dolci e profonde sembravano calmare Oliver. Seguendo le istruzioni della dottoressa, Rick tenne fermo il cucciolo mentre lei lo ripuliva.

"Quanto ci hai messo prima di portarlo qui? Quando l'hai trovato?"

"L'ho visto accadere, ho sparato all'orso, ti ho chiamata e poi ho guidato fino a qui."

Lei lo guardò. "Hai sparato all'orso?"

"È una lunga storia."

"Dopo mi racconti," gli disse lei, rivolgendo la sua attenzione a Oliver.

Rick tenne fermo il cagnolino mentre lei gli rasava il pelo e gli metteva i punti.

"Dovrà rimanere qui stanotte."

"Allora resto anch'io."

Lei gli somministrò un antidolorifico. "Adesso dormirà. Starà bene qui. Davvero. Torna a casa. Va' a riposarti."

"No."

Lei scosse la testa e si mise le mani sui fianchi. "Cosa pensi di poter fare?"

"Solo stare qui per lui, con lui. Non ho intenzione di tornare a casa."

"Che testardo!", sussurrò lei sottovoce.

"Ti ho sentita."

"Non mi importa. Sei testardo come un mulo."

Lei depose delicatamente il cane addormentato in una gabbietta e la richiuse.

"È un posto nuovo. Se si sveglia, sarà impaurito. Io resto qui. Hai una coperta?"

"Come vuoi. Continua pure a rompere le scatole. Prima mi fai alzare dal letto, poi questo." Lei lo guardò.

"Ollie ti ha fatta alzare dal letto."

"Infatti. Potresti andartene tranquillamente. Ma no! Il grande Breaker Winslow deve fare un gran casino nel bel mezzo della notte. Hai visto che ore sono? Sono quasi le tre."

"E allora?"

"Allora cosa? Devo svegliarmi tra quattro ore. Ho un sacco di animali da visitare domani."

"Vuoi che lo comunichi all'orso? Vuoi che gli dica di aggredire il mio cane durante l'orario di lavoro la prossima volta?" Lui si spostò. "Checché se ne dica, non ho un cuore di pietra."

Lei gli mise una mano sul braccio. "Mi dispiace. Sono solo stanca."

Lui le sfiorò la mano. "Lo capisco."

Quando lei uscì dalla stanza, Rick si abbassò e si sedette a gambe incrociate davanti alla gabbietta. Aprì la porta e tirò su l'asciugamano per coprirlo meglio. C'era freddo in quella stanza. Dani aprì la porta e gli lanciò una coperta di pile.

"Grazie."

"Non c'è di che."

"Starà bene?"

"Lo scopriremo domani mattina."

"È già mattina."

"Sta' zitto. Sai cosa intendo."

"Ok, ok."

"Buonanotte," gli disse, tornando in casa sua. Lui allargò la coperta e si distese, contento di chiudere gli occhi e di ascoltare il suo carlino mentre russava. Poco dopo, entrambi si addormentarono.

Capitolo Quattro

Un urlo svegliò Rick di soprassalto. Nancy era appena entrata nell'ambulatorio. Un bicchiere di cartone giaceva sul pavimento, mentre il caffè scorreva ovunque sul pavimento.

"Che cosa ci fa lei qui?"

"Dormo."

"Sono le otto," gli disse lei, chinandosi per raccogliere il bicchiere.

"Oliver è lì dentro."

"Che cosa è successo?"

"Un incontro ravvicinato con un orso," le rispose lui, sedendosi e sfregandosi la barba incolta.

"Ieri sera?"

Lui annuì e sbadigliò allo stesso tempo. Nancy afferrò una manciata di tovaglioli di carta e asciugò il caffè.

"Le devo un caffè."

"Ci conto."

La porta si aprì e la dottoressa Dani, lavata, pettinata e vestita di bianco, entrò nell'ambulatorio. Si mise uno stetoscopio intorno al collo.

"Diamo un'occhiata al paziente," disse lei.

"Te lo prendo." Rick aprì la gabbietta e prese dolcemente in braccio il cane.

Un campanellino tintinnò.

"Meglio che vada. Sembra che sia arrivato il primo paziente," disse Nancy, uscendo dalla stanza.

"Visiterai prima Oliver, vero?"

"Certo."

Lei esaminò il carlino assonnato, che sbadigliò, si stiracchiò e poi urlò di dolore. Rick ebbe un sussulto. Lui tenne fermo il cagnolino mentre la dottoressa Dani lo visitava. Gli misurò la temperatura ed esaminò le sue ferite.

"Bel lavoro con i punti, dottoressa," disse Rick.

"Shhh." Lei stava ascoltando il cuore del cane. Rick spostò le mani e cercò di controllare il suo respiro. In silenzio, pregò di ricevere buone notizie.

"Sta resistendo, ma deve restare qui. Ha perso molto sangue. Dobbiamo tenerlo d'occhio per circa ventiquattr'ore"

"Davvero? Sta resistendo?"

"Non voglio correre rischi. Deve restare qui. E tu no. Torna a casa. Va' a letto."

"Non posso restare?"

"Ho una visita da fare. Mi staresti solo tra i piedi. Sii realistico, Rick."

"Hai ragione."

"Inoltre, hai bisogno di dormire e di farti una doccia. Potrei chiamarti Scruffy," gli disse lei, sorridendo.

Rick si passò una mano sulla barba, che era più lunga del solito.

"Va bene, me ne vado. Mi chiamerai se ci saranno novità?"

"Certo."

Salutò Oliver con un bacio e se ne andò.

A casa, si fece la doccia e la barba. Riscaldò la pizza avanzata e la divorò. Poi prese il fucile, le munizioni e le lattine. Un po' in ansia, guardò fuori dalla porta sul retro. I raggi del sole illuminavano la sua proprietà, diffondendovi un alone di innocenza e sicurezza.

"No, niente orsi", disse. Con il fucile sotto il braccio, andò sul retro, vicino al pollaio. I resti di un recinto gli fornirono il supporto necessario. Allineò le lattine, indietreggiò, caricò il fucile e prese la mira. Continuò a sparare finché non finì tutte le munizioni.

Aveva ammesso di avere paura del fuoco, ma non avrebbe mai permesso a un orso di spaventarlo a morte e di aggredire il suo cane. Aveva bisogno di altre munizioni. Non avrebbe smesso finché non avrebbe imparato a usare bene il fucile per proteggere la sua casa, Oliver e sé stesso. Chiamò Jess e le chiese di raccogliere la cartucce e di mettere quel lavoro sul suo conto.

La rabbia gli era passata. Preparò il caffè ma, dopo averne bevuto una tazza, si mise a sonnecchiare sul divano con il cellulare sotto il braccio, nel caso in cui la dottoressa Dani l'avesse chiamato. Col suo fisico massiccio, la ricerca di una posizione comoda su quel divano gli impediva di dormire. Quando finalmente cadde in un sonno profondo, ebbe degli incubi sugli orsi. Si svegliò tutto sudato, giurando a sé stesso che avrebbe continuato a esercitarsi col fucile fino a diventare un cecchino. Avrebbe perlustrato la sua proprietà ogni notte, finché gli orsi non avrebbero trovato un altro posto in cui andare in giro.

Ovviamente, nessun posto era sicuro.

Un anno prima, si era ripromesso che la paura non avrebbe mai avuto il controllo su di lui. Rick Winslow avrebbe fatto qualunque cosa per il suo regno e per tenerlo al sicuro. E, se questo voleva dire imparare a usare un fucile, era esattamente ciò che avrebbe fatto. Non si trattava solo di lui. Doveva anche proteggere Oliver.

Se non fosse stato in grado di difendere il proprio migliore amico, la sua presenza sarebbe stata totalmente inutile . Ralph era morto, così Rick voleva tenere Ollie con sé fino alla vecchiaia.

Dopo un'ora, Jess arrivò con le munizioni. Rick bevve un'altra tazza di caffè, poi si diresse nel cortile sul retro per esercitarsi a sparare.

RICK SI MISE A FARE un pisolino prima di cena, ma si svegliò quando qualcuno bussò alla porta. Erano le cinque e la giornata era praticamente finita. Strofinandosi gli occhi, andò ad aprire, ancora un po' assonnato, senza preoccuparsi di guardare dallo spioncino. Gli orsi non bussano alla porta. Quando aprì, rimase a bocca aperta per lo stupore.

"Ho pensato di riportartelo prima di tornare a casa." Dani Henderson rimase sull'uscio con il carlino in braccio, tutto bendato ma perfettamente sveglio.

"Avanti, accomodati," le disse lui, facendosi da parte, mentre si riprendeva rapidamente dalla sorpresa.

Lei teneva Oliver tra le braccia. Il cagnolino aveva i fianchi fasciati. Rick le si avvicinò, tendendo le braccia. Quando lei gli porse il carlino, le loro braccia e le loro mani si sfiorarono. Lei emanava un leggero profumo di lillà. Lui abbassò lo sguardo e si soffermò a osservare i suoi magnifici occhi. Provò una sensazione di gratitudine, insieme a un barlume di desiderio.

"Grazie." Lui si abbassò e la baciò dolcemente.

Lei non si allontanò, ma l'espressione del suo viso era leggermente scioccata. Chiudendo gli occhi per un attimo, lui si diede mentalmente uno schiaffo. Prese il cagnolino in braccio e lo appoggiò sulla sua cuccia nel salotto. Lui si mise a dormicchiare.

"Come sta?"

"Starà bene. Lascialo tranquillo e portamelo in ambulatorio dopodomani. Dovrò visitarlo e forse potrò anche togliere i punti. Cambiagli i cerotti due volte al giorno e mettigli questi antibiotici nella pappa." Lei tirò fuori una bottiglietta di plastica dalla tasca.

"Ti va di sederti?" le chiese, indicando l'unica sedia della stanza.

"No, grazie." Lei si avvicinò a Oliver, che si era accucciato a dormire. "Ho portato un po' di scorte." Lei gli porse una piccola busta.

"Grazie ancora," le disse, prendendola e sbirciandovi dentro. "Posso offrirti qualcosa da bere?"

Dani sospirò e si guardò intorno nella stanza. "Vedo che la stai ristrutturando."

"Già. Temo che questa stanza non sia ancora adatta a ricevere persone. Allora, posso offrirti un drink? Potremmo berlo in cucina o nel portico sul retro."

"Mi piacerebbe vedere la tua cucina," disse lei, alzandosi.

"Da questa parte," le disse, prendendo Oliver in braccio e dirigendosi verso la parte posteriore della casa. Lei lo seguì. Lui mise il cane sulla sua cuccia in cucina, poi aprì il frigorifero.

"Sto per prepararmi un vodka tonic. Posso offrirtene uno?"

"Volentieri. È stata una lunga giornata."

"Immagino."

Rick prese due bicchieri, aggiunse il lime e la raggiunse al tavolo, situato davanti a una grande finestra. Lei osservò il bel panorama sul retro della sua proprietà.

"Deve essere bello possedere un terreno così ampio."

"Perfetto per la privacy," disse lui, sollevando il bicchiere. "Alla pronta guarigione di Oliver e alla dottoressa che gli ha salvato la vita." Lei brindò con lui e bevve un sorso.

"La privacy è così importante per te?"

"È tutto."

"Ma il tuo viso non è male come pensi."

Lui scoppiò a ridere.

"Sembrerebbe un complimento nascosto, nascosto molto bene."

Lei gli afferrò l'avambraccio e lui sentì un fremito intorno all'inguine. Dio, era passato davvero molto tempo da quando una donna l'aveva toccato.

"Non intendevo questo. Penso che tu stia avendo una reazione eccessiva."

"Tu non sai cosa vuol dire guadagnarsi da vivere grazie al tuo viso e poi perdere tutto."

Lei gli lasciò il braccio e si guardò le mani. "No, hai ragione."

"Ho subito due interventi e questo è il meglio che siano riusciti a fare. Inoltre, per completare il tutto, non mi è rimasto nemmeno uno degli amici che avevo a New York."

Lui sospirò. Esprimere quella verità a voce alta rendeva più vivida la sua sofferenza.

"Mi dispiace molto." I loro sguardi si incrociarono.

Quella che vedeva nei suoi occhi era pietà o comprensione?

"Adesso è tutto finito. Sono qui. Questo è un nuovo inizio. E c'è Oliver con me." Abbassò gli occhi per guardare il carlino addormentato.

"Credo che tu sia molto coraggioso."

Lui sorrise. "Non ho avuto scelta. La mia casa è stata distrutta dall'incendio. Non avevo nessun posto dove andare."

"Hai ricominciato qui da zero?"

"Mindy è mia cugina. Mi ha ospitato per mesi prima di trovare questo posto."

"È una casa magnifica."

"Lo diventerà. Ho fame. Ti va di restare per cena?"

"Beh, non avevo nessun programma, ma non voglio disturbare." Lei arrossì.

Lui sorrise. L'imbarazzo era come una risposta sessuale — o così credeva Rick, almeno riguardo alle donne.

"Io devo mangiare, comunque. È altrettanto facile preparare per due." Si alzò dal tavolo e frugò nel frigorifero. "Mmm. Pollo. Funghi. Panna." Mise gli ingredienti sul bancone vicino ai fornelli.

"Posso aiutarti?" gli chiese lei, avvicinandosi.

"Penso che ci siano gli ingredienti per l'insalata in frigorifero. Ti dispiacerebbe occupartene?"

"Va bene." Lei aprì il frigorifero e tirò fuori una lattuga a foglia rossa, un barattolo di cuori di carciofo, pomodori, cipolle rosse e cetrioli.

"Parlami un po' di te," le disse, mettendo un cucchiaio d'olio d'oliva in una padella.

"Che cosa vuoi sapere?"

Si voltò verso di lei sorridendo. "Tutto."

Lei scoppiò a ridere. "Vediamo, da dove posso cominciare?"

"Che ne dici della facoltà di veterinaria? Quale hai frequentato?"

"La Kensington State University."

Lui annuì. "Ho preso la laurea triennale lì. Sicuramente conoscerai il preside, Mac Caldwell. L'hai mai incontrato?"

"Sì, brav'uomo."

"Era magnifico, ha elaborato un programma speciale per permettermi di lavorare e continuare a studiare. Ma stavamo parlando di te. Come mai hai scelto la facoltà di veterinaria?" Lui tagliò i petti di pollo e li mise in padella.

"Ho sempre amato gli animali e la scienza. Mi sembrava semplice."

"E lo è stato?"

"Ho dovuto studiare molto."

"Niente vita sociale?"

Lei arrossì leggermente mentre brandiva il coltello e stava quasi per tagliarsi un dito.

"Sta' attenta!" esclamò lui, prendendole la mano e accarezzandole il palmo con il pollice. "Queste mani sono preziose."

Lei alzò lo sguardo e gli sorrise. Lui si voltò e ricominciò a tagliare i funghi.

"Ehm, vita sociale?" ripeté.

"Avevo un ragazzo all'università."

"E che fine ha fatto?" le domandò incuriosito.

"Che cosa importa?"

"Se non importa, perché non puoi dirmelo?"

Lei lo guardò storto e continuò a tagliare con forza. "Vuoi proprio saperlo? D'accordo. Lui frequentava la facoltà di medicina mentre io frequentavo veterinaria. Dopo la laurea, lui è partito per un tirocinio in Oregon e io sono andata a Philadelphia."

"E che cosa è successo?"

"Non riesci a unire i puntini? Dean mi ha scaricata."

Lui smise di tagliare. "Che cosa? Ti ha scaricata? Che idiota!"

Lei arrossì di nuovo in viso.

"Qualunque uomo ti lasci andare è un idiota." Rick girò il pollo. Fece sciogliere un po' di burro in una padella più piccola e vi aggiunse i funghi.

"Tu non mi conosci," disse lei, mettendo la lattuga in una grossa ciotola.

"Quello che so è sufficiente."

Rimasero in silenzio mentre continuavano a cucinare. Lasciando i funghi e il pollo in padella, Rick andò a prendere i piatti. Li mise sul tavolo, poi si avvicinò a Dani. Le mise le mani sulle spalle e disse dolcemente: "Ti ha spezzato il cuore?"

Lei si bloccò, come se fosse stata colpita da una folata di vento gelido. I muscoli le si irrigidirono al suo tocco e sollevò leggermente le spalle. Lei annuì. Lui lasciò scivolare le mani sulle sue braccia e sussurrò, "Mi dispiace molto."

Le sue parole fluttuarono in aria come gocce di pioggia congelate.

Lei si voltò e i loro corpi si sfiorarono. Lui la prese tra le braccia e abbassò la bocca. Lei gli mise le braccia intorno al collo e si lasciò andare. Il calore e la morbidezza del suo corpo le riempirono il cuore. Il suo pene si risvegliò. L'astinenza dal sesso l'aveva reso estremamente sensibile. La pressione dei suoi fianchi lo stimolava.

Quando si rese conto di ciò che aveva appena fatto, lui fece un passo indietro. Con quell'aspetto, poteva aspettarsi solo sofferenze. Rick indietreggiò, rivolgendo la sua attenzione a una pentola di riso.

"Mi dispiace, non avrei dovuto farlo." Ora era lui a sentirsi in imbarazzo. In passato, un bacio appassionato di Breaker Winslow aveva sempre avuto via libera, ma stavolta non ne era certo. Non sarebbe riuscito a sopportare un rifiuto.

"A me no," sussurrò lei, distogliendo lo sguardo.

"A te no?" Lui le prese un braccio.

"Dovrebbe farlo?"

L'odore del burro bruciato attirò la sua attenzione. "I funghi! Cazzo!" Raggiunse rapidamente i fornelli e prese la padella prima che il suo contenuto si bruciasse troppo. Spense il fornello e mise la padella sul bancone di granito.

"Capisco."

"Perché non vuoi baciarmi?" Lei lo seguì.

"Non è che non voglio baciarti. Cazzo se lo voglio. Ma quale donna vorrebbe baciare uno come me?" disse lui, indicando il lato destro del suo viso.

"Ho una notizia per te. Con o senza cicatrici, sei molto più bello del novanta per cento degli uomini di qui. E in ogni caso l'aspetto non è tutto," disse lei, mettendosi un pezzo di carciofo in bocca.

"È una cosa buffa da dire a un ex modello. Per me l'aspetto era più di tutto. Era l'unica cosa."

Lei ritornò davanti al bancone e mise le altre verdure nella ciotola di insalata. "Lo so ed è terribile. Ciò che ti è successo è terribile, ma la tua vita non è finita."

"Ti sbagli, lo è. Ogni cosa di quella vita non c'è più. E adesso io, beh, io... io non so chi sono." Davanti ai fornelli, mise un po' di panna nella padella, poi aggiunse un po' di farina.

"Immagino che tu debba ricominciare daccapo."

"Non è facile a trentacinque anni."

"Fa schifo, ma le cose brutte possono succedere. E non avrai mai una nuova vita se continui a nasconderti."

"Sei un'esperta? E hai una vita sociale talmente intensa da essere impegnata ogni sabato sera per mesi?"

"Forse sì!" Lei si mise le mani sui fianchi.

"Davvero?" Lui sollevò le sopracciglia e alzò il tono di voce.

"No, ma tu non potevi saperlo."

Lui scoppiò a ridere.

"Comunque, non è perché mi sto nascondendo. È solo che non ho ancora conosciuto nessuno. Sono nuova qui."

"Sei qui da un anno, no?"

"E allora?"

"È un tempo abbastanza lungo per trovare qualcuno con cui uscire." Lui scolò il riso e prese le posate da un cassetto, poi gliele porse. Mise il riso nei piatti e lo condì con il pollo e la salsa di funghi.

"Ecco," disse, porgendoli a Dani. Dopo aver preso una bottiglia di condimento per l'insalata, prese la ciotola e la raggiunse a tavola.

DANI SI MISE UN TOVAGLIOLO sulle gambe e fece un respiro profondo. Il suo piatto emanava un profumino delizioso. La fame le strinse lo stomaco. Rick si tuffò nel suo piatto con evidente appetito. Lei prese una forchettata e chiuse gli occhi. Il pollo era tenero e gustoso e la salsa era molto saporita.

"Sei un cuoco piuttosto bravo," disse lei, non volendo adularlo eccessivamente.

"Piuttosto bravo?" Lui sbuffò. "Volevi dire maledettamente bravo."

"Ok, sì. Lo ammetto, è buonissimo."

Lui sorrise. "L'insalata non è male."

Lei gli lanciò un'occhiataccia e lui ricambiò con un sorriso malizioso. Mangiarono in silenzio. Le immagini di Breaker Winslow, a torso nudo in una pubblicità o sulla copertina di un libro, le tornarono in mente. Lei era stata segretamente una sua fan per molti anni. Si ricordò di quando sbavava sulle copertine dei suoi libri in una libreria o comprava una rivista solo perché Breaker compariva in una pubblicità di intimo maschile, di whiskey o di qualche profumo.

Stando seduta davanti a lui, vide emergere un barlume del suo lato sexy. Quelle foto ritraevano un uomo vigoroso, il cui appetito non poteva essere contenuto, un uomo che si prendeva ciò che voleva. Quella versione più tranquilla di lui la intrigava. L'altro uomo esisteva ancora? Era sincero o stava soltanto recitando?

Mentre lui masticava, i loro sguardi si incrociarono. Una pennellata di calore fece brillare i suoi glaciali occhi blu. Il suo sorriso asimmetrico e la sua fronte aggrottata le ricordarono gli scatti ammiccanti di quei giorni ormai lontani. Provò un fremito mentre si lasciava andare a quella fantasia, decidendo che lui la voleva ed eliminando ogni ostacolo alla loro unione.

"Senti freddo? Posso accendere il forno," disse lui, alzandosi.

"No, no. Non preoccuparti, sto bene."

"Qui fa freddo la sera, anche in estate. Me lo ricordo bene."

Lei annuì, chiedendosi come sarebbe stato riscaldarsi tra le sue braccia. *Non ascoltare quei pensieri lussuriosi.* Ma la sua libido non aveva intenzione di calmarsi. Le sue spalle e il suo petto, perfettamente delineati sotto la T-shirt, le ricordarono che l'unica parte del suo corpo che era stata alterata dal fuoco era un lato del suo viso.

"Tutto bene?" le chiese, infilzando una foglia di lattuga.

Colta a fissarlo come una teenager innamorata, lei si sentì arrossire le guance.

"Benissimo." Lei svuotò il suo piatto. "Lascia che ti mostri come cambiare i cerotti di Oliver, prima di tornare a casa." *Devo andarmene prima di fare qualcosa di stupido.*

"Mangi e vai subito via? Non è educato. Che ne dici di una tazza di caffè?"

"Va bene."

Lui sorrideva mentre sparecchiava la tavola. Rick preparò il caffè mentre Dani prendeva la sua borsa. I due si avvicinarono al cucciolo addormentato. Rick si mise in ginocchio accanto a lei. Era uno studente attento e capace. Il cagnolino addormentato emise un leggero guaito, leccò la mano di Rick, si stiracchiò e richiuse gli occhi.

"E per la pappa?"

"Ti farà capire quando avrà fame. Non basarti sui soliti orari per i pasti. Probabilmente si sveglierà stanotte. Sarà allora che dovrei dargli da mangiare. Aspetta domani mattina per dargli un'altra dose di antibiotico," disse lei, alzandosi. Il ricco aroma di una costosa miscela di caffè le stuzzicò il naso.

Rick accarezzò un'altra volta il carlino, poi si avvicinò alla credenza.

"Ho dei biscotti. Non mangio dolci. Non so perché. Non farò mai più il modello. Suppongo che sia una vecchia abitudine," le disse.

Lei gli afferrò il braccio, facendolo abbassare per dargli un bacio sulla guancia. Il suo atteggiamento realista nei confronti della fine della sua carriera la sorprese. Si sarebbe aspettata disperazione, autocommiserazione, rabbia, ma mai una fredda accettazione. Probabilmente, ognuno affronta le tragedie personali a modo suo.

Lei gli mise le mani sui fianchi. "I tuoi fianchi sono perfetti. Non rovinare la perfezione."

Lui scoppiò a ridere, lasciando scivolare le mani sulle sue. "È bello sapere che qualcosa di me è ancora in buone condizioni."

Mentre gli metteva le braccia intorno alla vita, si meravigliò dei muscoli robusti che sentiva sotto la sua pelle. Gli premette le mani sulla schiena, cercando di allontanare il desiderio di lasciarle scivolare sul corpo muscoloso di Rick.

"Anche la mia bocca non ha niente che non vada," disse lui, abbassandosi.

Premette dolcemente le labbra sulle sue, in modo rispettoso, anche troppo per Dani. Lei spinse i fianchi contro i suoi. Il suo leggero sussulto la fece sorridere.

"Fa' attenzione a ciò che desideri," le sussurrò all'orecchio, aumentando la pressione sulla sua bocca. Lei la aprì per lui e la sua lingua cominciò a esplorarla. La passione crebbe tra di loro. Le gambe di Dani si indebolirono e lei si appoggiò a lui. Rick la prese dai fianchi, stringendola a sé.

Il desiderio le attraversò tutto il corpo, raggiungendo presto le sue zone più sensibili. Come in astinenza, si lasciò andare, volendo di più. La sua voglia aumentava, provocandola e spingendola a darsi da fare, ma poi il suo buon senso ebbe la meglio.

Quell'uomo era un suo cliente, un paziente che usufruiva dei suoi servizi. Sarebbe stato giusto sbavargli dietro come una cagna in calore? *Dove sono andati a finire la tua dignità e il tuo rispetto per te stessa?* Erano svaniti, sciogliendosi come neve al sole.

Rick si allontanò per primo. La guardò negli occhi con un'espressione inquisitoria. L'imbarazzo la fece arrossire sul viso e sul collo. Lui aveva avuto la sensazione corretta credendo che lei fosse pronta a concedersi dopo qualche carezza.

"Il caffè è pronto," le disse, allontanandosi da lei e permettendole di raffreddarsi dopo essersi scaldata tra le sue braccia.

Ovviamente, aveva fatto bene a fermarsi, anche se ogni gesto del suo corpo gli aveva dato via libera. Dopotutto, perché un uomo che aveva fatto l'amore con le attrici e le modelle più belle avrebbe dovuto volere una storia con una comune veterinaria? Lei rise tra sé.

"Perché ridi?"

"Niente."

"Latte? Zucchero?"

"Solo un po' di latte, grazie."

Lui annuì, versò del latte in una tazza e portò le bevande a tavola. Il leggero russare del carlino si fece più forte e la fece sorridere.

"I carlini sono buffi," disse lei, prendendo la tazza. "Grazie."

"Lui è il mio primo carlino."

"Hai avuto altri cani prima?"

"Solo uno. Ralph. Un golden retriever. È morto nell'incendio." Rick strinse le mani intorno alla tazza e fissò il caffè.

"Mi dispiace molto, non lo sapevo." Lei gli strinse la spalla con la mano.

Lui sorrise e la guardò negli occhi. "Era un cane magnifico."

Lei annuì e bevve l'ultimo sorso di caffè, poi guardò l'orologio.

"Sarà meglio che vada."

"Certo, è tardi."

"Devo vaccinare delle mucche domani mattina alle sette," disse lei.

Lui scoppiò a ridere. "E poi c'è gente che pensa che il tuo lavoro sia divertente."

"Non lo è affatto! Devo indossare una divisa. E poi c'è tutto quel letame," disse lei.

"Non vorrei essere al tuo posto," disse lui, mettendo nel lavandino la tazza di Dani.

"Grazie per la cena." Lei si alzò dal tavolo.

Dovrei dargli la mano? Non posso farlo dopo averlo baciato, vero?

Si diressero insieme verso la porta. Lei gli ripeté le istruzioni per Oliver. Rick aprì la porta. La accompagnò nel breve tragitto verso la sua macchina. In cielo, c'era solo mezza luna. L'aria della notte si era rinfrescata e il frinire dei grilli accompagnava il dolce odore dell'erba appena falciata. Lei fece un respiro profondo. "Quest'aria. Non mi stanca mai."

"Questa è una delle cose che non mi mancano della città," convenne lui.

"Ricordati di portarmi Oliver in ambulatorio tra due giorni. Chiamami se qualcosa va storto o se hai qualcosa da chiedermi. Ecco il mio numero personale." Lei scarabocchiò un numero sul retro del suo biglietto da visita.

"Non potrò mai ringraziarti abbastanza."

"È il mio lavoro."

Lui si abbassò e le diede un bacio sulla guancia.

"Non voglio... voglio dire... non dovrei. Beh, tu sei la sua dottoressa." Lui si impappinò.

Lei sollevò la mano. "Ho capito. Nessun problema. Davvero."

"Approfittarmene. Non voglio approfittarmene." Lui sospirò.

"Oh. Ok." Lei annuì. "Capisco."

"Bene. Non che io non lo farei. Forse dovrei smettere prima che sia troppo tardi."

Reggendosi alle sue spalle, si alzò in punta di piedi e gli diede un bacio sulle labbra. "Buonanotte," disse, sorprendendo Rick, che rimase a toccarsi il labbro inferiore.

Lei salì in macchina e accese il motore. Lui la salutò con la mano. Lei uscì dal vialetto e si diresse verso casa. C'era mancato poco. Breaker Winslow era tutt'altro che morto e aveva tessuto la sua tela di seduzione. Quanto era inopportuno andare a letto con il proprietario di uno dei suoi pazienti? Era davvero importante? O era semplicemente meglio proteggere il suo cuore da un uomo con quella reputazione da playboy? Almeno, così dicevano i pettegolezzi, all'epoca in cui lui compariva su tutte le copertine. Forse non aveva abbastanza coraggio per lasciarsi andare e rischiare di innamorarsi, per poi perdere di nuovo tutto? Non aveva risposte, solo domande. Era ora di dormire un po' e di allontanare quel desiderio allarmante dalla sua mente e dal suo corpo. Aveva del lavoro da fare e non aveva tempo per una relazione o per qualunque cosa potesse somigliarle.

Cazzo, se avesse avuto intenzione di andare a letto con qualcuno, chi sarebbe stato meglio dell'affascinante Breaker Winslow o del suo alter ego Rick? Dani parcheggiò, diede da mangiare ai suoi due gatti e si sedette sul letto, fissando la luna. Dopo che Dean le aveva spezzato il cuore, aveva deciso di condurre una vita tranquilla. Trascorrere le sue giornate con mucche, cavalli, cani e gatti doveva essere semplice.

Non c'era posto nella sua vita per Rick Winslow. Lei sospirò. La delusione si fece strada nel suo cuore. Un po' di avventura sarebbe stata una cattiva idea? Lei sorrise. Forse una piccola trasgressione poteva essere la soluzione?

Capitolo Cinque

Rick si voltò, poi rimase disteso a fissare la luna. Dormire da solo aveva iniziato a stancarlo. La sensuale Dani Henderson era esattamente ciò di cui aveva bisogno. Si rivolse a Oliver, che era rannicchiato sul suo letto.

"Ma cosa dico? Cosa potrebbe volere una donna intelligente come lei da un uomo sfigurato come me?"

Il cagnolino emise un guaito.

"Davvero? Lo pensi davvero? Oh, non stai bene. Andiamo, è ora di cambiarti i cerotti e darti da mangiare." Rick indossò un paio di boxer e prese dolcemente in braccio il suo carlino. Poi, si diresse verso la cucina. Le provviste che gli aveva portato Dani erano sul bancone. Continuò a parlare con lui mentre lo medicava. Gli occhi marroni del carlino seguivano ogni sua mossa.

"Ancora non ti fidi di me?"

Lui rispose con un ringhio appena accennato.

Quando ebbe finito, ripulì tutto e mise una ciotola di cibo umido sul pavimento. Ollie l'annusò, poi divorò tutto. Rick sorrise.

"Ora va meglio."

Quando finì, Rick si mise il fucile sotto un braccio e il cane sotto l'altro e uscì.

"Ok, Oliver. Fa' i tuoi bisogni. Io resto qui a guardare." Rick caricò il fucile come un esperto e se lo mise in spalla, perlustrando il prato e il bosco con il suo sguardo acuto. Non avrebbe mai permesso a un orso di uccidere il suo fidato amico.

Le parole della terapeuta dalla quale era andato per sei mesi dopo l'incendio gli tornarono in mente.

"Quando sarà pronto, troverà qualcuno."

Lui le aveva chiesto se qualche donna si sarebbe potuta interessare a un uomo con quell'aspetto.

"Se è la donna giusta, non le importerà."

Lui si era messo a ridere. Risposta stereotipata. Non ci aveva creduto nemmeno per un momento. Le favole andavano bene per i libri, ma quella era la vita. La sua unica speranza era trovare una cacciatrice di dote che potesse sopportare il suo aspetto, così avrebbe solo dovuto pregare che i soldi durassero fino alla sua morte. La terapeuta lo sfidò. Avevano scommesso che avrebbe trovato qualcuno entro tre anni. Lui aveva aggrottato la fronte con scetticismo e aveva scommesso cento dollari. Lei aveva accettato. Quella era stata la sua ultima seduta.

Rimase sul portico, con lo sguardo attento e pronto a combattere. La sua mente vagava. E se la terapeuta avesse avuto ragione? A Dani non sembrava importare del suo viso. E comunque stavano diventando amici, solo amici, giusto?

Lui sorrise. Gli amici non si baciano in quel modo. Quanta passione era nascosta sotto quel morigerato camice bianco? Qualcosa si mosse. Lui sentì un fruscio tra le foglie. Si mise sull'attenti come un soldato sul campo di battaglia. Dove accidenti era finito il suo carlino? Come poteva proteggerlo se non sapeva dove si trovasse?

"Oliver! Oliver! Vieni, piccolo! Ollie!"

Perlustrò l'area con lo sguardo, ma non vide il cane. Dannazione, e se il cucciolo ferito si fosse allontanato? Rick saltò giù dalla pedana in un lampo. Lo chiamò un'altra volta. Stavolta, un abbaio vicino al bosco gli permise di localizzarlo. Rick si precipitò da lui, attento a tenere il fucile lontano dal corpo.

Quando lo raggiunse, si rese conto che il fruscio era causato da Oliver e dal vento. Prese il cane e tornò verso casa. Mentre accarezzava il cane ai suoi piedi, si voltò. Qualcosa di nero si mosse alla loro destra. Era l'orso. Fece un passo verso Rick, che sollevò il fucile.

"Maledetto mostro. Vieni qua. Ti sfido. Ti farò saltare quella fottuta testa. Forza, vieni avanti, se hai il coraggio." Le mani gli tremavano mentre mirava. L'animale fece un passo indietro nell'ombra, così Rick non vide bene dove mirare. Quindi, puntò il fucile verso il cielo e sparò.

Uno, due, tre colpi. L'orso nero si precipitò verso il bosco e scomparve.

"E non avvicinarti più!" urlò Rick. Oliver continuava ad abbaiare.

Rick ritornò. Un po' scosso dal suo incontro, guardò la creaturina.

"Resta lontano dal bosco, ok?" Dopo aver riposto il fucile, prese il carlino tra le braccia e salì lentamente le scale, facendo attenzione a non far male al suo piccolo amico. Lo mise ai piedi del letto. Oliver si accucciò prima di crollare. Rick poté giurare che sorridesse. Dopo aver tirato giù la leggera coperta e il lenzuolo, si tolse i boxer, si mise a letto, facendo attenzione a non disturbare il cane, e si addormentò.

DUE GIORNI DOPO, RICK mise Oliver nel suo SUV e guidò fino all'ambulatorio della dottoressa Dani per il check-up mattutino del suo cane. Lei gli tolse i cerotti, controllò i punti, lo ripulì e gli mise i nuovi cerotti. Poi, misurò i suoi parametri vitali.

"Sembra che stia bene, Rick. Ti stai prendendo perfettamente cura di lui."

"Ovviamente, che cosa credevi?"

"Non fare il permaloso. Ti ho fatto un complimento. Impara a ringraziare," gli disse, con le mani sui fianchi.

"Chi è permaloso adesso?" Lui cercò di sembrare arrabbiato, ma non ci riuscì e scoppiò a ridere. Dio, era bellissima anche quando era incazzata. "Hai ragione. Grazie."

"Così va meglio. Credo di potergli togliere i punti tra tre giorni. Puoi tornare?"

"Certo. Che ne pensi di venire a cena da me allora?"

"Cena e rimozione dei punti?"

"Perché no?"

Lei sorrise. "Sei un cuoco piuttosto bravo."

"Il buon cibo seduce le donne." Lui aggrottò la fronte.

Dani scoppiò a ridere. "Almeno sei aperto a riguardo."

"Mercoledì?"

Lei annuì. Mentre si dirigeva verso la porta, lei lo fermò mettendogli una mano sul braccio.

"Hai già deciso cosa fare di quel vecchio fienile?"

"Stavo pensando a una palestra. Ma c'è molto spazio per quello in soffitta."

"Ci sono delle stalle lì dentro?"

Lui annuì.

"E se lo usassimo per ospitare un cavallo senza casa?"

Lui aggrottò la fronte. "Un cavallo senza casa?"

"A volte, ci occupiamo di animali che hanno bisogno di essere adottati."

"Adottare un cavallo? Riesco a malapena a gestire un cane."

"Solo per qualche giorno?"

"Hai qualcuno in mente?"

"Ray Watkins è piuttosto malato. Ha ottantanove anni. Sua figlia vive a New York. Ray possiede un paio di belle cavalle."

"E vuoi metterli nel mio fienile?"

"Non lo so. Sto solo valutando questa possibilità."

"Ne riparliamo mercoledì."

"Alle sette?"

"Per me va bene," disse lui, dirigendosi verso la porta.

Nel breve tragitto verso casa, Rick consultò Oliver. "Se prendessimo un cavallo, non dormirerebbe dentro casa. Saresti comunque il numero uno."

Il carlino abbaiò.

"Ok, so che è una follia. Non so un cazzo di cavalli. Ma esistono i libri, giusto? Dani sa tutto. Lei potrebbe aiutarmi. Anzi, le chiederei di occuparsene personalmente. Così, dovrebbe venire sempre qui. E magari anche fermarsi per la notte."

Oliver abbaiò.

"Hai ragione. Troppe informazioni, Ollie."

Rick tirò fuori il suo telefono e chiamò Dani Henderson.

"Ok. Ripuliremo il fienile e faremo posto a Mr. Ed."

"Davvero? Fantastico. Sono sicura che troveremo qualcuno che la adotti," disse lei.

"È una lei?"

"Una cavalla."

"Oh. Ok. Ma dovrai aiutarmi. Non so nulla di cavalli."

"Nessun problema. Quando pensi che sarai pronto?"

"Non lo so. Inizio oggi. Perché non vieni a cena? Così potrai controllare i miei progressi."

"Modo molto furbo di chiedermi un appuntamento. Pensavo che mercoledì avremmo cenato insieme per togliere i punti a Oliver."

"Non è un appuntamento. È, è..."

"È un appuntamento."

"Verrai ancora mercoledì, giusto? Quello sarebbe il tuo appuntamento con Oliver. Questa sera sarebbe con me. Potrai dirmi di cosa ha bisogno il cavallo."

"Bene. Ho degli appuntamenti fino a tardi oggi. Sarò da te verso le otto. Ok?"

"Ok."

Lui preparò il caffè e controllò l'orologio. Erano solo le nove e avrebbe affrontato quel maledetto fienile dopo essersi rifocillato con un po' di java. Qualcuno bussò alla porta.

"Salve," disse Will Lennox. Lui entrò in casa, portando gli attrezzi da costruzione. "Torno subito."

Lui posò un secchio, un borsone e un barattolo di vernice proprio dietro la porta. Rick si fece da parte e osservò il ragazzo fare diversi viaggi verso il suo furgone per prendere una scala, uno sgabello, una vaschetta di vernice, dei pennelli e altri attrezzi.

"Un intervento impegnativo." Rick si accarezzò il mento.

"Puoi dirlo forte. Finiremo presto."

"Finiremo?"

"Già. Ho portato un mio amico." Will si fece da parte e apparve un ragazzo dai capelli castani che indossava una tuta da lavoro. "Lui è Chuck Williams. Chuck, questo è il famoso Breaker Winslow."

Il giovane silenzioso gli porse la mano.

"Non sono più Breaker. Sono solo Rick."

"Spero che tu abbia un posto dove andare perché lavoreremo al primo piano ed è meglio che tu non stia qui."

"Per me va bene. Ollie e io andremo a esplorare il fienile, poi staremo in cucina. Va bene?"

Will annuì mentre metteva una mano nella tasca posteriore, tirando fuori un cacciavite.

"Se volessi ripulire il fienile, voi potreste farlo?" chiese Rick.

"Una volta iniziato, dobbiamo andare avanti per finire più velocemente."

"Ok, ok. Sembra che io debba occuparmi del fienile da solo." Sollevò le spalle e si diresse verso la porta sul retro, seguito da Oliver.

Guardò disgustato il vecchio edificio. La vernice rossa era staccata ovunque, tranne sulla parte superiore della facciata, lasciando delle parti di legno grigio esposte all'aria. Affettuosamente definito da suo cugino un "maniaco dell'ordine", Rick odiava quel rottame disordinato che Dani chiamava fienile. Quando arrivarono davanti alla struttura, Rick rabbrividì mentre si avvicinava alla grande porta con i residui di vernice rossa, ormai scheggiata e sbiadita. Il chiavistello arrugginito era bloccato. Rick lo colpì con un pugno, invano. Cercando nel campo lì vicino, trovò un sasso. Usandolo, colpì il perno del chiavistello fino a farlo scorrere lateralmente. Aprì la porta sulla destra, mettendosi a tossire quando l'aria stantia e polverosa gli raggiunse i polmoni.

Particelle di polvere brillavano e danzavano sotto il sole, come scaglie d'oro. Rick agitò la mano, sperando di allontanarle, ed entrò. Oliver abbaiò ed esitò sulla soglia.

"Andiamo, Ollie. Non c'è niente qui dentro di cui aver paura tranne, forse, una dozzina di grossi ratti," disse Rick, mentre un brivido gli attraversava la schiena. Quando la luce raggiunse l'interno, qualcosa gli volò sopra la testa e uscì all'aria aperta. Rick si abbassò e fece una smorfia.

"E un pipistrello di taglia media."

La polvere nell'aria non si disperse. Rick tirò fuori un fazzoletto dalla tasca e se lo mise sulla bocca e sul naso. L'interno del fienile era un disastro. Da una parte, c'erano tre stalle. Due avevano le porte traballanti e l'altra era completamente aperta. Dall'altro lato, c'erano un paio di balle di fieno ammuffito e una scala.

Lui alzò lo sguardo. Un piccolo solaio occupava la metà priva di stalle. Non aveva idea di cosa potesse vivere lassù e non aveva voglia di scoprirlo.

"Maledetto ragazzo di città," borbottò tra sé, scuotendo la testa. Nell'angolo più lontano, giacevano un forcone arrugginito, una pala e una scopa con le setole piegate. Fieno vecchio, escrementi di cavalli e altro ancora di chissà quali tipi di animali ingombravano il pavimento di cemento. Si diresse dall'altra parte in punta di piedi.

Il pavimento aveva bisogno di una bella spazzata e del tubo. Non c'era nessun altro che potesse farlo. Fece una smorfia e prese la scopa. Il manico era cosparso di polvere. Si ripulì le mani sui jeans, poi la riprese e si mise al lavoro. Oliver trotterellò fuori, trovò un giaciglio d'erba sotto il sole, vi girò intorno un paio di volte e poi si sdraiò. Prima che Rick desse il terzo colpo di scopa, lui stava già russando. La polvere svolazzava per aria, intasandogli le vie respiratorie. Si mise a tossire fino a diventare rosso in volto.

"Dobbiamo fare un salto da Jennings Supply," disse Rick tra sé. Gli servivano un paio di occhiali e una maschera per il viso. "Andiamo, Ollie," gridò lui, e il cagnolino balzò sulle zampe e lo seguì fino alla macchina.

Era stata Jess a parlargli di quel negozio. Vendeva di tutto, dal mangime per polli agli spazzolini da viaggio. Ascoltandola parlare, Rick aveva capito che quello sarebbe diventato il suo posto preferito. Quando entrò nel parcheggio, il reparto delle piante, situato all'esterno del negozio, pullulava di giardinieri. Lui abbassò la testa mentre scendeva dalla macchina con il carlino al seguito.

Entrò rapidamente nel negozio, trovò ciò che gli serviva, pagò e andò via il più rapidamente possibile. Fece un sospiro di sollievo quando lui e Ollie rientrarono in macchina per tornare a casa. Solo un uomo l'aveva fissato e questo non gli aveva fatto venire voglia di picchiarlo. Si stava forse abituando al suo nuovo destino?

Quando tornarono a casa, Rick indossò la sua tuta protettiva ed entrò nel fienile. Non avrebbe mai permesso che il sudiciume, la sporcizia e le cose disgustose che giacevano sul pavimento lo sconfiggessero. Prese la scopa. Essendosi allenato per anni, aveva un fisico forte. Mentre lui spazzava, Ollie dormiva. Rick si mise a canticchiare, lasciandosi accompagnare dal rumore della scopa.

Alzando la voce, passò dal pavimento alle stalle. Si fermò, bevve una bottiglia d'acqua e rimase fermo a esaminare il suo lavoro. Soddisfatto dei risultati, il fienile gli sembrava perfetto per ospitare un cavallo.

Qualcuno bussò, facendolo trasalire. Lui si voltò e vide Dani appoggiata alla porta.

"Sto cercando Rick Winslow. Sa dove posso trovarlo?" chiese lei, con un luccichio negli occhi.

Lui si tolse la maschera e gli occhiali. "Sono io."

"Lo sapevo." Lei gli si avvicinò.

"Ho quasi finito di pulire il pavimento."

"È ora di pranzo. Ti ho portato un panino," gli disse, aprendo un sacchetto di carta marrone.

"Mi hai portato un panino?"

"Già. Il mio preferito. Prosciutto, lattuga, pomodoro, maionese e senape. Uno per te e uno per me. Puoi fare una pausa?"

Lui su pulì le mani sui jeans, che erano tutti sporchi. "Grazie. Sembra fantastico."

I due si misero a camminare sotto il sole. Lui si sedette sull'erba sotto un albero. Lei gli porse un tovagliolo e lui si pulì di nuovo le mani.

"Forse dovresti usarlo per mangiare. Sei piuttosto sporco."

L'imbarazzo lo colse all'improvviso. Si era dimenticato di esserlo. *Doveva avere un aspetto orribile!* Proprio lui, Breaker Winslow, l'uomo che non aveva mai un capello fuori posto e indossava sempre una camicia pulita e perfettamente stirata! Doveva sembrare un vecchio bracciante o un cowboy brizzolato.

"Mi dispiace. Non mi aspettavo di avere compagnia."

Sedendosi di fronte a lui, lei sollevò la mano. "Preferisco gli uomini che si sporcano per aver lavorato che i modelli con i capelli perfettamente a posto." Lei diede un morso al suo panino.

"Qualsiasi cosa tu preferisca, è questo che offre il convento. Che cosa c'è che non va in un modello dall'aspetto perfetto?"

Lei fece una smorfia. "Un uomo troppo perfetto non è molto maschile. Ma è solo la mia opinione."

"Davvero? Conosco dozzine di donne che non sarebbero d'accordo," borbottò lui, prima di portarsi il panino alla bocca.

"Ci credo. Scommetto che ne conosci migliaia."

Lui finì di masticare. "Non esageriamo. Non più di novecento."

Lei scoppiò a ridere mentre prendeva una bottiglia di tè freddo dalla sua borsa e gliela porgeva.

"Ti piacciono gli uomini dall'aspetto grezzo e con le unghie sporche, eh?" Fece una smorfia mentre guardava le sue.

"Non mi importa se un uomo che ha lavorato sodo tutto il giorno è un po' sporco e sudato. È sexy. Amo gli uomini che lavorano con le mani," disse lei, aprendo la bottiglia.

"Ho sempre lavorato con le mie mani — e con altre parti del corpo," ridacchiò lui.

Lei arrossì e abbassò lo sguardo, sorridendo. "Sai cosa intendo."

"Non riesco a resistere alle battute a doppio senso. Potresti fare carriera come spalla di qualche comico se decidessi di smettere di prenderti cura degli animali."

"Molto divertente."

"Come immaginavo."

"Proprio quando stavo cominciando a pensare che ci fosse una persona reale sotto quella facciata, mi dici così. Sei fastidioso, signor Winslow," ribatté lei, alzandosi in piedi.

"Te ne vai?"

"Sì.

Non posso sopportare troppo a lungo quest'umorismo sofisticato. Sono una semplice veterinaria di campagna."

"Adesso chi è che fa del sarcasmo?"

"L'hai voluto tu." Lei prese i rifiuti del loro pranzo e li mise nella busta marrone.

"Per favore, non andartene. Mi dispiace. Sii tollerante con me. Non sono ancora abituato a questo tipo di vita."

"È vero." Lei sembrò esitare.

"Resta. Almeno finché non finiamo le nostre bevande."

Lei si risedette sull'erba. "Ok. Ma cerca di comportarti bene."

"Mi risulta difficile con una bella donna accanto."

"L'hai fatto di nuovo."

"No, davvero. Dico sul serio." Lui le prese un braccio, tenendola ferma. "Credo che tu sia bellissima."

"Dopo aver frequentato tutte quelle top model?"

"Tu non hai niente in meno di loro." La sua voce si addolcì e i loro sguardi si incrociarono. Lei distolse lo sguardo e abbassò gli occhi.

"Grazie."

"Non ti rendi conto di quanto sei carina?" Lui aggrottò la fronte.

"Dean non la pensava così."

"Il dottore che si è trasferito in Oregon?" Lui le prese la mano.

"Sei un buon ascoltatore."

"Ascolto sempre le persone intelligenti."

"Gli sono bastati cinque minuti per trovare un'altra. Pensavo che, una volta sistemato, avremmo trovato una soluzione per restare insieme. Ma non ne ho mai avuto la possibilità."

"Ti ha spezzato il cuore."

"Ormai l'ho superato. Sono passati due anni."

"Bene. Quindi non ho concorrenti," le disse, accarezzandole la mano con il pollice.

Lei la ritrasse e ritornò a guardarlo negli occhi. "Ci pensi da solo a rovinare le cose."

"Lo so. Non sei la prima persona a dirmelo."

"E allora perché lo fai?"

"Non lo so. Prima ero arrogante. Adesso non lo sono più." Lui si guardò le mani.

"No, non lo sei."

"Grazie." Lui alzò lo sguardo.

Sorseggiarono le loro bevande in silenzio. Quando finirono, si alzarono e ripulirono tutto.

"Che ne pensi dei miei progressi?" le chiese, indicando il fienile.

"Ogni cavallo sarebbe felice di viverci," commentò lei.

"Lo pensi davvero?"

"Soprattutto se non ha un posto dove andare."

Scoppiarono a ridere insieme.

Dani si chinò per esaminare il cane. "Si sta riprendendo bene."

Grazie ancora."

"È arrivato il momento di visitarlo. Chiamami per un appuntamento."

"Lo farò. Devo lavarmi. Le mani cominciano a prudermi."

"Allergia alla polvere?"

"Direi di sì. Grazie per il pranzo, la compagnia e la conversazione."

"C'è qualche possibilità che il fienile sia pronto per i cavalli tra un paio di settimane?"

"Forse. Ma solo se mi aiuterai a prendermi cura di loro."

"Affare fatto." Lei gli strinse la mano sporca e si diresse verso la sua auto. Lui la accompagnò. Oliver li seguì trotterellando. Lui la salutò con la mano mentre usciva dal vialetto.

Lei non aveva paura di sfidarlo. E questo gli piaceva. Ollie lo seguì dentro casa. Prese il cucciolo e lo portò su per le scale, fermandosi davanti allo specchio a figura intera sulla porta dell'armadio. Ebbe un sussulto.

"Oh, mio Dio. Che diavolo ti è successo? Breaker Winslow è decisamente morto. Morto e sepolto," disse lui, esaminando la propria immagine. Avevo il viso sporco di terra, i capelli imbiancati dalla polvere e le mani ruvide e sudice.

Quando Rick si diresse verso la doccia, Ollie abbaiò.

"Hai ragione, amico. Vado a lavarmi, per vedere se Rick Winslow è nascosto sotto questo strato di sporcizia. Quando avrò finito, mi riconoscerai di nuovo."

Si tolse i vestiti e li lanciò nel cestino della spazzatura, poi si infilò sotto l'acqua bollente.

MENTRE SI ALLACCIAVA l'accappatoio di spugna intorno alla vita, squillò il telefono. Era sua cugina.

"Vuoi invitarmi a cena?"

"No. Drew e io dobbiamo uscire. Serata di appuntamenti."

"Oh, cazzo."

"Scusa. Ma ti sto chiamando per una grande opportunità."

Lui strinse gli occhi. "Perché penso che riguardi i miei soldi?"

"No. Niente soldi."

"Allora cosa?"

"Pine Grove sta organizzando una fiera."

"Una fiera? Pittoresco."

"Non essere antipatico. Ascolta e basta.

È per beneficenza. Stiamo raccogliendo fondi per i pompieri volontari e il servizio di ambulanza."

"Non pagate i pompieri?"

"Non ci sono soldi."

"Grandioso. Quindi, se in casa mia ci fosse un incendio e in quel momento nessuno stesse cenando, la mia casa potrebbe salvarsi."

"Non essere ridicolo! Ovvio che verrebbero. Sono i migliori. Comunque, è una questione importante e Jory Walker Stevens, l'organizzatrice di quest'anno, mi ha chiesto di chiederti di fare da volontario."

"Ok, ok. Mi hai convinto. Segnami per partecipare."

"Non vuoi sapere quali sono i comitati?"

"No. Iscrivimi e basta. Ok?"

"Ok. Ma dovrai fare qualunque cosa alla quale ti iscrivo, d'accordo?"

"Affare fatto. Però mi devi una cena. No, aspetta. Una cena e una colazione a base di pancake."

"D'accordo. Buona notte."

Lei riagganciò troppo velocemente. Rick era sospettoso, ma che male poteva esserci in una fiera?

Will lo chiamò al piano di sopra per dirgli che la loro giornata di lavoro era finita. Rick indossò una felpa e li raggiunse. Sarebbero tornati alle otto del mattino seguente. Rick annuì e chiuse la porta alle loro spalle. Si fece strada tra gli attrezzi, le scale e i teli per tornare in cucina. Diede da mangiare a Oliver e si preparò un piatto surgelato.

Senza camicia, portò la sua cena sul tavolo della pedana esterna.
Gli uccelli erano ancora fermi sulla mangiatoia. Chi aveva detto che
avrebbe mangiato da solo? Cavolo, aveva molta compagnia: cardellini,
picchi, passerotti e cinciallegre consumavano il loro pasto serale insieme a lui.

Quando finì, si versò un bicchiere di vino e si sedette sul dondolo.
Ollie si rannicchiò nella sua cuccia e iniziò a russare. La serata era molto
tranquilla e il cielo era tanto bello da togliere il fiato. Poi quella pace fu
interrotta da una telefonata. Non riconobbe il numero, così rispose.

"Signor Winslow?"

"Sì. Chi è?"

"Salve, sono Jory Walker. Anzi, Jory Walker Stevens. Mi sono appena sposata e non mi sono ancora abituata al mio nuovo cognome."

"Congratulazioni," le disse. La conversazione era già noiosa.

"Sono l'organizzatrice della fiera. L'ho chiamata solo per ringraziarla. Non avrei mai pensato che avrebbe accettato."

"Sono felice di dare una mano. Nessun problema."

"Quando ho chiesto a Mindy in cosa lei è bravo, non ha avuto dubbi."

Curioso di consocere quello che, secondo sua cugina, era il suo punto di forza, dovette chiederglielo. "Davvero?"

"Sì." Lei si mise a ridacchiare dall'altra parte del telefono.

Ora la sua curiosità aveva raggiunto il massimo storico e la sua
adrenalina era arrivata alle stelle. "Mi aiuti a ricordare. Per che cosa mi
ha iscritto?"

"Come ha fatto a dimenticarselo? Il chiosco dei baci!"

Lui lasciò cadere il suo bicchiere di vino, che si frantumò sul pavimento di legno.

"Oh, mio Dio. Tutto bene, signor Winslow?"

Lui non riuscì a rispondere.

"Signor Winslow?"

"Rick,", rispose a fatica, mentre si abbassava per raccogliere i pezzi di vetro.

"Ok, suppongo che, se farai il chiosco dei baci, posso chiamarti Rick. Sarò la prima a comprare un biglietto."

"Sono lusingato." Lui si chiese come fosse il suo aspetto. Poi scosse la testa. Lei era sposata da poco. "Che cosa ha detto esattamente la mia cara cugina?" Gli venne in mente un'immagine di lei legata a un albero e di lui con una frusta in mano.

"Ha detto che il tuo punto di forza sono le donne, quindi il chiosco dei baci sarebbe stato perfetto. Sono certa che attirerai una gran folla."

"Nonostante il mio aspetto?"

"Non sottovalutarti, Rick. Sarai in buona compagnia."

"Oh?"

"Già, per gli uomini, ci sarà mia sorella Amber, in un altro chiosco accanto a te."

"Amber?"

"Aspetta un attimo. Ti mando un messaggio con la sua foto."

Dopo pochi secondi, una foto della donna più sexy della contea apparve sul suo telefono.

"Wow. Capisco cosa intendi. Potrò baciarla?"

"Puoi comprare un biglietto. Ma devo avvertirti, è felicemente sposata."

"Cazzo. Tutte le donne migliori lo sono."

"Ce n'è una a Pine Grove che non lo è."

Lui aggrottò la fronte. "Chi è?"

"Andiamo, Rick. Sappiamo tutti che trascorrete molto tempo insieme."

"Tutti?"

"La dottoressa Dani. Scommetto che comprerà cento dollari di biglietti. Mio marito mi sta chiamando. Adesso devo andare. Volevo solo ringraziarti per aver accettato. Sono sicura che batteremo tutti i record e raccoglieremo molto denaro."

"Grazie per la fiducia, Jory. Buona notte."

"Anche a te."

Imprecando energicamente, portò il bicchiere rotto in cucina. Dopo aver ripulito tutti i piccoli frammenti, si versò un altro bicchiere di vino. La rabbia gli scorreva nelle vene.

"Mindy, maledetta stronza!"

Lui si mise la testa tra le mani. Come avrebbe potuto guardare in faccia tutte quelle donne con il suo aspetto? Jory Walker Stevens si sbagliava. Il suo chiosco sarebbe rimasto completamente vuoto. Chi avrebbe voluto baciare un uomo come lui? Sbatté le palpebre per scacciare le lacrime, bevve il vino e si diresse verso il letto.

Capitolo Sei

Il mattino dopo, Rick si svegliò presto. Si fece prendere dal panico. Mancavano due settimane alla fiera. Forse poteva vendere la sua casa e trasferirsi? Il telefono squillò presto. Era Dani.

"Bene, bene, ecco il baciatore folle!"

"Oh, mio Dio, lo sa già tutta la città?"

"Ovviamente. È un piccolo villaggio, Rick."

"Lo so, lo so, ma un ragazzo non può avere nemmeno un minuto per cercare di sottrarsi a tutto questo?"

"Perché?"

"A causa del mio viso, nessuno si iscriverà."

"Stai scherzando? Jory mi ha detto di aver già venduto cinquanta biglietti."

"Tu ne hai comprato qualcuno?"

Ci fu un attimo di silenzio.

"Sì."

"Più di uno?"

"Dieci."

Lui scoppiò a ridere. "Tu potresti averli gratis. In qualunque momento."

Lui la sentì ridere imbarazzata. "Li ho comprati per beneficenza."

"Sarebbe un'opera di beneficenza anche se tu venissi a casa mia adesso."

Lei scoppiò a ridere.

"Ci ho provato," disse lui.

"Ci vediamo sabato."

"Sabato?"

"Non verrai al barbecue di pollo? È il barbecue annuale della caserma dei pompieri."

"Fiere, barbecue... per la caserma dei pompieri? Nessuno può permettersi di pagare nulla in questa città?"

"Sono occasioni divertenti. Solo una scusa per stare insieme. Ad agosto, ci sarà anche una colazione a base di pancake."

"Non dirmelo. Fammi indovinare. Per la caserma dei pompieri."

Lei scoppiò a ridere. "Già."

"Dovrò partecipare a tutti questi eventi? Non posso semplicemente inviare un assegno?"

"No! Devi andarci. Lo fanno tutti. Le persone si chiederanno il perché della tua assenza."

"E allora?"

"Vivi in questa città. Non far arrabbiare le persone, a meno che non sia necessario."

"Lo è."

"Smettila di fare il bambino. Cresci, Rick. I tuoi scatti d'ira e la tua autocommiserazione cominciano a stancarmi. Alza il culo e vieni al barbecue. Io ci andrò, come la maggior parte della gente di qui."

"Se tu ci vai, ci verrò anch'io."

"Devi superarlo. Ritornare a vivere. La maggior parte delle persone deve affrontare dei problemi nella propria vita—"

"Non come il mio."

"Te lo concedo, il tuo è molto più serio. Ma comunque, sei vivo, sano e ricco, molto più di quanto la maggior parte delle persone possa dire di essere. Fatti una vita e smettila di lamentarti. Stai perdendo tempo."

Lui rimase in silenzio per un attimo.

"Ci penserò."

"Ci vediamo al barbecue. Adesso devo andare."

Lei riagganciò.

Rick si riempì la tazza di caffè e uscì nel patio, con Oliver che trotterellava dietro di lui. Sorrise mentre si sedeva sul dondolo e osservava gli uccelli nella mangiatoia. Ollie si rannicchiò nella sua cuccia, senza distogliere lo sguardo dal suo padrone.

"Bene, Ollie. Stiamo facendo progressi. Vuole che andiamo al barbecue." Lui guardò il cane, che starnutì.

"Oh, aspetta!

Ha comprato dieci di quei maledetti biglietti per il chiosco dei baci. Immagino che voglia che la baci. Sai, vecchio mio, penso di potercela fare. E non dovrò nemmeno aspettare la fiera." Rick finì di bere il suo caffè e portò il carlino a fare la sua passeggiata mattutina.

IL GIOVEDÌ SUCCESSIVO, Rick legò Oliver al sedile posteriore della sua auto e si diresse verso New York. Prese una stanza all'elegante Savoy sulla Fifth Avenue. Era tornato per controllare la ricostruzione della sua casa di città e andare dal suo chirurgo, il dottor Langley. Era una visita programmata, ma lui sperava di ricevere buone notizie.

"Rick, si sta riprendendo bene. Le cicatrici vanno molto meglio. Potrebbe essere un candidato per la chirurgia ricostruttiva."

"Lo pensa davvero?" La speranza gli invase il cuore.

"Certo. In California, hanno sperimentato una nuova procedura. Mi sono informato, ma non l'ho ancora eseguita."

"Vuole che le faccia da cavia?"

Il medico scoppiò a ridere. "Non sono pronto a fare un tentativo su qualcuno, ma ho intenzione di andare lì per una settimana o due. Ci sono due dottori che dirigono la squadra. Dean Welling e Mark Joseph. Le loro agende sono piuttosto piene, ma lei è il candidato perfetto per loro. Inoltre, con il suo alto profilo, il loro successo con lei avrebbe copertura nazionale. Se le interessa, vedrò se riesco a farla inserire."

"Se mi interessa? Cosa devo fare per partecipare?"

"Penso che lei abbia un buon aspetto. La gente non la fissa per la strada, vero?"

"Non più." No, viveva in una piccola città, dove chiunque volesse fissarlo aveva già avuto molte occasioni per farlo.

"Allora perché vuole sottoporsi a un intervento, se non è necessario?"

"Mi mancano il mio viso e la mia vita."

"Le mancano così tanto?"

"Sta scherzando?"

"Lei ha un bell'aspetto. Sano. Sembra che abbia messo su un paio di chili di muscoli. Non è troppo magro. E ha un ottimo colorito, anche sulla parte del viso ustionata. La vita di campagna le fa bene."

"Non esageriamo. Sto cercando di trarre il meglio da una brutta situazione. Li chiamerà, vero?"

"Lo farò."

"E mi farà sapere?"

Il dottor Langley annuì e si alzò in piedi. Dopo il dottore, Rick andò nella sua gastronomia preferita, dove ordinò una birra e un sandwich con la carne marinata. Poi, si diresse verso la sua proprietà e incontrò l'architetto. Stavano facendo progressi, ma si rese conto che ci sarebbero voluti almeno altri quattro mesi prima che la casa fosse di nuovo abitabile, per quanto ancora incompleta.

Quel venerdì della fine di giugno, legò Oliver sul sedile della sua auto a due posti e tornò a Pine Grove. L'aria era fresca e il sole era caldo. Mise alla radio i vecchi successi degli ABBA e cantò insieme alla musica. Nessuno nella famiglia di Rick era particolarmente intonato e lui non faceva eccezione. Ciò che gli mancava in termini di intonazione, lo recuperava col volume. Mentre percorreva la Palisades Parkway, cantare lo rendeva allegro. Di tanto in tanto, il cagnolino ululava insieme a lui.

Arrivò a casa mentre Will e Chuck stavano finendo di lavorare in salotto. Quando Rick entrò, la vernice si stava ancora asciugando. Prese in braccio il cagnolino.

"Ottimo lavoro, ragazzi. Stupendo."

"Ci sono gli ultimi ritocchi da fare. Lunedì, lucideremo e rifiniremo il pavimento. Sembrerà nuovo."

"Grazie."

Rick consegnò loro un assegno per il lavoro della settimana. La cucina sarebbe stata la prossima. Lui non vedeva l'ora. Abituato a lavorare in una cucina da gourmet con elettrodomestici professionali, paragonava quella della sua nuova casa a un carro cucina dei pionieri.

Prese una ciotola d'acqua per il cane, poi salì al piano di sopra. L'indomani avrebbe partecipato a quello stupido barbecue e doveva scegliere i vestiti da indossare. Le previsioni avevano annunciato una bella giornata, soleggiata e senza pioggia.

"Tempo da t-shirt e pantaloncini, Ollie," disse aprendo l'armadio.

Scelse una t-shirt verde acqua e un paio di pantaloncini kaki. La t-shirt metteva in risalto il colore dei suoi occhi. Era sempre stato bravo con i colori. Da bambino, amava giocare con i colori della sua gigantesca scatola di pastelli. All'inizio della sua carriera da modello, aveva capito quali colori gli donavano di più e li richiedeva ogni volta per gli abiti da indossare quando lavorava per qualche azienda di alcolici o qualche casa editrice.

Si guardò allo specchio e si leccò le labbra. Avendo paura di credere troppo a ciò che gli aveva detto il dottor Langley, si chiese come sarebbe stato riacquistare il suo aspetto. Sì, certo, quando gli asini avrebbero volato. Scosse la testa, rifiutandosi di crederci. Non avrebbe potuto sopportare altre delusioni. Indossò gli abiti da lavoro, pronto a occuparsi di qualcosa che potesse aggiustare.

"Torniamo nel fienile, amico," disse al suo cucciolo fedele. Il cane ringhiò leggermente, poi fece un piccolo sbadiglio per protestare, ma si unì comunque al suo padrone. Rick indossò la maschera e gli occhiali e prese la scopa. Quel giorno, aveva in programma di finire di pulire il fienile e di completarlo entro tre giorni per accogliere la cavalla.

IL SABATO MATTINA, andò a correre, lasciando Oliver a casa perché faceva troppo caldo per quel cagnolino dal muso schiacciato. Dopo aver fatto colazione, prese un libro sui monti Catskill che aveva trovato in un mercatino. L'uomo che non si tirava mai indietro quando si trattava di sborsare migliaia di dollari per qualsiasi cosa potesse desiderare, si ritrovò sorpreso dalla sua passione per i mercatini dell'usato. Era stupito dai prezzi così bassi. Un solo dollaro poteva ancora servire a comprare qualcosa, lì a Pine Grove.

C'erano cose che non avrebbe mai pensato di comprare prima che sembravano adattarsi alla sua nuova vita. Uno specchio incorniciato da una vecchia corda, una scena campestre dipinta su legno, un set di saliera e pepiera a forma di gallo e gallina, una teiera in ceramica a fiori rosa e blu. Questi piccoli oggetti che raffiguravano la vita di campagna lo affascinavano.

Quando si fermava in qualche mercatino, la maggior parte della gente non lo riconosceva. Vivevano nel loro piccolo mondo e i modelli da copertina erano lontani dalle loro vite come la Terra da Marte. Apprezzava l'anonimato. Si sentiva rilassato di essere considerato come un uomo con alcune cicatrici sul volto, come chiunque altro potesse aver avuto un incidente con qualche macchinario. Parlava e scherzava, come qualsiasi altro acquirente, con persone che vendevano i loro oggetti di seconda mano.

Quello snob di Breaker Winslow esisteva ancora? Se i suoi raffinati amici di città avessero potuto vederlo, avrebbero preso in giro sia lui, sia i suoi nuovi amici e conoscenti. Ma aveva il sospetto che quella gente non gli avrebbe voltato le spalle se avesse avuto l'incidente nel loro villaggio. Immaginava che si sarebbero presentati con delle teglie di cibo e lo avrebbero aiutato a ricostruire la sua casa.

Si fece una lunga doccia, poi si fece la barba e si mise il suo dopobarba preferito, *La Nuit*. Diede da mangiare a Oliver, poi salì in macchina e si diresse verso la caserma dei pompieri. Lui e il carlino annusarono l'aria. Avevano acceso la griglia e sentiva odore di carne. Alcune lanterne erano appese lungo il viale.

Le persone indossavano pantaloncini, gonne lunghe o jeans. Will Lennox si occupava di un barilotto di birra e di alcune caraffe di tè freddo. Sua sorella, Jess, si occupava della cassetta dei soldi. Rick si fermò a pagare.

"Vuoi comprare un biglietto della riffa?" gli chiese lei.

"No, ma voglio fare una donazione." Le porse una banconota da cento dollari.

"Wow! Grazie. È molto generoso da parte tua."

"Per i vigili del fuoco."

"Ecco il tuo biglietto per mangiare. Quella è la fila," gli disse, indicandola.

Mike Foster e sua moglie Sunny stavano in piedi su un palchetto, mentre i ragazzi accordavano i loro strumenti. Rick si avvicinò, tenendo Ollie al suo fianco. Alcuni tavoli da picnic erano stati apparecchiati sul prato. Laura Dailey, la donna che lavorava al caffè cittadino, si occupava del cibo.

"Salve, signor Winslow. Sono lieta che si sia unito a noi."

"Mi chiami Rick, signora Dailey."

"Laura. Che cosa vorresti?" gli chiese, indicando il cibo.

C'era pollo alla griglia, leggermente bruciacchiato e golosamente croccante, pannocchie, insalata, insalata di patate, insalata di maccheroni, cupcake e anguria. Il suo stomaco iniziò a brontolare.

"Sembra tutto buonissimo. Tu che cosa hai preparato?"

"La mia famosa insalata di patate, ovviamente."

"Allora la prendo," disse Rick, porgendo il suo piatto a Barney, il marito di Laura, che stava impiattando del pollo. Quando il suo piatto non riuscì a contenere altro cibo, prese le posate di plastica e si allontanò. I tavoli si riempirono rapidamente. Improvvisamente intimidito, si rese conto di non conoscere nessuno dei presenti. Poi sentì una voce, una voce femminile, che lo chiamava per nome.

"Rick! Rick! Sono qui!"

Si voltò e vide che Dani lo stava salutando. Era seduta a un tavolo vuoto e gli faceva cenno di raggiungerla. Una sensazione di sollievo si mescolò alla felicità. Lui la raggiunse, portando Ollie con sé. Ruotando le sue lunghe gambe sulla panchina, si sedette accanto a lei.

"Non mangi niente?"

"Ho già finito. Sono venuta presto per aiutare ad appendere le lanterne."

"Ottimo." Lui prese un pezzo di pollo.

"Come procede con il fienile?"

"Quasi finito. Che ne dici di venire a darci un'occhiata stasera?"

"Ok. Sembra che la casa per i nostri cavalli sarà pronta prima di quanto pensassi."

"Il vecchio è già morto?"

Lei scosse la testa. "No, ma vuole trovare qualcuno che se ne prenda cura prima che succeda."

Rick annuì.

Dani continuò a parlargli degli animali mentre mangiava. Il cibo era straordinariamente buono. Non si aspettava che fosse così saporito.

"Laura Dailey si è occupata di cucinare, se te lo stai chiedendo."

"Proprio così."

"È la cuoca migliore della zona. Ed è così gentile da farlo per tutti gli eventi."

"Il cibo è ottimo."

"Non è esattamente la cucina raffinata alla quale sei abituato."

"È buono. Veramente buono."

Qualcosa di quella ragazza lo attraeva. Era carina, ma di certo non bella come alcune delle modelle con cui era uscito. Eppure, aveva una qualità insolita, un calore particolare... qualcosa di diverso. Era sempre a suo agio in sua presenza.

Le persone si fermavano al loro tavolo per salutarli e chiacchierare. A giudicare dai saluti calorosi che riceveva, era evidente che la gente di Pine Grove amava la dottoressa Dani. Nel suo cuore, si sentiva orgoglioso di stare lì con lei.

Alcune persone gli si avvicinarono. Lui riconobbe una coppia che aveva conosciuto a un mercatino dell'usato e il meccanico che aveva l'officina sopra la collina, che gli aveva invertito le gomme dell'auto.

Avendo un volto noto, spesso lo riconoscevano per le strade di New York. A volte era stato magnifico, ma spesso l'aveva infastidito. Era diventato impaziente con le persone che volevano fotografarlo e che lo riempivano di complimenti. Aveva iniziato ad avere un atteggiamento cinico, perché non lo conoscevano ed erano solo impressionati dalla sua fama. Era ironico quindi che avesse sentito la mancanza di quelle attenzioni, quando le aveva perse.

Adesso lo riconoscevano come Rick, non come Breaker Winslow e questo voleva dire qualcosa per lui. Le persone che lo salutavano erano quelle che lo conoscevano e lo apprezzavano. I sentimenti lo destabilizzavano e gli bloccavano le parole in gola. Così, quando gli dicevano quanto fossero felici di vederlo o gli chiedevano come stesse Ollie, se avesse fatto progressi col fucile o quando sarebbe andato a trovarli, lui si limitava a stringere la mano, annuire e sorridere.

LE NOTE DI UNA CHITARRA attirarono la sua attenzione. Aveva scelto Dani come compagna di ballo.

Il primo fu un ballo veloce. In passato, avrebbe dovuto farlo ubriacare per fare un ballo veloce in qualche locale, ma quella sera ci avrebbe provato. Che cosa gli importava di rendersi ridicolo? Nessuno avrebbe detto nulla e la sua foto non sarebbe apparsa sul giornale locale. Porse la mano a Dani.

Mentre il cielo azzurro si avviava verso il crepuscolo, la luna fece capolino. Una brezza rinfrescò l'aria mentre il giorno lasciava posto alla sera. Le lanterne baciavano le coppie danzanti con le loro luci calde e soffuse, mentre la musica diventava dolce e lenta. Rick prese Dani tra le braccia e la condusse al ritmo della musica. Aveva sempre avuto un buon senso del ritmo e amava ballare.

Lei si strinse a lui, lasciandosi condurre. Man mano che continuavano a ballare, lui la strinse di più, facendo scivolare le mani lungo la sua schiena fino a fermarle sui suoi fianchi. Lei si appoggiò alla sua spalla, mettendogli le braccia intorno al collo. Nonostante le loro diverse altezze, i loro corpi combaciavano perfettamente.

LA MUSICA CONTINUÒ e Rick perse la cognizione del tempo e del luogo. Nella sua mente c'era solo Dani. I suoi capelli profumavano di pere appena raccolte. Le posò la mano sul collo e accarezzò la sua pelle morbida. Lui chiuse gli occhi appoggiando la testa sulla sua, mentre lei risvegliava tutti i suoi sensi. Lei strinse i fianchi ai suoi, provocando una reazione in tutto il suo corpo. Era passato tanto tempo da quando era stato con una donna, ma Dani non era una donna qualunque.

Quando la musica si fermò, lui sospirò e fece un passo indietro. Il corpo gli si raffreddò immediatamente per la distanza. Lei alzò lo sguardo, leggermente rossa in viso. Era emozionata o era semplicemente il chiaro di luna? I suoi occhi erano carichi di desiderio. Non aveva mai visto una donna più bella. La sua maglietta elegante aveva un piccolo volant lungo la profonda scollatura. Sentiva la tentazione di baciarla e di togliergliela. Doveva fermare quei pensieri.

Gli applausi della gente lo riportarono alla realtà. I membri della band fecero un inchino e presero i loro strumenti.

"Ti va di vedere il fienile?" le chiese, sapendo di avere in mente qualcosa di molto diverso da quel vecchio edificio.

Lei scoppiò a ridere. "È questo che dice un ragazzo di campagna quando vuole mostrare a una donna la sua 'collezione di farfalle'?"

"Dico davvero. Ci sono una lampada e una bottiglia di vino che ci aspettano. È ancora presto. Non c'è motivo di concludere adesso la serata."

Lei gli si avvicinò. "Mi piacerebbe vedere il fienile e bere un bicchiere di vino."

"Bene. Prendi la tua auto e seguimi."

I due ringraziarono gli organizzatori. Rick strinse qualche mano e alcuni gli diedero una pacca sulla spalla prima che lui prendesse il suo cagnolino addormentato e si dirigesse verso la sua auto.

Una volta a casa, corse in cucina, prese il vino, due bicchieri, un cavatappi e una coperta. Mentre usciva dalla porta, Dani entrò nel vialetto. Lo seguì insieme a Oliver, che trotterellava sbadigliando.

Rick le prese la mano e la condusse al vecchio fienile. Aprì il chiavistello cigolante.

"Aspettami qui. Vado ad accendere la lampada."

"Non hai paura dei pipistrelli?" gli chiese.

"Dovevi proprio nominare i pipistrelli?" Lui si fermò a guardarla.

Lei ridacchiò. "Io non ho paura."

"Tu sei una veterinaria. È normale che tu non abbia paura."

Lui si avvicinò a una stalla, dove la lampada era poggiata sul bordo di un muretto. Una volta accesa, lei lo raggiunse. Lui si guardò intorno, sbalordito da come la luce tenue rendesse accogliente e invitante quel vecchio fienile polveroso.

"Stupendo! Hai fatto un ottimo lavoro," disse Dani, sbirciando dentro una stalla.

Il pavimento era perfettamente pulito e la maggior parte delle ragnatele erano sparite.

"Grazie."

"I cavalli adoreranno stare qui."

"Stavo pensando che dovrei costruire un piccolo recinto, così potranno uscire e andare un po' in giro. Magari anche mangiare un po' d'erba. Mangiano l'erba, vero?"

"Sì.

Non spenderci molto. Probabilmente troveranno presto una nuova casa."

"Forse un giorno prenderò un cavallo per me."

"Dici davvero?" Lei scoppiò a ridere. "Non mi sembri il tipo."

"Tu mi insegnerai a prendermene cura, no? Sto andando bene con Oliver."

"Vero. Stai andando bene."

"Hai sete?" Lui prese la bottiglia di vino e se la mise sotto il braccio.

"Sì."

"Andiamo. C'è un posto perfetto proprio qui fuori."

Rick prese la lampada con sé. Si allontanarono un po' dal fienile e raggiunsero una radura ricoperta di muschio. Lui stese la coperta e la aiutò a sedersi. La luna piena emanava una luce fioca, ma la lampada gli permise di stappare facilmente la bottiglia e di versare il vino. Brindarono alla vita. Rick inclinò la schiena, reggendosi su un braccio, e fissò la luna.

"È bellissima."

Lei appoggiò il bicchiere e si sdraiò. Lui si distese accanto a lei.

"Quasi quanto te," disse lui, sporgendosi per baciarla.

Mentre appoggiava le labbra sulle sue, il suo dolce profumo gli stuzzicò il naso. Le sue labbra avevano il sapore di un bordeaux, solo un po' più dolce. Tutto di lei era delizioso.

Appoggiandosi sui gomiti, le si avvicinò. Lui fece scivolare la lingua sue labbra e lei la aprì per lui. Lui si immerse dentro di lei, esplorandola e sfiorandole la lingua con la sua. Lei emise un lieve gemito e si strinse a lui. Non essendo il tipo che rinunciava a un segnale di via libera, la strinse al suo petto. Lei premette i fianchi contro i suoi.

Sentendo i suoi capezzoli indurirsi, lui perse il controllo. L'aveva desiderata molto e quella sera l'avrebbe avuta. Le appoggiò la mano sul seno. Quando strinse la sua pelle morbida, lei emise un gemito. Nessuna resistenza! Lei era sua. Lui alzò la testa, si leccò le labbra e lasciò scivolare la mano sotto la sua maglietta.

Pregò in silenzio di riuscire a durare a lungo. Era passato tanto tempo dalla sua ultima volta e si sentiva sopraffatto dal desiderio. Un sorriso gli accarezzò le labbra mentre iniziava il suo gioco di seduzione.

DANI AVEVA SPERATO che la loro serata si concludesse facendo l'amore. Era passata da casa sua per mettersi il diaframma, per ogni evenienza. Sebbene Rick fosse stato un donnaiolo, erano passati due anni da quando era stato con una donna, o almeno così le aveva detto. Lei sperava che ciò volesse dire che lui non avesse alcuna malattia.

Era una sua fan da molto tempo e comprava quasi tutti i libri che riusciva a trovare con la sua foto in copertina. Dean la prendeva in giro per questo. La prima volta che aveva visto Rick di persona, con le cicatrici e tutto il resto, aveva avuto una reazione fisica.

A causa della sua reputazione, si aspettava un tipo spocchioso, egoista e ostile. Aveva temuto che un uomo che era così bello fuori potesse essere brutto dentro. Ma il modo in cui si era preso cura di Oliver aveva risvegliato la sua speranza. Abbandonare le sue convinzioni per provare a conoscere il vero Rick le aveva fatto cambiare idea. Si era innamorata di lui prima ancora di potersene accorgere.

Lei aveva il cuore spezzato a causa della fine della sua relazione precedente. Più a lungo lui stava a Pine Grove, più sembrava adattarsi a quella vita. Viveva in quella casa fatiscente solo da tre mesi, ma aveva già fatto amicizia.

Dopo che Dean aveva distrutto i suoi sogni, lei aveva totalmente messo da parte le sue emozioni. Aveva un ambulatorio veterinario di cui occuparsi e non aveva tempo da perdere per qualche stupida cotta. Ma il cuore di Rick aveva toccato il suo in modo inaspettato. Cercava sempre qualche scusa per andare a casa sua o per chiamarlo. Non era mai stata una donna aggressiva. E allora come mai lui le faceva perdere il controllo? Stretta tra le sue braccia, il bisogno di lui aumentava dentro di lei.

Non era più stata con nessuno dopo Dean. Le mancavano l'affetto, l'intimità e il sesso. Le veniva quasi da ridere al pensiero di cosa avrebbe detto Dean se avesse saputo chi aveva riportato il sesso nella sua vita.

Quando Rick le sfiorava la pelle con le dita, il calore le scorreva nelle vene. Era quasi come avere un orgasmo. Lui era bravo a baciare come nessun altro. *Wow, lui sì che sa il fatto suo*! Lei smise di pensare e si concentrò sulle sue carezze, sui suoi baci e sul suo profumo maschile. Nel giro di pochi minuti, si ritrovò in mutandine. Un brivido di attesa le attraversò il corpo mentre lo guardava spogliarsi.

Quell'uomo aveva un corpo fantastico. L'aveva visto a torso nudo sulle copertine. Una volta, aveva visto anche un po' del suo sedere in una pubblicità. E le era venuta una gran voglia di toccarlo. Continuava a sperare di trovarlo senza la camicia in giro per casa, ma non era ancora successo. Lui si tolse rapidamente la maglietta. I suoi pantaloncini sparirono in un istante. Evidentemente non intimidito, si tolse i boxer. Mangiò con gli occhi il suo corpo da Adone. Aveva le spalle ampie. Il suo petto aveva abbastanza peli scuri da essere seducentemente mascolino. I suoi pettorali non potevano competere con il suo seno, ma erano robusti. E i suoi addominali erano leggermente definiti, ma non come quelli di un uomo muscoloso. Le sue cosce erano forti e affusolate e i suoi polpacci erano perfetti.

Il suo pene era già in erezione. Immaginò che fosse abituato a stare nudo in mezzo alla gente. Non era così per tutti i modelli? Lo fissò audacemente e si leccò le labbra. Si prospettava una scopata fantastica.

"Ora tocca a te." Alla luce della lampada, i suoi occhi blu brillavano di desiderio.

Esitando per un momento, la sua timidezza la fermò. Lei deglutì. Il suo corpo non era affatto all'altezza di quello di Rick. Nemmeno sullo stesso pianeta. Ma lui lo sapeva. Lei non era una modella, ma una semplice dottoressa. Lui rimase fermo, completamente nudo, e le porse la mano.

I grilli frinivano, infrangendo il silenzio del campo vuoto.

"L'hai mai fatto all'aperto?" le chiese, alzandosi in piedi.

Lei scosse la testa, togliendosi lentamente le mutandine.

"Invece, credo che non ci sia un posto in cui io non l'abbia mai fatto," ridacchiò lui.

Lei si bloccò.

Lui le mise un braccio intorno. "Non si tratta di questo. Non si tratta del posto. Si tratta di te."

"Di me?" gli chiese, con la voce leggermente tremante.

"Di te. Di quanto ti voglio."

"Proprio di me?" disse lei.

"Non sottovalutarti. Sei molto sensuale", disse lui ridendo.

Lui la strinse tra le braccia.

"E anche dolce, intelligente ed estremamente rispettabile," sussurrò lui.

I suoi occhi stavano per riempirsi di lacrime. L'amore le era mancato più di quanto avesse creduto. Il suo corpo tremava.

"Senti freddo?"

Lei riuscì solo a scuotere la testa. Lui strinse le braccia attorno a lei e lei chiuse gli occhi, appoggiandogli il viso sulla spalla — pelle contro pelle. Che bella sensazione!

"Permettimi di amarti, Dani," le sussurrò.

"Certo," gli rispose.

L'aria fresca li travolse mentre lui la spingeva dolcemente sulla coperta.

"Sei protetta?"

"Sì."

Lui sorrise, mettendosi in mezzo alle sue ginocchia. Lui la guardò, finché lei non si preoccupò che qualcosa non andasse. Lei aggrottò la fronte.

"Sei straordinariamente bella." Lui aprì le dita e fece scivolare le mani lungo le sue spalle, sul petto e sul ventre, fino alle cosce.

Lei non riusciva a distogliere lo sguardo dal suo petto. Sollevandosi, lei gli appoggiò le mani sui pettorali. Un brivido le attraversò la schiena mentre faceva scivolare le mani sui suoi muscoli. Gli baciò il petto, poi vi appoggiò sopra la lingua e assaporò la sua pelle, leggermente salata per il sudore. Aveva un buon sapore! Lui le teneva la testa delicatamente e continuava a baciarla.

"Hai un corpo meraviglioso," disse lei.

Lui scoppiò a ridere. "Un corpo da modello."

"Sei in ottima forma."

"Dovevo esserlo. Non potevo mai sapere quando mi avrebbero chiesto di togliermi la maglietta."

"Hai mai dovuto... toglierti tutto?" Lei si sentì arrossire le guance e ringraziò la presenza dell'ombra.

"Solo una volta davanti alla macchina fotografica. Ma c'erano molte possibilità che risuccedesse dopo quel servizio fotografico."

"E tu..."

"Non parliamone. Ho in mente qualcosa di molto migliore da fare." Lui appoggiò la bocca sulla sua, poi la spinse giù fino a farla distendere. Rick si inginocchiò su di lei, controllandola con la lingua. Lei gli mise le braccia intorno e lo lasciò procedere. Poi, lui aggiunse una mano.

Il suo tocco esperto la fece eccitare rapidamente. La curiosità l'aveva spinta ad avere una reazione e le aveva fatto pregustare la loro prima volta. Lui era più di quanto si aspettasse. Lui strinse la sua grande mano sul suo seno, stringendolo delicatamente.

"Sono bellissime," sussurrò lui, abbassando le labbra per assaporare la sua pelle vogliosa. Lei fece scivolare le mani lungo i suoi fianchi, sentendo i suoi muscoli robusti. Le strinse leggermente il capezzolo, lo leccò, poi glielo accarezzò. Ogni sua carezza alimentava il suo ardore.

"Fallo, Rick."

Lui scoppiò a ridere.

"Davvero. Forza. Sono pronta."

"Abbiamo appena iniziato, dottoressa. E tu non sei ancora pronta."
Lui fece scivolare la mano tra le sue gambe.

"Non pensi che io sia pronta?"

"Ci sei quasi," cominciò lui, abbassando la voce mentre le accarezzava con le labbra gli addominali, fino a raggiungere le sue cosce. Le strinse la pelle, facendo scivolare le dita verso l'alto, fino a entrare di nuovo in contatto con il suo clitoride. Lui la stuzzicò un po', prima di aprirle le gambe e tuffarsi in mezzo a loro. La sua lingua scivolò dentro di lei, facendola tremare per il piacere. Lei sollevò i fianchi, ma lui la fermò con la mano.

"Sta' giù, ragazza." Lui continuò. La passione si faceva sempre più intensa. Lei allungò una mano, afferrò un ciuffo d'erba e lo strinse.

Poi chiuse gli occhi. "Sto per venire," sussurrò lei.

Lui si sollevò e, togliendo delicatamente la lingua, mise un dito dentro di lei, portando il suo desiderio alle stelle. Poi aggiunse un altro dito. La tensione si accumulava dentro di lei. Allungò il braccio e strinse la mano intorno alla sua asta. Un gemito sommesso le raggiunse le orecchie. Iniziò a muovere la mano su e giù.

"Non è giusto," disse lui, tentando di spostargliela.

"Certo che è giusto," disse lei, stringendo un po' la presa.

"Oh, Dio, dottoressa," disse lui, chiudendo gli occhi.

"Tocca a me." Lei si mise in ginocchio e abbassò la bocca su di lui prima che potesse allontanarsi. Certo, lui avrebbe potuto facilmente prendere il controllo, ma in quel modo era lei ad averlo.

Lui emise dei gemiti mentre lei continuava. Lei lo leccava dappertutto, muovendo la testa, prima lentamente, poi più velocemente. Dopo un paio di minuti, le sue mani forti le afferrarono entrambi i polsi. Lui le fece mollare la presa e la tirò su. Iniziò a esplorarle la bocca con la sua. Lei gli mise le braccia intorno alle spalle mentre lui le stringeva la vita, incollando il petto al suo.

Il lieve solletico provocato dai peli del suo petto la faceva solo eccitare di più. Stringendola a sé, lui si voltò su un fianco insieme a lei. La capovolse e si mise sopra di lei.

"Mi vuoi?" Lui si sollevò sulle ginocchia.

"Dio, sì," sospirò lei.

Le spostò la gamba destra per appoggiarsela sulla spalla, poi si strofinò sulla sua vagina bagnata per un attimo prima di entrare dentro di lei.

"Sono tuo."

Lei continuava a emettere gemiti e sospiri. Rick spalancò gli occhi e si fermò.

"Tutto ok, dottoressa?"

"Cazzo, sì. Non fermarti."

La baciò, poi spinse dentro di lei. All'inizio, le sue spinte erano leggere, ma dopo un po' divennero più intense e veloci. Dani pensò che il calore che le scorreva nelle vene le avrebbe fritto il cervello. Sopraffatta dal bisogno di lui, si mise ad ansimare, mentre lui le baciava il collo e le succhiava la pelle.

"Mmm, deliziosa," sussurrò lui.

Il desiderio si faceva sempre più intenso, accumulandosi dentro di lei fino a farla scattare come una molla. Le attraversava tutto il corpo. Alla fine, lei non riuscì più a resistere. Sollevò i fianchi, mentre ogni parte del suo corpo si contorceva per il piacere. Il suo respiro si fece irregolare mentre un intenso orgasmo la travolgeva come uno tsunami. Lei si strinse alle sue spalle per tenersi in equilibrio.

Lui continuò a spingere dentro di lei, prolungando il suo piacere. Un potente orgasmo le travolse tutto il corpo, dalla testa ai piedi. Lei inarcò il petto mentre lui abbassava il suo. Stretti l'uno all'altra, lei scivolò sulla sua pelle sudata, sopraffatta da una sensazione di calma.

Rivolse la sua attenzione a Rick.

PUR NON AVENDO MAI assunto droghe, Rick immaginò che fosse proprio così che ci si sentiva. Ogni centimetro del suo corpo aveva ripreso vita. Più toccava Dani, la baciava e faceva l'amore con lei, più intensi erano i suoi sentimenti. L'eccitazione gli raggiunse il pene, mantenendolo duro come una roccia. Continuò a spingere, avvicinandosi sempre di più all'orgasmo a ogni spinta.

Non è che non avesse mai avuto esperienze sessuali nella sua vita. Ne aveva avute anche troppe. Ma fare l'amore con Dani le superava tutte. Smise di pensare all'amore e si chiese semplicemente come potesse essere così diverso.

Lasciò scivolare le mani sui fianchi di Dani e la capovolse. Voleva vederla, toccarla e venire, guardandola negli occhi. Si distese sulla coperta, la sollevò e la abbassò sulla sua asta. Lei allargò le gambe, cavalcandolo come una cowgirl.

Lasciò scivolare le mani fino al suo petto per stringerle il seno, poi iniziò a stuzzicarle i capezzoli. Lei gemeva a ogni suo tocco, sempre più velocemente. Lei chiuse gli occhi e lui avrebbe giurato che aveva appena avuto un altro orgasmo. Lei continuava a cavalcarlo, stringendo i muscoli interni e portandolo all'estasi. Le afferrò i fianchi e la spinse con forza sopra di lui, tenendola lì, finché non riuscì più a resistere. Un intenso orgasmo gli attraversò il corpo come un razzo. Lui urlò, chiudendo gli occhi, ma continuando a tenere le mani sulla sua pelle calda. Avrebbe giurato di poter sentire gli uccellini cantare mentre urlava il nome di Dani.

Lei gli accarezzò dolcemente la guancia. Lui voltò la testa e le diede un bacio sulla mano. L'emozione sgorgava dentro di lui come l'acqua di una fontana. Lui cercò di ignorarla, ma era troppo forte. I suoi occhi si inumidirono, ma lui respinse le lacrime. Certo, aveva voluto il suo corpo dal momento in cui l'aveva vista, ma quella sera voleva anche il suo amore e questo lo spaventava a morte.

Si chinò e le diede un dolce bacio sulle sue labbra, poi i loro sguardi si incrociarono. La luce della luna illuminava solo la parte buona del suo viso, aumentando la sua sicurezza.

"È stato sconvolgente," disse lei.

La sua voce dolce gli raggiunse le orecchie, attraversando la fresca brezza della notte. Il suo cuore ebbe un sussulto. La sua vita era cambiata parecchio di recente. Non ne aveva più bisogno, ma non poteva negarlo. Anche per lui lo era stato e sarebbe stato disonesto e spregevole negarlo.

"Anche per me."

Lei si distese accanto a lui sulla coperta. Lui le mise la sua camicia sulle spalle, per ripararla dall'aria fresca della notte. Si mise a fissare il cielo. L'oscurità rendeva le stelle ancora più scintillanti. Lui la strinse tra le braccia, tirando su la coperta intorno a loro, come il bozzolo di un bruco.

Dani si accoccolò su di lui, appoggiandogli la mano e la guancia sul petto.

"Le notti qui sono molto limpide. Non vedo mai le stelle a New York, a meno che qualcuno non mi picchi," disse Rick.

Lei ridacchiò.

"Qui è così tranquillo," sussurrò lui.

"È questo che amo della campagna. C'è un'ora del giorno in cui tutto si ferma."

"A Manhattan non si ferma mai niente."

"Dubito che sarei felice lì."

Lui la strinse a sé. In quel momento, Manhattan avrebbe anche potuto essere su Giove. La vita di campagna gli era entrata nel cuore. La sua passione per gli abiti eleganti e per le auto aveva lasciato il posto a quella per i jeans comodi, le camicie di flanella e i SUV. Sorrise pensando che, fino a pochi anni prima, immaginava di essere il re di New York.. L'incendio non aveva soltanto cambiato il suo viso, ma gli aveva anche portato via la sua vecchia vita, conducendolo verso una nuova.

Era pronto a rinunciare alla fama, all'ammirazione e ai soldi della sua carriera da modello? Incerto sul da farsi, le chiese un consiglio.

"Il chirurgo mi ha detto che stanno sperimentando una nuova procedura. Per il mio viso."

"Davvero?"

Lui la vide aggrottare la fronte.

"Ha detto che è passato molto tempo. Un medico in California ha inventato un nuovo metodo per cancellare le cicatrici. Ma ha l'agenda piena."

"Chirurgo plastico?"

"Sì."

"Come si chiama?"

"Dean qualcosa. Mi sono scritto il nome."

"Dean Welling?"

"Proprio lui!" esclamò Rick. "Come facevi a saperlo?"

"Lo conosco."

"Davvero?"

"Eravamo fidanzati. Prima che gli offrissero un lavoro in California."

"È il tuo ex fidanzato?"

Lei annuì.

"Odio chiedere. Probabilmente lo disprezzi. Ma mi faresti un grande favore se potessi aiutarmi a contattarlo."

"Posso provarci. Lui non mi deve niente. Dubito che mi ascolterebbe."

Il cuore iniziò a battergli più forte. "Lo apprezzerei molto se ci provassi."

"Ovviamente. Lo chiamerò domani."

Lui la baciò. "Grazie."

"Che cosa faresti se il tuo viso tornasse come prima?"

"Non lo so. Mi piace vivere a Pine Grove. La ricostruzione della mia villa a New York sta procedendo. Potrei tornare a vivere lì prima di quanto pensi, anche se non sarà ancora finita. Ma non sono ansioso di tornarci."

"Bene." Lei gli diede un bacio sulla spalla.

"Voglio dire, per quale motivo dovrei tornarci?"

"Non lo so. Sembra che tu ti trovi molto bene qui."

"Specialmente con te."

"Non intendevo questo. Ma sono contento che tu l'abbia detto."

"A proposito di te," le disse, lasciando scivolare la mano sul suo addome. "Ti va di rifarlo?"

"Pensavo che non me l'avresti mai chiesto."

Rick gettò via la coperta e fece l'amore con Dani al chiaro di luna, con i grilli che frinivano in sottofondo.

Capitolo Sette

Dani aveva rifiutato l'invito di Rick a passare la notte da lui. Non tanto per i pettegolezzi che avrebbero fatto se qualcuno avesse visto la sua auto parcheggiata nel suo vialetto al mattino, perché non molte persone passavano per quella strada, ma perché aveva bisogno di tempo per pensare. Aveva promesso di chiamare Dean per aiutare Rick ad avere un appuntamento per un intervento chirurgico, ma come sarebbe stato per lei?

Lei non lo riteneva brutto come lui credeva di essere, ma lui era rimasto devastato dalla perdita del suo aspetto, della sua vita, della sua casa e del suo amato cane. Certo, voleva aiutarlo a porre fine alla sua agonia ma, da un punto di vista egoistico, cosa ci avrebbe guadagnato? E che ne sarebbe stato della relazione appena iniziata tra di loro? Riacquistare la sua bellezza avrebbe distrutto ciò che avevano iniziato a costruire? Doveva correre il rischio.

Dopotutto, lui aveva ammesso di amare Pine Grove e le aveva quasi detto di amarla. Come poteva negargli di liberarlo dal suo dolore? Non poteva. Non poteva negargli nulla. Era inamorata di lui ormai da diverse settimane, anche se si era rifiutata di ammetterlo a sé stessa.

Dani si mise a letto e si addormentò in pochi secondi. Niente di meglio di fare l'amore per trascorrere una bella notte di sonno.

Si svegliò alle sei e si diresse in cucina per preparare il caffè. Valutò la sua promessa di chiamare Dean. Scuotendo la testa, non riuscì a credere di aver accettato di fare l'unica cosa che avrebbe odiato fare: parlare con Dean, umiliandosi per ottenere un appuntamento per Rick. Si mordicchiò il labbro mentre versava in una tazza l'infuso bollente. Perché aveva accettato di farlo? Un sorriso triste le comparve sulle labbra. Queste sono le pazzie che si fanno per amore.

Aspettò che in California fossero le sette per chiamarlo. Dean era un tipo mattiniero. Dani scorse i numeri della sua rubrica e fece partire la telefonata.

Dopo alcuni convenevoli, lei arrivò al punto.

"Hai finalmente conosciuto Breaker Winslow?" Il suo tono di voce sorpreso la irritò.

"Già. E ha bisogno del tuo aiuto."

"Sa che siamo al completo?"

"Lo sa. Mi ha chiesto di intervenire. Non che tu mi debba qualcosa. Non è affatto così. Ma mi faresti un grande favore se potessi inserirlo."

"Mmm. Breaker Winslow."

Ci fu un attimo di silenzio.

"Potrebbe accettare di posare per un annuncio. Voglio dire, sarebbe un ottimo esempio di prima e dopo," disse lei.

"Non possiamo fare pubblicità."

"Allora, magari un'intervista. Rick, voglio dire Breaker, è abbastanza famoso da apparire sulla televisione nazionale."

"Ottima osservazione. Ok. Hai vinto. Fammi dare un'occhiata al calendario e ti manderò un messaggio con la data dell'appuntamento. Non potrei negarti nulla, Dani."

Lei alzò gli occhi. "Giusto. Ma un po' di pubblicità gratuita non può far male, vero?"

Lui si mise a ridacchiare. "Riesci sempre a smascherarmi, vero?"

"È solo la verità."

"Sembra che entrambi ne guadagneremo qualcosa. Spero che ne valga la pena." Lei sorrise sentendo il suo tono di voce geloso.

"Oh, sì che ne vale la pena. Credimi."

"Ti credo. Mi manchi. Ma immagino di aver ormai perso il treno."

"Proprio così. Ti farò contattare da Rick. Va bene?"

"Perfetto. "Grazie per la fiducia," disse lui.

"Ho sempre saputo che saresti diventato il migliore nel tuo campo. Adesso devo scappare. Grazie, Dean. Ti sono molto grata."

Lei riattaccò e sospirò. Era stato più facile di quanto si aspettasse. Forse perché il suo cuore non era più coinvolto.

Quando ricevette il messaggio, stava andando in cucina a preparare il caffè. L'appuntamento era tra sei settimane. Non aveva molto tempo per consolidare la sua relazione con Rick. Doveva sbrigarsi. Ma prima doveva comunicargli la buona notizia. Dopo aver aggiunto un po' di latte al suo caffè, compose il suo numero.

"Ciao, bellezza. Che succede?"

"Ricordi l'appuntamento con il dottore che avevi intenzione di prendere?"

"L'hai fatto davvero?"

"L'ho fatto davvero. E ti ha inserito nel programma. Ti mando un messaggio con la data."

"Sei fantastica."

"Solo un favore per un amico."

"Amico?"

"Ok, amante?"

"Così va meglio. Grazie di cuore."

Una sensazione di calore le attraversò il corpo. "Non c'è di che."

"Ti amo, Dani. Sei... sei indescrivibile."

"Perché non vieni qui a prendere un caffè? L'ho appena fatto."

"Posso portare Ollie?"

"Certo."

"Arriviamo subito."

Lei riattaccò e si diresse verso il bagno. Una doccia veloce e sarebbe stata pronta per un altro round tra le lenzuola con l'amante migliore del mondo. Mentre si insaponava, non riusciva a smettere di sorridere. Chi dice che i sogni appartengano solo ai bambini? Perché anche gli adulti non possono realizzare i propri desideri?

MARTEDÌ, RICK TRASCORSE la giornata nel fienile. Più puliva, più si rendeva conto di quanto lavoro ci volesse. Una riparazione qui, una sostituzione là — più le cose da comprare e i secchi d'acqua e detersivo per pulire. Aveva corso per tutto il giorno.

Mentre puliva, pensava a Dani e all'imminente intervento. Un milione di domande gli affollavano la mente, tutte riguardanti la donna della sua vita e ciò che sarebbe successo se il suo viso fosse tornato come prima. Allontanò quei pensieri fastidiosi sul profondo cambiamento che lo aspettava e si rimise al lavoro per tenersi occupato. Più lavorava, meno energia aveva per pensare. Il lavoro funzionò.

Alla fine della giornata, controllò l'indicatore del carburante, trovandolo quasi vuoto. Dopo essere andato al minimarket a fare benzina, Rick parcheggiò nei pressi dell'ufficio postale. Erano le otto di sera e a Pine Grove era tutto chiuso per la notte.

Era uscito per osservare il magnifico tramonto. A Manhattan, non faceva mai caso a dove andasse a finire il sole. Quando il sole lasciava il posto alla luna, lui si trovava sempre a qualche festa o a una cena romantica con qualche attrice.

Si sedette su una panchina nei pressi del Memoriale della Guerra del Vietnam, poco distante dalla buca della posta, per ascoltare la sinfonia di grilli e rane, mentre osservava le sfumature arancioni del cielo e il sole che svaniva lentamente all'orizzonte. Davanti ai suoi occhi, comparve una distesa blu, che faceva da sfondo a una magnifica luna.

Non vi era alcun pericolo a stare all'aperto nel piccolo centro del villaggio di Pine Grove. Non doveva nascondersi il viso o fuggire per farlo. La maggior parte degli abitanti gli avevano dato un'occhiata al barbecue di pollo o da Jennings Supply. Chiunque non l'avesse visto in quelle occasioni, aveva potuto scorgerlo durante le sue rare incursioni in città. Alla gente non sembrava importare molto delle cicatrici che aveva sul viso.

Sospirò e sorrise. La vita di campagna aveva i suoi lati positivi.

"Questo posto è occupato?" Una voce femminile interruppe le sue fantasticherie.

Alzando gli occhi, vide la dottoressa Dani.

"No. È tutto tuo," le rispose, spostandosi per farle spazio.

Lei si asciugò il naso con un fazzolettino accartocciato. Abbassò le spalle.

"Giornata dura?"

Lei annuì.

"Ti va di parlarne?"

Lei scosse la testa. Lui si voltò per guardarla.

"È morto qualcuno?"

"Un cucciolo. Avvelenato per caso in una casa di gente distratta."

"Mi dispiace." Lui le toccò il braccio.

"Il dottor Gregory, alla facoltà di veterinaria, mi ha detto che dopo un po' ci si abitua. Ma faccio fatica a crederlo."

La luce fioca del lampione illuminò una lacrima sulla sua guancia. Lei la asciugò.

Lui le mise un braccio intorno alle spalle e la strinse a sé. "Che cosa fai qui fuori, al buio e tutto solo?"

"Una passeggiata, per scaricare la tensione."

La strinse a sé e le diede un bacio sulla testa.

"E tu?" gli chiese, senza allontanarsi dalle sue braccia.

"Mi godo il tramonto e il silenzio."

"Un ragazzo di città pentito?"

"Forse. Non avevo mai il tempo di apprezzare queste cose a Manhattan."

Stava cominciando a piacergli la campagna? Ridicolo! Breaker Winslow, disinvolto, sofisticato, ricco, avrebbe sempre preferito la vivacità della città, no? In quel momento, la fresca aria di campagna gli riempì i polmoni e la bella donna che teneva tra le braccia era il simbolo della sua felicità.

"Hai intenzione di rimanere a Pine Grove?" gli chiese tra i singhiozzi.

"Prima sì."

"Prima? Questo ha qualcosa a che fare con l'intervento chirurgico?"

"Una cosa che ho imparato dall'incendio. Non fare troppi programmi. Le cose cambiano. Le cose brutte succedono e non si possono prevedere. Possono distruggere i tuoi piani, i tuoi sogni, forse persino te stesso."

"Ma non sei distrutto. Ti sei trasferito in un posto diverso, hai conosciuto dei nuovi amici e hai iniziato una nuova vita."

"Amici? Non sono più sicuro di conoscere il significato di questa parola. Pensavo di avere un sacco di amici a New York. Ma, dopo l'incidente, ho scoperto che i miei *amici* erano solo un'illusione. Non so di chi fidarmi, quindi non mi fido di nessuno. In questo modo, è molto più sicuro. Certo, le persone sono simpatiche. Ti accolgono in modo amichevole. Ma non vuol dire nulla. Se ci fosse un altro incendio, chi verrebbe ad aiutarmi? Nessuno."

"Ti senti davvero così?"

"Sono realista. Ollie è il mio migliore amico e lo è solo perché gli do da mangiare."

"E io?"

"Tu sei la mia amante. Non è la stessa cosa."

"No? Non sono anche tua amica?"

"Lo sei?" Lui si spostò sotto la luce del lampione e aggrottò la fronte.

"Certo che sono tua amica. E, sì, ti aiuterei se ci fosse un incendio. Ti porterei a casa mia, mi prenderei cura delle tue ferite..." L'emozione la soffocò.

"Davvero?"

"Non fare l'idiota. Certo."

"Sapevo che c'è una ragione per cui ti amo."

Lei si bloccò. Le aveva detto la cosa sbagliata, esponendosi troppo? Sentimenti, amicizia e amore erano dei sentimenti nuovi per Rick. Non sapeva bene cosa dire o cosa fare.

"Mi ami?"

Ormai in trappola, dovette dirle la verità. "Sì."

"Anch'io ti amo."

"Davvero?" Lui alzò la voce di un'intera ottava per lo stupore.

Lei scoppiò a ridere. "Non lo sapevi? Non l'avevi capito?"

Lui scosse la testa.

"Perché non vieni a passare la notte con me?"

"Anche Ollie?"

"Certo."

"Vado a prenderlo e ci vediamo a casa tua."

"Allora anche tu fai dei programmi."

La baciò velocemente, poi salì in macchina. Accelerando un po', arrivò a casa in pochi minuti. Mise a Oliver la pettorina e il guinzaglio e lo portò in macchina.

Aprì le finestre e fece un respiro profondo. L'aria di campagna non aveva sedotto solo i suoi polmoni. Con i fari accesi, notò sulla sua strada gli occhi di un animale. L'oscurità della notte rendeva più coraggioso il cervo, quindi Rick doveva stare attento.

Parcheggiò dietro la clinica e fece scendere Ollie dal sedile posteriore. Salì i gradini verso la porta di casa di Dani, poi sospirò. Bussò con il cuore in gola, impaziente e col battito cardiaco fuori controllo. Rick era pronto per l'amore, come una corsa sulle montagne russe.

SI SVEGLIÒ CON UNA bella giornata. Il giorno che Rick temeva era arrivato troppo presto. Non quello dell'intervento, ma quello della fiera! Il chiosco dei baci aveva tormentato la sua mente per una settimana. Aveva usato il filo interdentale ogni sera, sperando che il suo alito fosse abbastanza fresco. Aveva evitato di pensare alle donne che avevano comprato i biglietti. Alcune erano attraenti e baciarle sarebbe stato un gioco da ragazzi.

Ma come avrebbe fatto con quelle che non lo erano? Come le avrebbe gestite? Non aveva intenzione di ferire nessuno. In passato, non gliene sarebbe importato nulla. Ma poi pensò di nuovo che non avrebbe mai accettato di occuparsi del chiosco dei baci. Ora i suoi sentimenti erano cambiati. Si sarebbe sentito devastato se avesse inflitto dolore emotivo a qualcuno.

L'altruismo era una novità per Rick. Doveva capire come fingersi entusiasta con donne poco attraenti. Ci aveva pensato per giorni. Non sarebbe stato come uno dei baci dei film in cui aveva recitato? Non poteva fingere che la donna che doveva baciare fosse Miss America? Ma la verità sulle sue capacità di attore ebbe la meglio. Semplicemente, non era così bravo.

E se avesse dovuto dare a qualcuno più di un bacio? E se una donna brutta avesse comprato venticinque biglietti? Sarebbe sicuramente svenuto. Avrebbe urlato "Chiamate il 911" e sarebbe svenuto sul posto. Quello era il suo piano di fuga e lo rendeva più tranquillo. Almeno, il chiosco avrebbe aperto solo alle undici. Aveva giurato una dozzina di volte che l'avrebbe fatta pagare a Mindy per averlo iscritto.

Il sole era sorto e la brezza rinfrescava il suo portico. Dopo aver portato a spasso Oliver, si sedettero lì, Rick con il suo caffè e Ollie raggomitolato nella sua cuccia. Aggrottò la fronte quando si rese conto che le sue preghiere di un tornado improvviso non si erano esaudite. Solo una pioggia torrenziale avrebbe potuto salvarlo dal destino di baciare lle donne, che per lui era peggio della morte.

E se, non sapendo del suo incidente, fossero rimaste sconvolte e l'avessero respinto vedendo il suo viso? Lui rabbrividì. Se ne sarebbe andato. Si sarebbe allontanato. Purtroppo per i vigili del fuoco, non avrebbe potuto sopportare una tale umiliazione.

Guardò il sole con la fronte aggrottata e recuperò il giornale dal portico anteriore. Sfogliando le pagine fino alle previsioni meteo, la sua delusione aumentò quando lesse che sarebbe stato soleggiato, caldo e senza pioggia. Aveva sperato che il brutto tempo facesse saltare la fiera. Così, avrebbe potuto prendersi tutti i complimenti per essersi offerto come volontario, senza l'umiliazione di dover partecipare.

Dirigendosi verso la cucina, decise di affogare i suoi dispiaceri in un'omelette con panna acida e caviale, accompagnata da un mimosa. Avrebbe voluto infilare una cannuccia in una bottiglia di champagne e berne fino a ubriacarsi. Perché sporcare un flûte pulito? Forse sarebbe stato più facile occuparsi del chiosco dei baci da ubriaco? Forse le donne sarebbero fuggite sentendogli addosso la puzza di alcol. Un ghigno diabolico gli comparve sulle labbra.

Mentre l'omelette cuoceva sul fornello, suonò il campanello.

"Rick!" Era Mindy.

"Avanti!" urlò lui.

"Sei ancora qui," disse lei, entrando in cucina.

"In che senso sono ancora qui? Dove altro dovrei essere?"

"Intendo dire che non sei ancora uscito."

"Capisco. Pensavi che mi fossi dimenticato della fiera?"

"Sì."

Lui si voltò, fingendosi stupito. "Sono sconvolto! Io? Sottrarmi a un obbligo? Anche se mi hai incastrato?"

"Già. Che cosa stai cucinando?"

"Omelette al caviale, e non pensare che una traditrice come te possa sperare di assaggiarne un solo pezzetto."

"Ma ho fame."

"Perché non hai proposto a Drew di occuparsi del chiosco dei baci?"

"Lui è un uomo sposato. Gli uomini sposati non baciano le donne con cui non sono sposati."

"Spiegazione convincente."

"Lui non ha il tuo carisma."

"L'adulazione non ti porterà da nessuna parte e non guardare la mia colazione."

Lui ruppe un altro uovo nella padella. Mentre lei guardava, aggiunse la panna acida e il caviale.

"La stai preparando per me?"

Odio mangiare da solo."

Lei sorrise e prese un altro piatto.

Dopo aver servito con maestria l'omelette, aggiungendo un po' di prezzemolo come guarnizione, e aver versato due mimosa, Rick si sedette.

"Bevi così presto?" gli chiese.

"Ne ho bisogno."

"Non dovrai cominciare prima delle undici."

Rick rabbrividì. "Non riesco a credere che tu mi abbia convinto a farlo."

"Nemmeno io." Lei ridacchiò.

"E se una donna davvero brutta comprasse venticinque biglietti?"

Mindy sollevò le spalle. "Improvvisa."

"Improvvisare? Questa è la tua risposta?" Lui aggrottò la fronte.

Lei sollevò le spalle.

"Improvviserò. Fingerò uno svenimento e mi farò portare via. E lei probabilmente chiederà un rimborso."

Mindy scoppiò a ridere, sputando qualche goccia del suo drink sul piatto.

"Bene! Adesso sputi anche sul mio cibo!"

"Sei sempre stato così simpatico?"

"Certo." Un sorriso compiaciuto gli comparve sulle labbra.

"È deliziosa," gli disse, prendendo un'altra forchettata.

"Non te l'aspettavi?"

"Cazzo, Rick. Sei sempre il solito arrogante."

"Non esattamente. Solo con te. Adoro il modo in cui te la prendi."

Lei gli diede scherzosamente una pacca sulla spalla.

Quando finirono, lei prese la spugnetta. "Ci penso io a lavare i piatti. Tu va' a cambiarti."

"Pensavo di non doverci andare prima delle undici."

"A quell'ora apre il chiosco dei baci. Non vuoi dare un'occhiata alla fiera prima?"

"Vista una fiera, viste tutte."

"Certo, come se tu ne avessi mai vista una!"

"Ogni anno, fino ai dieci anni."

"E?" Lei aggrottò la fronte.

"Era magico."

"Vestiti!" Lo scacciò dalla cucina e tornò a lavare i piatti.

Oliver seguì Rick al secondo piano. Lui aprì l'armadio e si accarezzò il mento mentre osservava il suo guardaroba. Breaker Winslow sapeva perfettamente come vestirsi per attirare le donne. Stavolta era per beneficenza, quindi doveva dare il meglio di sé.

Scelse una canottiera nera e un paio di jeans neri attillati. Dopo una rapida doccia, si fece la barba, si spruzzò un po' di *La Nuit*, si vestì e si prese il tempo necessario per pettinarsi. Doveva incantare le donne e attirarle al suo chiosco. Si lavò di nuovo i denti e si mise in tasca una scatola di mentine. Facendo un sorriso abbagliante, sospirò.

"Non è come prima, Ollie," disse al carlino.

Il cane annusò il piede di Rick e starnutì.

"Grazie. Ne avevo bisogno. I tuoi starnuti mi portano sempre fortuna. Oggi resterai a casa a fare la guardia, amico. Scusa, ma non posso portarti con me."

Prese il cane e si diresse verso la porta principale.

Una voce sorpresa lo fece voltare.

"Wow! Stai benissimo."

"Ma dai, cugina Mindy. Falsi complimenti?"

"No, no, dico davvero. Lo penso veramente. Cazzo, cugino. Sei molto sexy."

Lui si mise a ridacchiare. "Era questa l'idea, no?"

"Supererai tutti i record delle fiere precedenti."

"Purché non mi prenda nessuna malattia..."

"Tieni la bocca chiusa e preparati a baciare," gli disse, dirigendosi verso la sua auto.

Lui strinse il pugno. "Me la pagherai per questo, signorina Winslow. Me la pagherai."

LA FIERA SI SVOLGEVA in un vasto campo che la città noleggiava ogni anno. Erano le nove e il personale di allestimento era già al lavoro. Rick si fermò a guardare mentre alcuni uomini corpulenti spostavano dei macchinari e alcune coppie di mezza età sistemavano le bancarelle per vendere la loro merce.

Alcuni facevano retromarcia con i loro camion fino alle loro postazioni, scaricavano le griglie e i frigo portatili della carne. Gli imbuti per gli strauben furono posizionati accanto ai fornelli portatili. Alcuni astuti ciarlatani allestirono dei chioschi di gioco progettati per non avere vincitori. Rick strinse gli occhi mentre osservava gli uomini posizionare degli enormi peluche colorati in uno stand, dove i bambini avrebbero potuto desiderare premi che non avrebbero mai vinto.

Odiava l'idea che raramente qualcuno avrebbe effettivamente vinto una di quelle giraffe rosa o uno di quegli elefanti blu. Alcuni anziani prepararono i fucili ad aria compressa per il tiro al bersaglio e le palline da tennis per il tiro alla bottiglia. Si ricordò di quanto amasse le fiere quand'era bambino. Suo padre ce lo portava tutti gli anni. Giocavano a tutti i giochi, senza mai vincere, finché una volta suo padre lanciò un'occhiataccia a quel truffatore e minacciò di denunciarlo allo sceriffo. Il piccolo Rick era rimasto sbalordito dal modo in cui la fortuna del padre fosse cambiata. Aveva conservato l'orsetto blu che suo padre aveva vinto fino al giorno dell'incendio.

Suo padre, un uomo alto e muscoloso, si guadagnava da vivere grazie a pecore, capre e mucche. Un lavoro onesto, aveva detto a suo figlio. Non avevano molto, ma mangiavano bene e Rick aveva sempre libri e vestiti nuovi per la scuola. Quando era giovane, non sapeva che suo padre metteva da parte qualche dollaro ogni settimana. Li teneva in un barattolo di caffè nella stalla, dove la madre di Rick andava raramente. Quando c'era qualche fiera, suo padre aveva un po' di denaro da spendere, così potevano mangiare, giocare, andare sulle giostre e persino comprare un souvenir per sua madre.

Per Rick, la magia delle fiere finì quando compì dieci anni. Durante le vacanze scolastiche, tutta l'estate era occupata dai suoi impegni come modello. Sua madre gli aveva detto che dovevano portarcelo, per farsi vedere durante le vacanze scolastiche. I suoi genitori discutevano incessantemente sulla carriera di Rick.

Aveva quasi le lacrime agli occhi quando ricordava quei giorni trascorsi con Lincoln Winslow, "Linc" per gli amici. Suo padre aveva avuto un brutto infarto mentre Rick era in Europa per un servizio fotografico. Non era riuscito a tornare in tempo per un ultimo saluto.

Almeno aveva avuto la soddisfazione di rendere più facili gli ultimi giorni di suo padre, finanziando le riparazioni della fattoria e comprando una macchina nuova. La madre di Rick vendette la fattoria subito dopo la morte di suo padre. Il profitto della vendita e l'assicurazione sulla vita di Lincoln furono aufficienti per comprarle un piccolo appartamento nell'Upper East Side di Manhattan e cominciare una nuova vita.

Vide Drew, il marito di Mindy, alle prese con una struttura di legno. Guardandosi intorno, vide un paio di labbra dipinte di rosso brillante, con tanti cuori su uno sfondo bianco, e capì subito a cosa servisse. Digrignò i denti. Quello doveva essere il chiosco dei baci che il marito di sua cugina stava montando. Rick si avvicinò.

"Bisogno di una mano?" gli chiese, con le mani in tasca e un sorriso compiaciuto sul viso.

"Ti dispiacerebbe?"

"Sì, mi dispiacerebbe. Continua a lavorare. Suda fino a svenire. Tua moglie ci ha coinvolti in tutto questo. Ora devi soffrire, come farò io tra poco," ribatté Rick.

"Ehi, ascolta! Le ho detto che era un errore. Le ho detto che ti saresti incazzato."

"E che cosa ti ha risposto?" Rick aggrottò la fronte.

"Si è messa a ridere," rispose Drew, asciugandosi il viso con un fazzoletto senza guardare Rick negli occhi.

"Non mi sorprende."

Rick diede una pacca sulla spalla a Drew. "Che cosa vuoi che faccia?"

"Che ne dici di portarmi un po' d'acqua?"

"Questo è facile. Torno subito."

Rick trovò un venditore con un enorme frigorifero. Comprò tre bottiglie e tornò al suo chiosco.

"Ecco. Ho finito. Ci sono un paio di sedie da qualche parte," disse Drew, guardandosi intorno. "Eccole là." Lui andò a prenderle dietro un albero.

Rick si sedette a cavallo di una sedia e aprì la sua bottiglia d'acqua.

"Ci sarà una bellissima ragazza qui con te. Oh, cavolo. Quell'Amber Walker. Sembra Miss America," disse Drew, gesticolando con le mani davanti al petto per imitare il suo seno.

"Ma è sposata, giusto?"

"Già. E suo marito è un colosso senza alcun senso dell'umorismo."

"Mi terrò a distanza."

"Scommetto che ci saranno un sacco di donne che ti terranno occupato." Drew ridacchiò, prima di bere un grosso sorso d'acqua.

Rick non sapeva se temeva di più che ci fossero un sacco di donne che volevano baciarlo o che non ce ne fossero.

"Vedremo," disse, sollevando le spalle. La paura che nessuna donna si mettesse in fila per baciarlo lo fece rabbrividire.

"Il tuo chiosco sarà il più frequentato."

"Hai intenzione di comprare un biglietto per Amber?" Rick gli lanciò un'occhiataccia.

"Stai scherzando? Non voglio morire. Mindy mi scuoierebbe vivo."

Rick scoppiò a ridere. "Non fare lo zerbino."

"È la ragazza più bella della contea. A volte ci metto un po' a capire le cose, ma non sono stupido." Lui scosse la testa.

Sistemarono insieme il vecchio cartello e spolverarono il chiosco. Misero le sedie in posizione. Erano le dieci e mezza.

"Vado a dare un'occhiata in giro."

"Sì, lo so. Fatti coraggio." Drew ridacchiò, mettendo una scatola per i biglietti sul bancone del chiosco.

Rick ignorò il nodo che sentiva allo stomaco e si mise a passeggiare per la fiera. Attirato dall'odore di olio bollente e zucchero, comprò uno strauben. Le note nostalgiche della musica si mescolavano perfettamente all'odore delle cipolle che rosolavano e a quello dello zucchero filato, facendogli tornare in mente i ricordi della sua gioventù. Si diresse verso gli imponenti progetti della 4H, compresi i conigli più grandi che avesse mai visto. Finì il tour con il suo dolce preferito, una mela caramellata. Continuò a mangiare mentre tornava al suo chiosco. Controllando l'orologio, vide di avere appena il tempo di fare un salto al bagno degli uomini.

Con l'alito fresco e i capelli pettinati, tornò al chiosco. Amber era già lì.

"Ciao, sono Amber. Sei Breaker, giusto?"

"Rick, per gli amici."

Si strinsero la mano.

"Lo hai mai fatto prima d'ora?" le chiese.

"Ogni anno. Mia sorella mi iscrive come volontaria e poi mi ricatta per farmi accettare."

"Anche tu? Anch'io sono stato costretto a farlo."

Lei gli lanciò un'occhiata perplessa.

"Contro la mia volontà," le spiegò.

"Oh, capisco." Lei annuì.

"Qualche consiglio, segreto o altro?"

"Sì, se qualcuno ha l'alito cattivo, fallo velocemente. E non lasciare che i vecchi ti tocchino. Una volta che ti mettono le mani sul braccio, pensano di avere via libera, sai?"

"Non sono esattamente preoccupato per questo."

"Non ti toglierai la maglietta?" gli chiese.

"Non fa parte dell'accordo. Pensavo che questa andasse bene," le rispose, indicando la sua canottiera attillata.

"Perfetta. Ma senza è meglio."

Lui la guardò. "Tu sei abbottonata fino al collo. Niente scollatura?"

Lei scosse la testa. "Questi vecchi sporcaccioni non hanno bisogno di incoraggiamento. L'anno scorso mio marito ha dovuto suonarle a un tipo che continuava ad allungare le mani."

"Lui dov'è?" Rick si guardò intorno.

"Accanto al bagno degli uomini. Rimane nei paraggi per intervenire se qualcuno ci prova con me."

"E le donne?"

"Non penso che picchierebbe una donna." Lei ridacchiò. "Puoi cavartela da solo."

Lui sorrise, ma era sempre più terrorizzato che nessuna donna comprasse i suoi biglietti.

"Ecco una scatola per i biglietti. Non dimenticare di prenderli. Altrimenti, le donne si rimetteranno in fila."

"Ti senti intorpidita dopo?"

"Già. La bocca, le labbra. Per almeno mezz'ora dopo non voglio nemmeno baciare mio marito."

"È un uomo paziente," rispose Rick.

"Stai scherzando? È un santo!"

Sentendo qualcuno schiarirsi la gola, Rick si allontanò da Amber, perdendo quasi l'equilibrio. Riguardò l'orologio. Erano le undici e dieci e avrebbe dovuto esserci una fila di dieci donne davanti al suo chiosco.

"Si prepari, signor Winslow," disse una donna rotondetta con un bambino in braccio.

Il suo cuore si riempì d'orgoglio.

Dolcezza, puoi chiamarmi Breaker."

Lei gli porse cinque biglietti. Lui li mise nella scatola e le appoggiò le mani sulle spalle. "Vieni qui, bocconcino," le disse, abbassandosi per baciarla. Dopo il primo bacio, lei si mise a ridere così forte che lui dovette aspettare per darle il secondo. Poi le diede gli altri tre in rapida successione, lasciandola senza fiato.

"Ecco, i Vigili del Fuoco ti ringraziano."

La donna successiva si fece avanti. Una bionda poco più che ventenne, pensò lui. Aveva anche un bel seno. Mise due biglietti sul bancone, con la mano tremante. Lui mise via i biglietti, poi le prese la mano tra le sue.

"Non preoccuparti, tesoro. Non farà male."

Lei rise, poi si sporse mentre lui le si avvicinava.

Non riusciva a credere a quante donne fossero impazienti di toccargli le labbra. Alte, basse, magre, rotondette e persino obese, tutte aspettavano pazientemente il loro turno. La maggior parte di loro avevano da uno a cinque biglietti.

La prima ora passò in un lampo. La timidezza e le risatine delle donne lo incantavano. Gli era sempre sembrato incredibile che tante donne sapessero chi fosse e volessero baciarlo. Continuavano a mettersi in fila, minuto dopo minuto, ora dopo ora, fino alle quattro. Il chiosco dei baci era un'attività fiorente.

Diede una rapida occhiata al chiosco di Amber e la sua coda era altrettanto lunga. Sembrava esausta. Suo marito aveva dovuto allontanare due uomini da lei. I suoi capelli erano tutti scombinati, dopo essere stati toccati da dozzine di uomini. Sembrava pronta a mollare.

"Sto per chiudere," sussurrò a Rick.

"Solo un'altra ora."

Lei borbottò. Le diede una pacca sulla schiena, poi fece un passo indietro, lanciando un'occhiata a suo marito, che li fissò. Gli fece un cenno con la mano, poi si rimise al lavoro.

Aveva già bevuto cinque bottiglie d'acqua e cominciava a sentirsi le labbra intorpidite. Appoggiando le mani sul bancone, si fissò i piedi. L'emozione gli invase il cuore. Ancora fan, dozzine di fan. Chi l'avrebbe mai pensato?

"Allora, amico. Ancora impegnato?" Era una voce roca, femminile, ma non riuscì a ingannarlo. Alzò la testa di scatto e sorrise.

Era Dani.

"Era ora. Dove diavolo eri?" Lui fece il broncio e aggrottò la fronte.

"Sporgi le labbra, rompiscatole." Gli mise davanti venticinque biglietti, agitandoli avanti e indietro. "Hai ancora un po' di energia?" Lei gli lanciò un'occhiataccia.

"Sei tu la mia benzina. Vieni qui," le disse, afferrandole le spalle. La tirò verso di sé e appoggiò le labbra sulle sue, stringendola tra le braccia. Il calore gli scorreva nelle vene. Più la baciava, più il suo pene si risvegliava. Fortunatamente, il chiosco arrivava fino ai fianchi e nessuno se ne sarebbe accorto. Non gliene importava niente. Avrebbe continuato a baciare la dottoressa Dani all'infinito.

"Ehi, signorina. Ne lasci un po' anche per noi!" urlò la folla di donne in fila dietro di lei. Rick sentiva solo il battito del suo cuore. Lei gli strinse le dita intorno ai bicipiti, generando pressione e calore. Le passò la lingua sulle labbra e lei la dischiuse per lui. Approfondì il bacio, accarezzando con le dita i suoi lunghi capelli.

"Questo vale più di venticinque biglietti," disse una donna.

Rick si staccò da lei. "Sono d'accordo." Lei fece un passo indietro, afferrandogli la mano per reggersi.

Lui le spostò dolcemente i capelli dal viso. Lo guardò con i suoi bellissimi occhi blu, la bocca un po' gonfia e le labbra ancora leggermente dischiuse. Lui le accarezzò la guancia, poi le diede un ultimo, dolce bacio sulle labbra.

"Tocca a me, tocca a me. Forza, signorina." Una donna grassa e insistente con un vestito scozzese diede una gomitata a Dani.

"Certo. Mi scusi, borbottò lei, mettendosi da parte. Rick la fissò e sorrise.

"Chi è la prossima?"

"Io!" Il volto rotondo e florido della donna col vestito scozzese gli sorrise.

"Come ti chiami, tesoro?"

"Blanche."

"Ah, Blanche. Un nome da teatro."

"Ho quattro biglietti."

Rick prese i biglietti dal bancone e li ripose nella scatola, ormai stracolma.

"Allora avrai quattro baci." Si abbassò e mantenne la sua promessa.

Blanche arrossì fino alla radice dei capelli, ridacchiò e si voltò verso la donna successiva. Si fermò, guardò Rick e parlò.

"Lei sa sicuramente come si bacia, signor Winslow."

Lui sorrise. Dani si fermò lì vicino. Dopo aver baciato altre cinque donne, Rick si voltò verso di lei.

"Da Homer alle sei?"

Lei annuì. Lui controllò l'orologio.

"Ultima chiamata! Altre cinque, poi chiuderò il chiosco."

Alle cinque meno cinque, Jory Stevens li raggiunse. Annunciò la chiusura dei chioschi dei baci. Amber si versò una bottiglia d'acqua sulla testa, poi tirò fuori un piccolo asciugamano che aveva portato con sé.

"Tutte quelle mani addosso. Ho bisogno di una doccia."

"Grazie mille, Amber." Jory abbracciò sua sorella.

"Questa è l'ultima volta che mi convinci a farlo," disse Amber, lanciando un'occhiataccia a Jory.

Prese le due scatole, entrambe traboccanti di biglietti, e sorrise.

"Voi due avete fatto un ottimo lavoro. Il vostro chiosco è stato il più produttivo di tutta la fiera. Avete raccolto più di cinquecento dollari. Non potrò mai ringraziarvi abbastanza."

"Puoi dirlo forte," rispose Amber, lasciando che il marito le asciugasse i capelli.

"È stato più divertente di quanto mi aspettassi," disse Rick.

"Stupendo! Ti iscriverò anche per il prossimo anno."

Lui alzò la mano. "Aspetta un attimo. Non so nemmeno dove sarò il prossimo anno."

"Nessun problema. Ci terremo in contatto. Grazie ancora, Breaker. O preferisci che ti chiami Rick?"

"Rick."

"Sei stato molto gentile a farlo."

Lui sorrise e bevve un'altra bottiglia d'acqua prima di fare un'ultima passeggiata per la fiera, facendo rivivere i suoi ricordi. L'odore dei popcorn e dello zucchero filato si mescolava a quello della carne alla griglia, dell'olio bollente e degli strauben. La musica che gracchiava dagli altoparlanti cercava di avere il sopravvento sulle urla provenienti dalle giostre, sui ciarlatani che tentavano di attirare le persone ai loro giochi e sul frastuono della folla.

Lui raggiunse il parcheggio, sorpreso di essere triste di andarsene. Lottando contro il richiamo del cibo unto e saporito della fiera, si appoggiò allo schienale. Rick aveva mantenuto le sane abitudini alimentari di Breaker, fatta eccezione per quella piccola tentazione dello strauben. Ora voleva solo un paio di vodka tonic e un'insalata.

Rick tornò a casa per dare da mangiare a Oliver e portarlo a fare la sua passeggiata prima di raggiungere il ristorante da Homer a Cedar Lake. Il carlino fece una dozzina di giri su sé stesso, tutto felice di vedere il suo padrone, agitando la coda come un metronomo mentre Rick posava la ciotola col suo cibo. Sudato e sporco per la giornata calda, Rick si strofinò il collo. Aveva bisogno di una fare una doccia e di indossare vestiti puliti, ma una donna, la sua donna, lo stava aspettando. Chissà quali piaceri lo attendevano dopo cena!

Rifiutandosi di mostrarsi così sudicio, si diresse verso il bagno. Prendendo una spugna, si strofinò la faccia, il collo e la testa, poi sotto le ascelle. Si pettinò, si mise un po' di dopobarba e si diresse verso la sua auto. Premendo il pedale dell'acceleratore, arrivò prestissimo al suo appuntamento.

Parcheggiò nel parcheggio del locale, scese rapidamente dall'auto e si fermò davanti al ristorante. La cameriera lo accompagnò a un tavolo sul portico. Dopo avergli dato un menu, balbettò e arrossì.

"Signor Winslow, lei, lei, beh, lei lo sa."

"Eh?" Lui aggrottò la fronte.

"Lei bacia benissimo," disse lei prima di scappare via.

"Sembra che oggi sia stato un successo," disse Dani.

"Se le labbra intorpidite sono un segnale di successo, hai ragione." Si sedette di fronte a lei.

"Peccato. Avevo qualcosa in mente per loro dopo cena."

Lui aggrottò la fronte. "Non così intorpidite. Sono sicuro che torneranno normali in tempo."

"Bene." Lei gli lanciò uno sguardo provocante.

Lui lesse il menu, ordinò il suo drink e una Caesar salad di pollo e tornò a guardare Dani. Lei aveva ordinato un hamburger e una birra.

"Sei bellissima," le disse, guardandola negli occhi.

"Sembri stanco."

"Non avrei mai immaginato che baciare delle donne mi avrebbe stancato."

"Quante ne hai baciate?"

Lui sollevò le spalle. "Ho perso il conto dopo le prime venti."

"Jory Stevens ha detto che hai fatto un ottimo lavoro. Hai guadagnato più di Amber."

"Davvero? Anche lei aveva una bella fila di uomini."

"Alcuni uomini si avvicinavano di soppiatto al suo chiosco mentre le mogli erano impegnate."

Lui scoppiò a ridere. "Posso capire perché."

"L'hai baciata?" Dani aggrottò la fronte.

"Non essere ridicola. Non voglio guai con le donne sposate. Inoltre, volevo preservarmi per te."

Lei ridacchiò. "Quello sì che era un bacio."

"Ne è valsa la pena di comprare venticinque biglietti."

La cameriera portò le loro bevande.

"Hai da fare dopo cena?"

Lei scosse la testa.

"Ho bisogno di una doccia. Sono un disastro," disse lui, dopo aver bevuto un grosso sorso del suo drink.

"Perché non vieni a fare la doccia a casa mia?"

Lui aggrottò la fronte. "Davvero?"

"La mia doccia è speciale. C'è qualcosa che non c'è in nessun'altra doccia," disse lei, socchiudendo gli occhi.

"Oh? Dimmi. Cosa potrebbe esserci di unico nella tua doccia?"

"Io," disse lei, guardandolo negli occhi.

Lui scoppiò a ridere e le prese la mano. "Devo comprare un biglietto?"

"No."

Lui si sporse per baciarla. La cameriera portò il loro cibo, guardando prima Rick, poi Dani, poi di nuovo Rick, e ridacchiando.

"Basta biglietti. Questo lo offre la casa," disse lui.

Mentre mangiavano, non riuscivano a smettere di guardarsi. Più mangiava, più aveva fame di Dani. Lei ricambiò il suo sguardo e mangiò velocemente.

Capitolo Otto

Dopo cena, Rick si fermò a casa a prendere il suo carlino. Eccitata, Dani andò subito a casa. Aveva i nervi a fior di pelle mentre rimetteva in ordine, correndo per la casa a raccogliere giornali e biancheria sporca e fermandosi a lavare i piatti. La sua casa non sarebbe mai stata all'altezza di quelle in cui aveva vissuto Rick. Si mordicchiò il labbro mentre esaminava il suo appartamento.

Il cottage con due camere da letto collegato all'ambulatorio veterinario era piuttosto modesto. La piccola cucina dava su un soggiorno/sala da pranzo. Non era progettata per una famiglia, ma per un veterinario single, proprio come lei. I mobili erano puliti, ma piuttosto rovinati. Lei stava lì solo da poco tempo e non aveva avuto ancora il tempo di cambiarli. Inoltre, il suo era una specie di periodo di prova. Se il vecchio veterinario fosse guarito e avesse deciso di tornare all'ambulatorio, lei avrebbe dovuto cercare un altro lavoro.

Quello non era un lavoro *a tempo pieno*. L'aveva accettato dopo che Dean l'aveva lasciata. Immaginando che quel posto tranquillo le avrebbe permesso di riorganizzare la sua vita, si era trasferita a Pine Grove per diventare una veterinaria di campagna. Erano passati due anni. Dani aveva affrontato quel cambiamento senza problemi. Il caloroso benvenuto della comunità l'aveva aiutata a far guarire il suo cuore.

Le persone di Pine Grove si erano preoccupate della salute dei loro animali quando la salute del vecchio dottor Blaine era peggiorata. Il consiglio cittadino aveva discusso su dove potessero trovare un veterinario qualificato che accettasse di vivere accanto alla clinica e di ricevere una paga di gran lunga inferiore a quella offerta da una qualunque clinica in una grande città.

Ritrovandosi in un posto dove tutti volevano aiuto con i loro animali domestici e il loro bestiame, ma dove nessuno voleva pagare, aveva assunto Nancy come collaboratrice. Con calma ma con fermezza, le due donne avevano insistito per essere pagate e avevano elaborato un tariffario che si adattasse alla comunità. Non dovendo pagare l'affitto, Dani decise di accettare uno stipendio più basso, per cominciare.

Guardando la sua casa, il suo cuore si rattristò. Quella che le era sembrata una casa confortevole, adesso le sembrava malmessa. Come avrebbe potuto accogliere un modello ricco e raffinato in quella topaia? Iniziò a sudare in preda al panico e questo sicuramente non aiutava i suoi nervi.

Prima che potesse pentirsi di nuovo per averlo invitato, qualcuno bussò alla porta. Era troppo tardi per ripensarci. Lei deglutì e afferrò la maniglia. Oliver passò di corsa accanto a Rick, facendolo quasi cadere per terra. Il carlino cominciò a correre per la casa, abbaiando. Si fermò, abbassando la testa per odorare ogni centimetro del salotto. I gatti di Dani si nascosero sotto il letto.

"Mi dispiace. Oliver non si fa problemi a comportarsi come se fosse a casa sua," disse Rick entrando.

"Nessun problema. È un cane. È così che si comportano."

Il modello la prese tra le braccia per darle un lungo bacio, facendo sciogliere tutte le sue paure con il suo calore. Poi fece un passo indietro, con gli occhi carichi di desiderio.

Si tolse la T-shirt. "Allora, dov'è quella doccia magica con una bella donna nuda?"

Dani ebbe un sussulto osservando il suo petto perfetto. Scuotendo la testa, si disse in silenzio di crescere. Era già andata a letto con altri uomini, . Ma sempre al buio e adesso, beh, cazzo, adesso proprio davanti a lei c'era un esemplare di uomo perfetto, intento a togliersi i pantaloni. Si sventolò con la mano per un momento, poi si fermò, imbarazzata.

Rick scoppiò a ridere. "Cominci a sentire caldo qui dentro? Hai proprio ragione. Rinfreschiamoci un po'." Lui le tirò il bordo della camicia. "Sei troppo vestita."

La timidezza ebbe il sopravvento su di lei. Non aveva affatto il corpo di una modella. Aveva i fianchi un po' troppo larghi e il seno di una misura normale.

"Oh, no. Non dirmelo. Fai la timida con me? Abbiamo già fatto tutto."

"Al buio," ribatté lei.

Lui si mise a ridacchiare. "Hai ragione. Adesso dobbiamo rifare conoscenza alla luce." Con addosso solo i suoi boxer, le prese la mano e la portò in bagno. Dopo aver aperto l'acqua, se li tolse ed entrò nella doccia, porgendole la mano.

"Vieni, bellezza. Unisciti a me."

Lei spalancò la bocca per un secondo prima di riprendersi. Quell'uomo era un adone. Aveva un corpo perfetto e lei non riusciva a smettere di guardarlo. Preoccupata dall'uomo che aveva davanti, si tolse i vestiti. Quando fu completamente nuda, gli prese la mano.

"Sei incredibilmente bella, Dani," le sussurrò lui, strofinando dolcemente le labbra dietro il suo orecchio.

Lei gli mise le braccia intorno ai fianchi e sollevò il mento. Le loro bocche si unirono mentre l'acqua calda scorreva sui loro corpi. Lei si sentiva travolgere dal desiderio. Il calore le scorreva nelle vene mentre lui la stringeva tra le braccia. Lei fece un passo indietro.

"Prima laviamoci," gli disse, cercando di calmarsi. Prese lo shampoo e gli fece cenno di abbassarsi. Si strofinarono i capelli a vicenda, ridendo e giocando con le bolle di sapone.

Mentre lei si sciacquava, Rick la insaponava, senza tralasciare nemmeno un centimetro del suo corpo e alimentando il fuoco dentro di lei. Quando lui raggiunse quel punto, lei allargò le gambe, per facilitargli l'accesso.

Prendendo rapidamente il sapone in mano, glielo appoggiò sul petto e iniziò a insaponarlo. Premendo le dita sui forti muscoli dei suoi pettorali, il cuore cominciò a batterle all'impazzata. Toccarlo la faceva eccitare quasi quanto ricevere le sue carezze.

Mentre lo lavava, il fresco profumo del suo sapone alla pera si mescolava al suo odore maschile, dandole alla testa mentre lo respirava. Lasciando scivolare le mani verso il basso, lo accarezzò e gli insaponò il pene, che era già in erezione.

"Piegati e appoggia le mani alla parete," disse lui, ansimando.

Felice di essersi messa il diaframma prima del suo arrivo, seguì le sue istruzioni. Lui si appoggiò sulla sua schiena e le strinse le dita intorno al seno, iniziando a stuzzicarle i capezzoli. Le leccò il collo con la lingua, facendola rabbrividire.

Man mano che lui le si avvicinava, riusciva a sentire la sua erezione. Le tolse una mano dal seno e si fece strada in mezzo alle sue gambe.

"Aprile ancora un po', piccola."

Lei appoggiò le mani alla parete e spostò i piedi.

"Adesso i fianchi. Tira fuori il sedere."

Lei lo fece e lui entrò dentro di lei, con una sola spinta.

"Oh, cazzo!" Lei chiuse gli occhi mentre lui la penetrava. Lui iniziò ad accarezzarle la pancia, allargando le dita, poi lasciò scivolare la mano per esplorarla. Mentre l'acqua calda le scorreva addosso, lui la toccava dolcemente.

"Oh, Dani, piccola, tesoro," gemette lui, muovendosi dentro di lei. Iniziò a spingere con forza e velocemente. L'orgasmo arrivò presto, facendosi sempre più intenso dentro di loro. Lui le strinse un capezzolo un'ultima volta, facendola venire come se qualcuno avesse fatto esplodere dei fuochi d'artificio dentro di lei. Lei gemette ad alta voce, con gli occhi chiusi. Sentendo il bisogno di toccarlo, lei gli afferrò la mano, tenendola ferma. Fece un respiro profondo ed espirò lentamente.

"Oh, Dio," gemette lui. Le mise l'altro braccio intorno ai fianchi e si strinse a lei. Spinse intensamente dentro di lei altre due volte, poi si fermò.

Rimasero entrambi fermi per un altro minuto. Lui cominciò a baciarla dietro il collo.

"Piaciuto?" le chiese.

Era insicuro? Breaker Winslow non poteva essere insicuro quando faceva l'amore. Era quasi un professionista.

"Meraviglioso," gli rispose.

"Anche per me."

Si staccarono, si risciacquarono e chiusero l'acqua. Lei prese gli asciugamani e gliene porse uno blu. Lui si asciugò il viso, se lo passò tra i capelli, poi sul petto, e infine se lo mise intorno alla vita.

Prendendo quello di lei, le strofinò i capelli, poi le asciugò il seno.

"Non hanno bisogno di attenzioni speciali," disse lei, cercando di prendere l'asciugamano.

"Sì, invece. Me l'hanno detto." Lui allontanò il morbido asciugamano dalle sue mani, per non farglielo prendere.

Lei scoppiò a ridere. "Se lo dici tu."

"Meglio così, perché non l'avresti vinta."

Quando finì di asciugarla, si abbassò e le baciò entrambi i seni. Lei gli appoggiò le mani sulla testa e gli diede un bacio tra i capelli, poi glieli pettinò con le dita.

Una volta asciutto, lui indossò i pantaloni e mise il guinzaglio a Oliver.

"Vengo con voi," disse Dani, indossando un vestitino.

Lui aggrottò la fronte. "Niente intimo?"

Lei scosse la testa. "Fuori c'è buio."

"Ma c'è la luce della luna."

"Non importa, andiamo." Lei gli prese la mano.

Uscirono nell'aria fresca della notte. Dani fece un respiro profondo. Il suo cuore si pregustava le coccole notturne con l'uomo dei suoi sogni.

Ollie camminava odorando per terra. Sembrava che al cucciolo ci volesse un'eternità per trovare un posto dove fare i suoi bisogni.

Mentre tornavano, Rick ruppe il silenzio.

"Per quanto riguarda stanotte —" iniziò lui.

"Ti fermi a dormire, vero?", lo interruppe lei.

Sotto la luna, non riusciva a vedere tutto il suo viso, ma un sorriso gli comparve sulle labbra.

"Tu vuoi che lo faccia?"

"Certo."

"Allora lo farò."

"Credevi che volessi mandarti a casa?"

"Preferivo chiedertelo."

Lei gli mise un braccio intorno alla vita. Non poteva nemmeno immaginare di mandarlo via dopo aver fatto l'amore. Una delusione da una donna? Lei scosse leggermente la testa — mai. Non l'aveva mai visto insicuro.

Quando tornarono a casa, si tolsero i vestiti e si misero a letto. Lui si distese sulla schiena e allungò il braccio. In men che non si dica, lei gli si avvicinò, appoggiandogli la testa sulla spalla. Lui la strinse a sé.

"Voglio passare tutta la notte a toccarti," le sussurrò, spostandole un ciuffo di capelli dal viso.

"Per me è perfetto." Lei sospirò.

"C'è qualcosa che non va?"

"No, è tutto stupendo."

"Sei sicura?"

"Non potrei essere più felice." Non pronunciò le tre paroline che aveva sulla punta della lingua. Non avrebbe mai voluto rovinare quella notte meravigliosa dicendo cose troppo sdolcinate. Breaker Winslow sicuramente aveva ricevuto centinaia, forse migliaia di dichiarazioni d'amore da molte donne, alcune sincere, altre no. Non avrebbe mai voluto fare la figura di una delle tante donne innamorate. Gli aveva già dichiarato i suoi sentimenti. Non aveva motivo di ripetergli cosa sentiva.

Inoltre, il modo più veloce per perdere un uomo era dirgli di amarlo continuamente. Almeno così aveva letto su alcune riviste. No, non aveva intenzione di farlo.

"Dani, mi hai cambiato la vita. Grazie." Lui pronunciò quelle parole a voce così bassa che lei non fu sicura di aver sentito bene.

"Anche tu hai cambiato la mia."

"Veramente?"

"È l'ora della verità."

"Oh, e l'hai anche resa bellissima," rispose lui.

"Ho una cotta per te da anni."

"Per me? Non mi conosci da così tanto tempo."

"Però ho visto le tue foto. Le copertine dei tuoi libri. Il mio passatempo preferito in aeroporto, mentre aspettavo che partisse il mio aereo, era fantasticare sulle tue foto. Dean era anche un po' geloso."

"Non ti ha detto niente quando gli hai chiesto dell'intervento per me?"

Lei ridacchiò. "In realtà, ha detto qualcosa."

"Che cosa?"

"Ha detto che finalmente ero riuscita a realizzare il mio sogno."

Rick scoppiò a ridere. "Davvero? E qual era il tuo sogno? Venire a letto con me?"

"Niente di così audace, solo baciarti."

Lui le prese il viso tra le mani e appoggiò le labbra sulle sue.

"Ecco. Solo per assicurarmi di esaudire tutti i tuoi desideri."

"Sei uno spasso." Lei ridacchiò.

Lui tirò su le coperte fino alle loro spalle. Oliver saltò sul letto, si accucciò e si addormentò immediatamente. Il suo leggero russare infrangeva il silenzio della notte.

"Spero che non ti dispiaccia," disse Rick.

"Niente affatto, è il benvenuto sul mio letto, in qualunque momento."

"E io?"

"Anche tu."

"Buonanotte, tesoro."

"Notte, Rick."

Travolta dalla felicità e rifiutandosi di pensare al futuro, Dani gli diede un bacio sul petto, poi chiuse gli occhi e si abbandonò a un sonno tranquillo.

RICK APRÌ GLI OCCHI e guardò l'orologio sul comodino. Erano le tre. Quando si distese sulla schiena, la sua mano sfiorò quella di Dani. La sua pelle era calda e morbida. Il suo corpo e il suo cuore erano in subbuglio. Non era mai stato il tipo che restava per la notte. Era sempre andato via dopo aver fatto l'amore. Alle modelle non importava. Volevano fare le loro dieci ore di sonno, per avere un bell'aspetto il giorno successivo.

Una sensazione di paura gli attraversò il corpo. Non voleva lasciare Dani. *Io non sono un tipo da coccole.* Il sorriso triste che gli comparve sulle labbra era lo stesso che faceva ogni volta che mentiva a sé stesso. Nonostante non gli fossero mai interessate molto le coccole dopo il sesso, adesso era cambiato. Voltandosi su un fianco, la guardò mentre dormiva. La sua espressione dolce gli toccò il cuore. Le accarezzò dolcemente i capelli, spostandole una ciocca dal viso. Poi la prese tra le dita. Erano morbidissimi.

Lei gli si avvicinò, allungando il braccio. Lui scivolò sotto il suo braccio e si strinse a lei. Lei sospirò nel sonno, premendogli le mani sulla schiena. Nessun uomo avrebbe potuto lasciare quella donna, spezzarle il cuore e andarsene. Provava rabbia per il modo in cui Dean l'aveva trattata, ma la mise da parte. Non poteva permettersi di avere un atteggiamento ostile nei confronti dell'uomo che l'avrebbe operato. Eppure, gli sarebbe davvero piaciuto dargli un bel pugno in faccia.

La sua dichiarazione d'amore era stata sincera? Ne aveva ricevute molte, da moltissime donne. Lei aveva semplicemente detto ciò che pensava che volesse sentirle dire? Dani aveva posto nel suo cuore per un altro uomo? La speranza crebbe dentro di lui. Dopotutto, lei l'aveva invitato a restare per la notte. E lui aveva infranto la sua regola di non farlo. Pregava che il dottor Welling potesse curare il suo corpo e che la dottoressa Dani potesse prendersi cura della sua anima. Finora, lei aveva fatto un ottimo lavoro. Una sensazione di pace e felicità travolse il suo corpo come le onde durante la bassa marea. Lei si voltò e lui la abbracciò. Si riaddormentò prima che il suo pene potesse protestare.

Rick si svegliò sentendo la sua pelle calda e i suoi capezzoli duri che gli sfioravano la schiena. Stavolta, l'orologio segnava le otto e il sole batteva sulle finestre. Dani gli mise un braccio intorno ai fianchi. Lui vi appoggiò sopra la mano per tenerlo stretto.

"Meglio della sveglia," sussurrò lui.

Lei borbottò qualcosa, ancora assonnata. Le mise le dita sulle labbra e sentì un suo gemito.

"Mmm. Puoi svegliarmi così ogni giorno?" La sua voce assonnata ruppe il silenzio.

Lui si paralizzò. Intendeva dire che voleva svegliarsi con lui ogni giorno? Era amore? Aveva mai provato il vero amore? Ne dubitava. E se fosse successo se ne sarebbe accorto? Non ne era sicuro.

"Si potrebbe fare," le rispose, poi trattenne il fiato per un attimo.

Le labbra calde che gli sfioravano il collo gli diedero la risposta. Lui rabbrividì e scoppiò a ridere. Lei gli mise una gamba sul fianco e gli borbottò qualcosa all'orecchio.

"Curi anche i lupi?" le chiese.

"Tu sei l'unico."

"Molto divertente," le rispose, cercando di sembrare serio. La sua risatina lo fece sorridere.

"Pensavo che lo fosse."

Lui si voltò e le passò le dita tra i capelli. "Dio, sei stupenda," le disse.

"Oh, mio Dio, non è vero." Lei si coprì il viso con le mani.

Lui gliele spostò e le diede un bacio sul naso, poi le sfiorò le labbra con le sue. La strinse tra le braccia e riappoggiò la schiena sul letto. Dani gli appoggiò la mano sul petto. Rick sentì qualcosa che si muoveva.

"Oh oh."

"Cosa?" gli chiese.

"L'hai voluto tu. Eccolo che arriva."

Sentendo sniffare sempre più vicino a sé, Dani spalancò gli occhi. Dopo pochi secondi, la lingua calda e umida del carlino iniziò a leccarle la faccia. I suoi urletti e le sue risate fecero scoppiare a ridere Rick.

"Hai detto tu che poteva dormire qui."

"Dormire qui, non farmi il bagno," disse lei, nascondendosi sotto le coperte.

"È ora di portarlo fuori. Andiamo." Lui tirò giù le coperte. Oliver la guardò sorridendo.

Dani si alzò dal letto e corse verso il bagno, con il cagnolino che la seguiva abbaiando. Attraverso la porta chiusa, sentiva le risate. Oliver rimase a fare la guardia, aspettando che uscisse.

Rick si alzò dal letto e indossò i boxer e i pantaloni. Quando lei aprì la porta, lui indossò la sua t-shirt.

"Cazzo, mi rovini il panorama," disse lei, allacciandosi l'accappatoio.

"Mettiti qualcosa addosso. Portiamolo fuori."

Lei indossò un vestitino e un paio di infradito. Rick mise il guinzaglio al carlino.

"Preparo il caffè e ti raggiungo."

Lui annuì mentre apriva la porta. Dietro la clinica, c'era un ampio prato che confinava con il bosco. Rick guardò verso gli alberi, alla ricerca di orsi e coyote. Non vedendone nessuno, allungò un po' il guinzaglio, dando a Oliver più libertà di movimento.

Qualcuno gli si avvicinò alle spalle, mettendogli le braccia intorno alla vita.

"Dani?"

"Ti aspettavi la regina d'Inghilterra?"

Lui si voltò, mettendole un braccio intorno alle spalle.

"Hai qualcosa da fare oggi?" gli chiese.

"No. Nessun programma. Voglio solo riprendermi dal chiosco dei baci."

"Resta qui. Preparo la colazione e poi ti porto a vedere i cavalli."

"L'invito vale anche per Oliver?"

"Certo."

"Un'offerta che non posso rifiutare."

Il carlino vide Dani e corse da lei, saltandole sulla gamba. Rick richiamò il cagnolino e gli disse di abbassarsi.

"Immagino che tu gli piaccia quanto piaci a me."

"Ti piaccio quanto piaccio a lui?"

"Molto di più. E ti ho vista per primo, ma non dirlo a Ollie."

"Adesso mangiamo."

"Che c'è per colazione?"

"Solo bacon e uova."

Rick fece un fischio al cane e i tre tornarono insieme verso casa.

DOPO LA COLAZIONE, Rick lavò i piatti. Dani gli si avvicinò alle spalle davanti al lavandino e lo abbracciò.

"Devo cambiarmi prima di andare a vedere i cavalli."

Rick le passò la mano sul braccio. "Posso venire con te?"

"Perchè?"

"Perché no?" Le prese la mano e se la portò alla bocca.

"Oh. Capisco," rispose lei.

"Interessato?"

"Molto."

Non appena si asciugò le mani, lei lo condusse in camera da letto, dove fecero l'amore. Una rapida doccia insieme prima di vestirsi gli permise di fare di nuovo l'amore con lei.

"Prendiamo la mia macchina," disse lei, porgendogli la mano mentre si dirigevano verso la porta.

Lui legò Oliver al sedile posteriore e si sedette accanto alla veterinaria. Andarono alla fattoria dove vivevano i due cavalli. Dani presentò loro Rick, che esitò ad avvicinarsi. Oliver era decisamente ostile. Non faceva altro che abbaiare ai cavalli. Loro lo ignorarono, osservando Rick con curiosità. Rick calmò il cane. Prese in braccio il carlino per permettergli di toccare e annusare quei grossi animali.

"Hai avuto a che fare con agenti, editori e pubblicitari di New York e hai paura di un cavallo?"

"I newyorkesi non hanno i denti così grandi e gli zoccoli," rispose lui.

Rick rifiutò la proposta di andare a cavallo, ma diede da mangiare qualche mela ai due animali. Loro facevano a gara per avere la sua attenzione, lusingandolo. Quando la loro visita stava per finire, Rick insistette per portare Dani a cena. Dopo aver lasciato Oliver a casa, presero la sua auto e andarono da Homer. Con l'arrivo della notte, l'aria si rinfrescò. Decisero di sedersi all'interno.

Ordinarono due hamburger. Rick rinunciò alle patatine fritte e ordinò al loro posto un'insalata come contorno. Mentre mangiavano, fu sopraffatto dalla tristezza. Quella sera, sarebbe tornato a casa da solo. Il giorno dopo, Dani avrebbe avuto una mattina impegnativa in clinica, mentre il pomeriggio avrebbe dovuto vaccinare alcuni capi di bestiame. Non poteva chiederle di dormire di nuovo da lei, ma non voleva lasciarla. Era amore? Lui credeva di sì.

"Che ne dici del prossimo weekend?" le chiese Rick, mangiando l'insalata.

"Il prossimo weekend cosa?"

"Di trascorrerlo con me. E ogni fine settimana per, beh, forse per sempre?"

Lei quasi si strozzò mentre mangiava. Rick balzò in piedi e le si avvicinò, battendole la mano sulla schiena finché lei non gli fece cenno di allontanarsi.

"Sto bene." Lei prese il suo bicchiere d'acqua.

Rick si sedette, guardandola. Dani tossì ancora una volta e si schiarì la voce.

"Dicevi davvero?"

"Cosa?"

"Ogni fine settimana?" rispose lei.

Lui annuì. *Che cosa diavolo sto facendo?*

Lei arrossì leggermente sulle guance. "Mi sembra perfetto."

Rick deglutì. In che situazione si era cacciato? "Bene. Iniziamo con questo fine settimana."

"A casa tua o a casa mia?"

Lui si strofinò il mento e rifletté per un momento. "Cambiamo. Cerchiamo di alternare."

Lei sollevò il bicchiere. "Agli amanti del fine settimana," disse lei.

Lui brindò con lei. "Agli amanti."

I pensieri preoccupanti gli abbandonarono la mente e un sorriso gli comparve sulle labbra.

"Forse prenderò anche le patatine," disse lui, facendo un cenno alla cameriera.

Quando ebbero finito di cenare, lui tornò a casa da Oliver. La casa era silenziosa. Il fine settimana successivo, Dani sarebbe rimasta a dormire da lui. Si sentì sopraffatto dal panico. Rick non aveva mai vissuto con una donna. Certo, ne aveva avute molte nel suo letto, grazie alla sua vita sociale, ma nessuna aveva mai lasciato lo spazzolino da denti nel suo bagno. Non aveva idea di cosa fare. Compose il numero di sua cugina Mindy.

"Bene, bene, ecco il Casanova dei baci. Ho sentito dire che sei stato l'attrazione più importante della fiera."

"Non ora, Mindy. Ho bisogno del tuo aiuto."

"Che cosa che c'è che non va?"

"Dani verrà qui. Il prossimo weekend. Si fermerà a dormire. Per tutto il weekend."

"Congratulazioni, mister Lotario. È un bel bocconcino."

"Intendo dire che verrà a dormire qui. A casa mia."

"Non hai mai avuto una donna che restasse a dormire da te? Perché trovo difficile crederci?" sbuffò lei.

"Che raffinatezza, Mindy!"

"Davvero non l'hai mai fatto?"

"Preferivo che non restassero a dormire. Alcune si sono trattenute un po'. Ma al mattino mi sbarazzavo di loro. Nessuna si è mai fermata da me, nemmeno per due giorni, almeno finora."

"Panico?"

"Terrore. Che cosa devo fare? Non ne ho idea."

"Prima di tutto, svuota un cassetto. Secondo, inizia a esercitarti ad abbassare la tavoletta del water."

"Sii seria."

"Lo sono. Estremamente. Se lei sprofondasse nel water nel cuore della notte, il vostro idillio potrebbe finire."

"Lei non è così superficiale."

"Prova a sprofondare nel water alle tre del mattino, Rick."

"Ok, ok. Ho capito. Abbasserò la tavoletta. E devo svuotare un cassetto?"

"E anche farle trovare delle grucce vuote."

"Nel mio armadio?"

"Certo, nel *tuo* armadio."

"Ok. Aspetta. Fammi prendere un pezzo di carta. Meglio che io prenda appunti."

Mindy ridacchiò.

"Ridacchia quanto vuoi. È importante. La amo e non voglio rovinare tutto."

"Oh, mio Dio. Sei serio. Hai proprio intenzioni serie con lei, vero?"

"Puoi dirlo forte."

"È la prima volta. Dovrei avvisare i giornalisti?"

"Smettila," ribatté lui.

"Ok. Ok. Ehi, lei è un'ottima scelta. È abbastanza intelligente da non permetterti di trattarla male."

"I tuoi complimenti mi stupiscono."

"Ora che ci penso, voi due siete una bella coppia. Sono felice per te, Rick."

Il suo tono di voce si addolcì. "Grazie."

"Sei felice?"

"Per la prima volta da tanto tempo. Forse da sempre."

"È magnifico. Te lo meriti, dopo tutto."

"Grazie. Continua a dirmi cosa devo fare," le disse, reggendo il telefono tra l'orecchio e la spalla mentre prendeva una penna.

"Ricordati di chiudere la porta quando vai in bagno," gli disse.

"Non essere ridicola."

"Sto solo cominciando dall'inizio."

Capitolo Nove

Il venerdì sera, dopo aver chiuso la clinica, la dottoressa Dani Henderson entrò nel vialetto della casa di Rick Winslow. Diede un'occhiata allo specchietto retrovisore per rinfrescarsi il rossetto. Aveva i nervi a fior di pelle. Che cosa ci faceva lì? Avrebbe davvero trascorso il fine settimana con quel celebre e straordinario playboy, Breaker Winslow? Probabilmente lei era la prima veterinaria che si era portata a letto. Avrebbe potuto cancellare la voce *scopare con una veterinaria* dalla sua lista di cose da fare prima di morire?

La vergogna ebbe il sopravvento su di lei. Tutto quello che i giornalisti avevano scritto su di lui forse era vero prima dell'incendio, ma lei aveva conosciuto un uomo diverso. Quando pensava a lui, le venivano in mente aggettivi come sfacciato, diretto ed egoista, ma anche gentile, generoso e divertente. E onesto fino all'eccesso.

Lei aveva accettato la sua proposta, anche se si era quasi strozzata col cibo quando lui gliel'aveva chiesto. Che cosa avrebbero detto i suoi genitori se l'avessero vista? Dopo aver superato la sua gelosia, sua madre le avrebbe probabilmente detto di seguire il suo cuore ed era esattamente quello che aveva intenzione di fare.

Appoggiò la fronte sul volante. Rick si sarebbe mai comportato come Dean? Sarebbe andato via spezzandole il cuore senza nemmeno guardarsi indietro? Una sensazione di paura la travolse. La sua mente le urlava di scappare il più velocemente possibile, ma era troppo tardi. Gli aveva dato il suo cuore, anche se lui ancora non lo sapeva, e non poteva più tornare indietro.

All'improvviso trasalì, sentendo bussare al finestrino della sua auto.

"Va tutto bene?" Era Rick, con la fronte aggrottata.

Lei fece un respiro profondo e riuscì a sorridere. "Sto bene."

"Hai intenzione di entrare o vuoi restare qui tutta la notte? Ti prometto che non mordo."

Lei aprì lo sportello, spostò le gambe e si alzò in piedi. Premendo il pulsante del portachiavi, aprì il bagagliaio.

"Tutto qui?" le chiese lui, prendendo una valigetta.

Lei annuì. Lui le mise un braccio intorno alle spalle e la condusse verso la porta d'ingresso.

"Non hai paura di me, vero?"

"Certo che no. Di solito non vado a letto con gli uomini che mi spaventano." *Sono terrorizzata, ma non nel modo in cui pensi.*

"Bene, ho fatto qualche piccola modifica," disse lui, aprendo la porta.

Dani fu accolta da Oliver, che abbaiava mentre le saltellava sulla gamba, nel tentativo di leccarle la faccia. Lei scoppiò a ridere e si inginocchiò per permettere al carlino di farlo.

"Dio, è così carino, Rick."

"Pensavo di esserlo io." Lui fece una smorfia.

Lei gli diede scherzosamente una pacca sulla spalla.

"Da questa parte," le disse.

Lei lo seguì in camera da letto. Spalancò la bocca. Non era più l'enorme stanza vuota che aveva visto prima. La stanza era completamente arredata e arieggiata, con le finestre su due pareti. Il letto king size era adornato da una coperta in stile patchwork sui toni del blu, del verde e del bianco. Le pareti erano color verde menta e i bordi delle finestre erano bianchi. C'erano due cassettoni in legno di quercia. Dei quadri a olio, che rappresentavano delle scene di campagna, erano appesi alle pareti e un tappeto copriva la maggior parte del pavimento in legno di quercia. C'erano due comodini con due lampade di vetro opalino con i paralumi bianchi.

"Questo è per te," le disse, aprendo un cassetto vuoto. "E ci sono una dozzina di grucce vuote nell'armadio." Lui aprì l'anta per mostrargliele.

"Sono impressionata."

Lui fece un leggero inchino. "Qualsiasi cosa per la mia signora."

"Io sono la tua signora?"

"Ogni weekend."

Lei sospirò, sperando che lui dicesse di più.

"Perché non sistemi le tue cose? Io preparo qualcosa da bere. La cena è sul fuoco."

"La cena?"

"Ok, non ho cucinato io. È stata Jess Lennox. Ha preparato uno stufato. È una cuoca piuttosto brava. Decisamente più di me."

"Non mi aspettavo che preparassi la cena. Avevo pensato di preparare dei panini o delle uova."

"Domani mattina ti preparerò i miei famosi pancake."

Lei aggrottò la fronte. "Davvero?"

"Ti piaceranno. Adesso finisci di sistemare le tue cose. Ho fame." Con quelle parole, lui uscì dalla stanza.

Dani ripose i suoi vestiti, cercando di allontanare quella strana sensazione che provava mettendo le sue cose nel cassetto accanto al suo. Dopo aver sistemato tutto, scese lentamente le scale. Amava quella vecchia fattoria. Rick aveva assunto Will Lennox per ristrutturarla. Non aveva ancora finito, ma il primo piano e la camera da letto di Rick erano pronti. Era una casa bellissima. L'avrebbe descritta come country chic. Non aveva mai frequentato un uomo che avesse dei costi così eleganti e lui la faceva sentire quasi trasandata.

"Ho preparato il Cosmopolitan come piace a te, un po' più dolce," le disse, porgendole un bicchiere.

Lei bevve un sorso e si sedette accanto a lui sul divano color cioccolato al latte.

"È perfetto," disse lei, bevendone un altro sorso.

"Come te," rispose lui, sollevando il bicchiere. "Al primo di molti magnifici weekend."

Lei brindò con lui e sorrise. Lui la faceva sentire la benvenuta, molto di più di quanto si aspettasse. Forse aveva finalmente trovato il suo lieto fine con quel bellissimo ragazzo?

Quella notte, dopo aver fatto l'amore, lei era rimasta distesa sul letto, nuda accanto a lui. Era tardi e si era appisolata, ma il bubbolio di un gufo l'aveva svegliata. Rick, anche lui nudo, dormiva tranquillamente al suo fianco. Lei si voltò per guardarlo. I capelli gli accarezzavano la fronte. Gli toccò la spalla e lui si voltò sulla schiena.

Dani colse l'occasione per avvicinarsi a lui. Nel sonno, lui borbottò qualcosa e la strinse a sé. Respirò il suo profumo maschile, che si mescolava al calore delle coperte. Il suo corpo caldo la riparava dalla fresca aria notturna. Lei tirò su il lenzuolo leggero fino alle spalle e gli appoggiò una mano sul petto.

Il suo corpo robusto e la sua pelle morbida alimentavano la sua passione. Era un amante eccellente, molto al di là delle sue aspettative, e con lui aveva raggiunto un nuovo livello di piacere sessuale. Toccandolo e a coccolandosi tra le sue braccia provò quel senso di sicurezza di cui aveva bisogno per rimettersi a dormire.

IL RESTO DEL WEEKEND trascorse velocemente. Rick e Dani passarono il tempo a preparare il fienile per i cavalli. Lui prese un libro di cucina e, insieme, provarono una nuova ricetta, uno sformato di zucca con la carne. Gli errori commessi durante la sua preparazione li fecero ridere e ricominciare daccapo.

Rick aveva basato tutta la sua vita sulle categorie. Le amiche donne non potevano essere sue amanti e le sue amanti non avrebbero mai potuto essere sue amiche. Si sentiva confuso, stupito e compiaciuto di averle trovate entrambe in una sola donna. Avere una donna a tutto tondo era perfetto per il suo carattere pratico.

La paura lo travolse. Se lei aveva tutto forse avrebbe dovuto sposarla. Quel pensiero lo spaventava così tanto da farlo quasi ammalare fisicamente. Il matrimonio era fatto per le altre persone. Per le persone che volevano figli, una famiglia, una casa e un mutuo — erano quelle le persone che si sposavano. Non le superstar come Breaker Winslow. Non si sarebbe mai sposato. Aveva deciso di fare il modello per sempre, cominciando a lavorare per il mercato della moda senior quando sarebbe diventato più grande. Non avrebbe mai smesso di lavorare e di fare una bella vita e non si sarebbe mai sposato. Poi l'incendio aveva mandato in fumo tutti i suoi sogni.

Ogni giovedì, si ritrovava a sperare che fosse venerdì. Aveva parlato con Oliver di Dani. Il carlino era il suo fan più grande. Ogni domenica mattina, il cagnolino andava prima a leccare la faccia a lei. Si alzavano dal letto e lo portavano a spasso insieme. In quei giorni, Rick si svegliava sorridente proprio perché lei era lì. Chi era quella persona, quell'uomo così romantico e dolce? Che fine aveva fatto il famoso Breaker Winslow, l'incallito seduttore dal cuore di ghiaccio?

Quel venerdì, ricevette una telefonata. Quando riagganciò, aveva le mani tremanti e sentiva un nodo allo stomaco. Avrebbe detto tutto a Dani quella sera. Avrebbero trascorso di nuovo il weekend in casa sua. Aveva preparato le lasagne per cena. Mentre preparava il Cosmopolitan, pensò alle notizie che avrebbe dovuto comunicarle, carico di entusiasmo. Prima che potesse immergersi ulteriormente nei suoi pensieri, qualcuno suonò il campanello. Era lei.

Dopo aver aperto la porta, lui disse subito "Ho una novità."

"Una bella novità?"

Lui annuì. "Accomodati."

Lei si sedette sul divano, guardandolo.

"Un Cosmopolitan?"

Lei annuì.

Lui riempì due bicchieri e li portò fino al divano.

"Allora, che cosa devi dirmi?"

"Ok," disse lui, facendo un respiro profondo. "Ho ricevuto una telefonata dallo studio del dottor Welling. Qualcuno ha annullato il suo intervento. Possono operarmi tra due settimane."

Lei spalancò gli occhi.

"Lo capisci quant'è bello? Potrei tornare un uomo normale tra due settimane."

"Sei già un uomo normale."

"Sai cosa intendo." Lui scattò in piedi e si mise a passeggiare.

Lei rimase semplicemente a guardarlo.

"Non ti congratuli con me? Non vuoi che mi sottoponga alla procedura? È così che l'ha chiamata. Non intervento. Procedura. Così sembra molto più semplice." Lui si fermò.

"Io voglio qualsiasi cosa che ti renda felice." Dani si spostò leggermente e accavallò le gambe.

"Questo mi rende molto felice."

"Bene, allora brindiamo." Lei sollevò il bicchiere, ma i suoi occhi non sorridevano. "A una procedura di successo tra due settimane."

Lui brindò con lei. "Non mi sembri molto felice." Lui strinse gli occhi.

"Non sono sicura che in questo modo otterrai ciò che vuoi."

"Nemmeno io lo sono, ma mi ci porterà più vicino."

"Hai ragione." Lei annuì, ma lui non era convinto.

"Tu mi ami, Dani?" le chiese con il cuore in gola. *Continua così, stronzo, così potrà scaricarti.*

Lei si strozzò per un attimo mentre beveva. "Dovresti già conoscere la risposta."

"Allora, mi ami?"

"Sì, lo sai."

"Non lo so. Non se non me lo dici. E se mi ami, sii felice per me. Questo non farà tornare in vita Breaker Winslow, ma contribuirà molto a farmi guardare allo specchio in modo meno doloroso."

Lei gli toccò il braccio. "Sono stata insensibile. Certo che lo farà. Sono felice per te, Rick. Io voglio qualsiasi cosa tu voglia."

Lui le si avvicinò e la baciò. "Oh, a proposito, anch'io ti amo."

"Lo sapevo," ribatté lei, sorridendo. "Che buon profumino! Hai passato la giornata a cucinare?"

"Come l'hai capito? Mi sono impegnato tanto solo per impressionarti."

"E che cosa hai preparato?"

"Lasagne. Non so come sono venute. È il mio primo tentativo," disse lui, prima di finire il suo drink.

"Saranno sicuramente buonissime. Ho fame. Andiamo." Lei si alzò e gli porse la mano.

"Vedremo se mi amerai ancora dopo averle mangiate," disse lui raggiungendola.

DANI SI VOLTÒ DALL'ALTRA parte e si svegliò alle quattro del mattino. Si alzò dal letto, cercando di non svegliare Rick. Indossò il suo accappatoio perché le piaceva sentire il suo odore e si avvicinò alla finestra. Spostando la tenda, guardò il retro della sua proprietà. Si mise a osservare il fienile.

Dani aveva fantasticato su come fosse vivere nel mondo di Rick. Come sarebbe stato vivere lì tutto il tempo? Il fienile le faceva venire in mente i cavalli, il fieno e le stelle. C'era molto spazio per un maneggio, bastava costruire un recinto.

Il pollaio sarebbe stato il suo prossimo progetto. Rick avrebbe corso il rischio di entrare in quel posto puzzolente e pieno di muffa per ripulirlo? Voleva davvero allevare delle galline o la stava solo prendendo in giro? Lei aveva sempre voluto delle galline. Le uova fresche erano molto più buone di quelle comprate al supermercato.

Lei iniziò a pensare al suo intervento. Tra due settimane, avrebbero scoperto se il suo viso avrebbe riacquistato la sua precedente bellezza.

Lei dubitava che avrebbe riavuto il suo aspetto da modello. Sarebbe rimasto devastato se la procedura non avesse avuto i miglioramenti sperati? Lei sarebbe rimasta al suo fianco per aiutarlo a rimettere insieme i pezzi e a riprendere in mano la sua vita nella tranquilla Pine Grove.

Un sorriso le comparve sulle labbra. Aveva la possibilità di avere tutto con lui. Le aveva detto di amarla e gliel'aveva dimostrato dentro e fuori dal letto. Era sempre felice di vederla e quando apriva la porta cominciava sempre a parlare di qualcosa mentre armeggiava in cucina e versava del vino. Il calore di casa sua la faceva sentire la benvenuta.

La signora Winslow. La moglie di Breaker Winslow. Lei aggrottò la fronte. Il primo nome la faceva sentire elettrizzata, mentre il secondo le faceva provare una fitta al cuore. Non voleva essere la moglie di Breaker Winslow. *Lascia Breaker nella tomba, è quello il suo posto.* Lei sospirò. Le possibilità che succedesse erano una su un milione. Lei era certa che il suo aspetto sarebbe migliorato, ma era impossibile che potesse ritornare com'era prima dell'incendio.

Quel pensiero, che avrebbe rattristato Rick, le dava conforto. Lui si sarebbe arrabbiato, probabilmente avrebbe minacciato di fare causa a Dean, ma alla fine lei sarebbe stata al suo fianco per aiutarlo ad adattarsi alla realtà. La sua energia vivace e il suo atteggiamento irriverente la stimolavano. Lui sfidava la sua mente, i suoi gusti e i suoi giudizi. Convinta di mostrare la versione migliore di sé stessa insieme a Rick, desiderava la sua compagnia.

Si era adattata facilmente ai weekend con lui. Essere innamorata le donava, aggiungendo un tocco di colore e di emozione nella sua vita. Inoltre, il sesso era fantastico. Scese le scale, passando in punta di piedi accanto al carlino addormentato, che sollevò la testa e si rimise a dormire, poi si sedette sul divano con un foglio di carta e una penna. Avrebbero trascorso altre due settimane insieme prima che lui partisse per la clinica in California. Fece una lista di cose da fare insieme a lui prima della partenza. Alle cinque, appoggiò la testa sul bracciolo del divano e si addormentò.

"Eccoti," disse Rick, con le mani sui fianchi.

Dani sbadigliò e aprì gli occhi.

"Mi sono svegliato e tu non c'eri. Mi sono spaventato a morte. Non farlo mai più."

"Scusa. Non riuscivo a dormire, quindi sono scesa al piano di sotto. Ho fatto un elenco di tutte le cose che dovremmo fare prima di andare in California," gli disse porgendogli il foglio.

Lui si sedette sul bracciolo del divano. "Andare a una sagra di paese. Mangiare un gelato al Creamery. Cenare al Chef's Table a Oak Bluffs. Sistemare i cavalli nel fienile. Ripulire il pollaio... che cosa?"

"Già. Le uova fresche sono le migliori."

"Vuoi che prenda delle galline? Riesco a malapena a immaginare di avere un cavallo o due."

"Le galline sono facili da gestire."

"Certo, tanto dovrei farlo io." Lui la guardò aggrottando la fronte.

"Io posso aiutarti."

"Nel weekend," borbottò lui.

A meno che non ci sposiamo. Lei si mise una mano sulle labbra prima di rendersi conto di non averlo detto ad alta voce.

"Cosa?"

"Niente."

"Non fare giochetti con me." Lui balzò verso di lei, la strinse a sé e iniziò a farle il solletico finché lei non cominciò a ridere e a urlare. Poi la baciò. Alzò la testa per permetterle di riprendere fiato e la baciò di nuovo. Lei gli mise le braccia intorno al collo e si strinse a lui.

"Non l'ho mai fatto su questo divano. Dobbiamo inaugurarlo," disse lui, con la voce carica di desiderio.

Lei si mise a ridacchiare quando lui le fece scivolare le mani sotto la vestaglia.

IL TEMPO PASSÒ PIÙ velocemente di quanto Rick si aspettasse. Non avevano fatto tutto quello che c'era scritto sulla lista di Dani. Quella sera, l'avrebbe portata a cena fuori per l'ultima volta e avrebbero potuto cancellare lo Chef's Table dalla lista. Poiché lui non aveva idea di dove fosse Oak Bend, Dani andò a prenderlo.

"Ho assunto Will per occuparsi del pollaio quando avrà finito con tutto il resto."

"Se ne parlerà l'anno prossimo," ribatté lei.

"Il fienile è stato già abbastanza complicato. Il pollaio è fuori questione."

"Will è un bravo ragazzo. Sono sicura che ce la farà."

"Dobbiamo andare a fare spese per le galline?" le chiese.

"Puoi venire. O, se preferisci, posso occuparmene io."

"Non ho mai fatto spese per le galline. Potrebbe essere divertente."

Lei allungò il braccio e gli strinse la mano.

Rick cercò di concentrarsi sulle parole di Dani, ma la sua mente continuava a vagare. La limousine per portarlo all'aeroporto Kennedy sarebbe arrivata il mattino dopo alle dieci. Prima dell'una, avrebbe preso il volo verso ovest, per la più grande opportunità della sua vita. Paura, nervi e terrore ebbero il sopravvento su di lui, facendogli passare l'appetito.

"Non mangi?" gli chiese, prendendo una forchettata del suo pollo alla parmigiana.

Lui allontanò il piatto. "Non ho fame."

"Vorremmo portar via la bistecca, per favore," disse Dani al cameriere. Lui annuì.

"Lasciamola."

"Probabilmente a mezzanotte morirai di fame."

Lui sollevò le spalle. Non gli importava di niente. Aveva semplicemente bisogno di portare a termine quella procedura e di riprendersi la sua vita. Tutto dipendeva dal successo di medici che non aveva mai incontrato. Gli avevano detto di prepararsi a restare per un mese. Dovevano fargli degli esami prima della procedura e tenerlo sotto controllo in seguito. Dani aveva accettato di tenere Oliver mentre lui era via.

"Mi sento più tranquillo sapendo che Ollie veglierà su di te quando non ci sarò. L'ho addestrato a mordere le palle di ogni uomo nudo che vede in casa tua."

Dani si coprì la bocca con la mano per non sputare il suo cibo.

"Se vuoi, sei anche la benvenuta a casa mia," le disse.

"Potrei averne bisogno. Se prenderò i cavalli, andrò a casa tua finché staranno nel tuo fienile."

"Mi sembra una buona idea. Probabilmente, anche Ollie sarà più a suo agio lì. Così non penserà che l'ho abbandonato."

"Giusto."

Lei sospirò e abbassò lo sguardo sul piatto. Non l'aveva mai vista così sottomessa prima. Lui non sapeva cosa fare. Era triste che se ne andasse? Un lieve sorriso si insinuò sul suo viso mentre pensava all'ultimo elemento che aveva aggiunto mentalmente alla sua lista. C'era ancora una cosa che doveva fare prima di andarsene. Forse avrebbe dovuto farle la proposta al suo ritorno. Lui aggrottò la fronte. E se la procedura non fosse andata bene e lui fosse peggiorato ulteriormente? Lui aggrottò la fronte.

"Qualcosa succede?" gli chiese.

Lui scosse la testa.

"Forza. Confessa," insistette lei.

"Ok." Lui fece un respiro profondo. "E se sbagliassero e mi ritrovassi ad avere l'aspetto di Quasimodo?"

"Non potrebbe mai accadere. La possibilità peggiore sarebbe che non possano sistemare le cicatrici. Ma non potrebbe mai peggiorare, come temi tu."

"Sono felice che almeno uno di noi sia fiducioso." Lui bevve un sorso di vino.

Finirono di mangiare. Il cameriere mise via la bistecca, Rick pagò il conto e tornarono a casa. Lui ricontrollò la valigia, poi si diresse verso il letto. Dani lo seguì.

Lui si voltò, stringendola tra le braccia. "Ti va di fare l'amore? Sarà l'ultima volta per un mese."

"C'è bisogno di chiederlo?" Lei gli mise le braccia intorno alla vita e sollevò il mento per baciarlo.

Quando ebbero finito e lui ebbe spento la luce, lei si rannicchiò accanto a lui. Lui la strinse a sé, accarezzandole la pelle nuda con le dita.

"Qualunque cosa succeda, ti amo, Dani."

"Anch'io ti amo. Sono sicura che andrà bene."

Le sue parole lo calmarono.

"A volte le cose possono succedere. Cose brutte. Intendo dire con l'anestetico, insomma, hai capito."

"Non ti succederà niente del genere." Il suo tono di voce era nitido.

"Certo che no."

Lui chiuse gli occhi, ma il sonno non arrivava. Non si era mai sentito più sveglio nella sua vita. Le appoggiò il naso tra i capelli, inspirando quel fresco profumo di pera. Il nervosismo per la procedura lottava con la contentezza che provava nel suo cuore. Era questo che si provava quando si era innamorati? Lui cercò di allontanare dalla mente i pensieri sull'intervento e di concentrarsi sulla bella donna che stringeva tra le braccia.

La precedente idea di Rick di condividere il letto con una donna non superò le due del mattino. Certo che svegliarsi da solo fosse la miglior conclusione possibile, era riuscito a tenere lontane le sue ospiti notturne. Dani aveva cambiato tutto. Svegliarsi con lei al suo fianco, calda, morbida e passionale andava oltre i suoi sogni più sfrenati. Qualcuno con cui condividere un bicchiere di latte caldo quando non riusciva a dormire. O qualcosa di più intimo. Il sesso era il suo sonnifero preferito.

Non aveva mai conosciuto una donna come Dani — una donna non ossessionata né dal suo aspetto, né dal prezzo e dal prestigio delle cose. Trovare una donna così altruista da tollerarlo era stata una sfida. E ora l'aveva trovata. E se fosse andato male qualcosa? E se fosse morto durante l'intervento? Cosa sarebbe successo a Dani, al sogno della loro vita insieme? Rabbrividì all'idea.

Lei lo abbracciò nel sonno, borbottando qualcosa che lui non riuscì a capire. Forse doveva semplicemente considerarsi l'uomo più fortunato del mondo, smetterla di pensare a come sarebbe andata la sua vita e andare a dormire. Così lo fece.

IL GIORNO DOPO, A COLAZIONE, Dani percepì uno strano imbarazzo. La vena sarcastica di Rick era scomparsa. Lui mangiò in silenzio il suo piatto di uova e bacon, lanciandole di tanto in tanto uno sguardo pieno di passione. Oliver abbaiò alcune volte, gironzolando intorno a Rick. Lei sorrise. Anche il cane aveva capito che c'era qualcosa di strano.

"Hai il programma alimentare e delle passeggiate di Oliver?" le chiese Rick.

"Sì."

"E anche quello dei bagnetti."

"Sono in grado di prendermi cura di lui, Rick."

"Lo so, lo so. Scusami. Sono solo teso."

Lei si sporse sul tavolo e gli strinse la mano. "Nessun problema. Non sono te, ma farò il mio meglio."

Un lieve sorriso gli comparve per un attimo sulle labbra. "Mi mancherà. E anche tu mi mancherai. Ovviamente."

Lei scoppiò a ridere. "Però non andare a letto con nessun altro, ok?"

"Chi, io? Sembrerò Frankenstein. Chi vorrebbe venire a letto con me?"

Lei aggrottò la fronte.

"Ok, ok. Non devi preoccuparti," la rassicurò.

Quando finirono di mangiare, lei lavò i piatti mentre lui finiva di fare la valigia. Non aveva bisogno di molto, ma prese comunque una valigia grande.

"Resta qui, Dani. Resta a casa mia. Per favore."

"Lo farò. È meglio che io resti qui per prendermi cura dei cavalli."

Un clacson attirò la loro attenzione. Lei guardò fuori dalla finestra. L'autista della limousine stava percorrendo il vialetto.

"È ora," disse lei. Le lacrime le facevano bruciare gli occhi.

"Già." Lui la strinse a sé per un rapido abbraccio, poi la baciò. L'autista bussò alla porta.

Rick aprì, lo salutò e gli porse la valigia.

"Buona fortuna," gli disse, cercando invano di non farsi tremare la voce. Dani si fermò sulla soglia, appoggiandosi allo stipite. Pregò che nulla andasse storto. E se fosse tornato con più cicatrici di prima? E se fosse morto? Se Dean avesse sbagliato, lei l'avrebbe ucciso. Mentre l'auto usciva dal vialetto, lei sollevò la mano, tenendo saldamente il carlino, che tirava per seguire il suo padrone. Rick guardò fuori dal finestrino e ricambiò il suo saluto.

Un senso di vuoto la travolse mentre rientrava in casa e chiudeva la porta. Oliver ululò, facendola raggelare.

"Sì, Ollie. Mi sento esattamente come te," gli disse, tornando a lavare i piatti nel lavello.

Una volta finito, disfece la valigia che si era portata. Dormire nel letto di Rick avrebbe reso più facile la sua assenza. Preparò il letto, fermandosi a passare la mano sul suo cuscino. Fece un respiro profondo, fece una doccia e mise Oliver nella sua macchina. Quindi si diresse verso la clinica. Lavorare era la cosa migliore.

"Buongiorno," disse Dani, sperando di sembrare professionale mentre portava Oliver nella sala d'aspetto.

"Lo è?" Nancy aggrottò la fronte.

Dani si fermò di colpo. "Che cosa intendi dire?"

"Non è che un certo modello è andato a ovest per farsi operare al viso?"

Dani rimase a bocca aperta. "Come l'hai saputo?"

"Ne parlano tutti."

"Rick vi ucciderebbe se lo sapesse. È una persona molto riservata."

"Non era così riservato mentre dispensava baci durante la fiera."

"A proposito, ti ho vista in fila. Quindi, non provare a fingere di non averlo fatto, Nancy." Dani sorrise mentre la sua assistente diventava rossa come un peperone.

"Ho preso solo un biglietto prima che il chiosco chiudesse," precisò.

"Farò in modo che Rick vi ponga rimedio quando tornerà," disse Dani.

Nancy arrossì e agitò la mano. "Scema!"

"Che cosa c'è in programma oggi?"

Nancy esaminò l'agenda. Dani andò a prendere il camice bianco e lo stetoscopio e tornò nella sala d'aspetto. Mise Oliver accanto a Nancy. Il primo paziente era arrivato. Felice di essere occupata, allontanò dalla mente il pensiero di Rick Winslow e si concentrò sugli animali che doveva curare. A pranzo, si sedette con Nancy e Oliver mentre mangiava il suo panino e riesaminava gli appunti del mattino.

"Abbiamo delle visite nei prossimi giorni?" le chiese Dani.

"Sì."

"Bene. Prenota visite per ogni orario disponibile."

"Non vuoi nemmeno un secondo di tempo libero, eh? L'ho capito, dottoressa. Me ne occuperò io."

Dani iniziava a lavorare alle otto e rimaneva al lavoro fino alle otto di sera. A volte, trattava i pazienti del pronto soccorso anche fino a più tardi. Dopo, portava Oliver a spasso. Poi la dottoressa e il cagnolino si mettevano a letto esausti.

Rick la chiamò dopo essere entrato in clinica.

"Mi faranno aspettare, forse circa quattro giorni, prima che facciano l'intervento."

"Devono farti degli esami, Rick. Sii paziente."

"E si stanno organizzando per fare un sacco di foto. Un certo dottor Welling ha detto che è per l'operazione, per il prima e dopo."

"Proprio così."

"Oh, il dottor Welling mi ha detto di salutarti."

"Davvero?"

"Già. Volevo dirgli di crepare, ma non prima di farmi tornare tutto intero."

Lei scoppiò a ridere. "Non è necessario."

"Ti importa ancora di lui?

"Io ho te. Perché dovrei aver bisogno di lui?"

"Mi manchi."

"Anch'io. Ma mi tengo occupato."

"Mi sento come Dracula. Non ci sono specchi qui."

"È fatto di proposito."

"Ok. Qualcuno sta bussando. Devo andare adesso. Ti amo", le disse.

"Ti amo anch'io." Lei riattaccò e si mise a letto, dopo aver recitato alcune preghiere per il suo uomo.

Capitolo Dieci

Rick si risvegliò intontito e nauseato. Un'infermiera gli si avvicinò per assisterlo nel momento stesso in cui si mosse. Gli spiegò che il dottore sarebbe venuto a vederlo dopo un'ora e gli portò dei cubetti di ghiaccio per placare la sua sete. Lui si toccò il viso, ma era bendato. Era estremamente curioso di guardarsi allo specchio.

"Mi dispiace, signor Winslow, non posso dirle niente. Dovrà aspettare il dottore."

Quell'ora passò lentamente come una lumaca che strisciava in giardino. Doveva sapere, doveva vedere il suo aspetto. Finalmente, il dottore arrivò.

"Come si sente, Rick?", gli domandò il dottor Welling.

"Bene. Com'è andata? Com'è il mio aspetto?"

Dean ridacchiò. "So che non vede l'ora di vedere il risultato. Pensiamo che la procedura sia andata bene, ma dobbiamo ancora vedere come guarirà. Abbiamo bisogno di tempo."

"Forza, lei l'ha già fatto altre volte. Mi dia almeno un'idea."

"Non è uguale per tutti. Le persone reagiscono in modo diverso. Possiamo solo aspettare e vedere. So che non è quello che vuole sentirsi dire, ma non posso dirle nulla di definitivo in questo momento."

"Ma è fiducioso?"

"Molto fiducioso. Ha una buona pelle ed è abbastanza giovane. Ci aspettiamo una guarigione totale e un miglioramento significativo."

Rick sorrise. "Bene, grazie." Lui strinse la mano al dottore.

"Adesso arriva la parte difficile. Aspettare che la guarigione cominci."

"E devo restare qui per tre settimane?"

"Sì, forse di più. Tutto dipende da come andrà. Si faccia una bella dormita stanotte. È un processo graduale, non succede tutto in un batter d'occhio."

Il dottore andò via e l'infermiera entrò nella stanza, portando la cena a Rick. Lui lanciò un'occhiataccia alla poltiglia che riempiva il suo piatto.

"Dovrei mangiare questa schifezza per tre settimane?"

"A meno che non guarisca più rapidamente ed esca da qui prima del previsto."

"Uh."

L'infermiera mise via il vassoio e appoggiò una borsa di ghiaccio sul viso di Rick per ridurre il gonfiore.

"Come funziona adesso?", le chiese.

"Nelle prossime quattro ore, dovrà mettere il ghiaccio per due minuti e toglierlo per cinque."

"Ok. Procediamo," disse lui. *Sono arrivato fino a qui e non ho intenzione di rovinare tutto adesso.*

I medici controllavano il suo viso ogni giorno. Le infermiere rimuovevano le bende, gli applicavano i medicamenti, tra cui la vitamina E, e gli rimettevano le bende due volte al giorno. Tra le borse di ghiaccio e le medicazioni, non aveva molto tempo di riposare.

"Sta facendo molti progressi, Rick. Sembra che le cose vadano bene," disse il dottor Welling.

"Pensa che abbia funzionato?"

Il dottore annuì.

"Bene. Ritornerò come prima?"

"Non completamente, ma crediamo che ci si avvicinerà molto."

Avvicinarvisi? Avrebbe accettato di avvicinarvisi, molto di più che somigliare a Quasimodo. Rick sorrise. Non vedeva l'ora di chiamare Dani.

"Come stai?" Il suo tono di voce era evidentemente preoccupato.

"Ottimo! Il dottore ha detto che riacquisterò quasi del tutto il mio vecchio aspetto."

"Come ti senti?"

"Dolorante, gonfio, strano. Ma ne varrà la pena."

"Hai già visto il tuo viso?"

"Non mi permetteranno di entrare in una stanza con uno specchio finché non crederanno che io sia pronto."

"Oh, ok. È comprensibile."

"Il dottor Welling è un tipo simpatico."

Ci fu una pausa.

"Sì, se sei un suo paziente," precisò Dani.

"Giusto. Giusto. Non vorrei mai che tu uscissi di nuovo con lui."

"Non accadrà mai."

"Perfetto," annuì lui.

"Per quanto tempo pensi di dover restare ancora lì?"

"Mi hanno detto che dipende dal processo di guarigione. Come vanno le cose a casa?"

"Bene. I cavalli adorano il tuo fienile. Will ha iniziato a lavorare al pollaio."

"Come sta Ollie?"

"Sente la tua mancanza. I primi giorni non faceva altro che cercarti per casa. Ma si è abituato."

"Intendi dire che ora è il tuo cane?" Lui alzò la voce e si sollevò a sedere.

"Certo che no. Impazzirà quando tornerai. So che gli manchi."

"Perché? Te l'ha detto? Te lo stai inventando."

"Non è vero. I cani ricordano. So che ricorderà il tuo profumo."

"Bene, perché il mio viso sarà diverso."

"Devo andare adesso. È ora di dar da mangiare alle cavalle."

"Non sostituirmi mentre non ci sono."

"Se il Principe Azzurro arrivasse all'improvviso, tu saresti solo un ricordo."

Lui scoppiò a ridere. "Ok. Ho capito. Ti amo, Dani."

"Ti amo anch'io."

Lui riattaccò e si massaggiò la nuca. Se l'era immaginato o lei si era irrigidita quando le aveva detto che avrebbe avuto un aspetto diverso? Se lui fosse tornato come prima, tra di loro sarebbe finito tutto? No, no, non con Dani. Lei si era battuta per lui con il dottor Welling. Prese il telecomando della televisione e iniziò a fare zapping, cercando qualcosa che attirasse la sua attenzione.

Si fermò quando vide Tiffany Cowles, la caporedattrice di *Celebs 'R Us.* Era il suo talk show di mezz'ora. Mmm, se lui avesse davvero riacquistato il suo aspetto, quello sarebbe stato il posto perfetto per un'intervista e per dare al dottor Welling la meritata pubblicità. Si fermò su quel canale e si mise a guardare il programma.

DANI SOSPIRÒ. PUR ESSENDO felicissima di sapere che Rick stava bene, era preoccupata. Se avesse riacquistato il suo aspetto, sarebbe stato ancora interessato a lei? Le altre donne avrebbero fatto di tutto per attirare la sua attenzione. Anche quando il suo viso era leggermente sfigurato, la fila del chiosco dei baci alla fiera di Pine Grove era arrivata alla fine dell'isolato.

Lei non gradiva la concorrenza. Mentre crescendo era sempre stata pronta ad affrontare la competizione accademica basata sulle prestazioni, Dani era sempre stata timida quando si trattava di competere con altre donne per l'attenzione di un uomo. Non si era mai battuta con un'altra per un ragazzo. Si limitava semplicemente a scrollare le spalle e ad andarsene, immaginando che avrebbe trovato un altro tipo attraente che catturasse la sua attenzione.

Stavolta era diverso. Essendo già totalmente innamorata di Rick Winslow, come avrebbe gestito altre donne che avessero tentato di mandare in pezzi la sua relazione? Non bene. Certo, tutto sarebbe dipeso dalla reazione di Rick. Gli uomini che incoraggiavano le donne a competere per loro la disgustavano, ma Rick sembrava diverso. Non si era soltanto ustionato nell'incendio. Aveva perso i suoi amici e le sue fan. Doveva credere che il suo atteggiamento cinico avrebbe avuto la meglio. Non essendo un uomo che si faceva ingannare facilmente, specialmente dopo l'incendio, non si sarebbe fatto convincere da una donna che gli dava un po' di attenzioni, no?

Fece un respiro profondo. Lei e Rick erano una coppia solida e doveva essere felice che lui riacquistasse il suo aspetto. Mentre si dirigeva verso il fienile, Dani rivolse i suoi pensieri ai cavalli. Senza la generosità di Rick, quei cavalli sarebbero stati abbattuti o scaricati in un rifugio. Invece, stavano crescendo bene. Will aveva dato la priorità alla costruzione del recinto e le nuove ringhiere in legno naturale delimitavano un ampio campo.

Durante la pausa pranzo, Dani sellava il cavallo baio e metteva il guinzaglio a quello sauro. Cavalcava un po' il baio e lasciava il sauro nel recinto a brucare l'erba. I cavalli erano migliori amici e dovevano stare sempre insieme.

La dottoressa amava cavalcare. Quando aveva otto anni, Dani sognava di avere il suo cavallo. Una delle ragioni per cui aveva accettato il lavoro come veterinaria a Pine Grove era proprio l'opportunità di lavorare con i cavalli. Non sarebbe mai successo in una grande città.

Lei osservò il retro della fattoria mentre il cavallo faceva un giro, parallelamente al recinto. La casa di Rick era diventata splendida grazie ai lavori di Will Lennox. Il suo appartamentino dietro la clinica le sembrava davvero inadeguato. Il prefabbricato angusto, con le sue piccole finestre, sembrava più una baracca.

Ogni sera, si coricava nello spazioso letto di Rick, sentendo la sua mancanza, ma godendosi quel lusso. Non era cresciuta in un ambiente elegante e i suoi genitori erano persone intelligenti ma normali, senza pretese. Rick Winslow l'aveva introdotta alla bella vita. All'inizio le sembrava una favola, ma poi si era abituata alle comodità e alla bellezza.

Al suo ritorno, sarebbe stata una grande delusione ritornare alla sua modesta vita precedente nell'appartamento dietro il suo ufficio.

Lei sospirò. Doveva godersi tutto questo ora che poteva. Dopo aver cavalcato, spazzolò i cavalli e li lasciò fuori a godersi il sole e l'erba. Mise l'acqua nella mangiatoia, si fece una doccia e tornò in clinica.

Uscendo dalla clinica alle otto, Dani tornò a casa, fece rientrare i cavalli nel fienile per la notte e riscaldò alcuni avanzi per la cena. Rick la chiamò.

"Il cibo qui fa schifo. Non lo darei nemmeno a Oliver."

"Ti mancano solo due settimane."

"Non mi importa. Questa roba è disgustosa. Zuppa in lattina. Riesco a riconoscere la zuppa in lattina!"

"Rick! Calmati. Mangia. Quando tornerai a casa, mangerai come un re."

"Mi sto comportando come un bambino?"

"Direi di sì."

"Scusa. Sto morendo dalla voglia di vedere il risultato finale. Sai che non sono un tipo paziente."

"Però hai aspettato me."

"Sì, e anche per troppo tempo." ridacchiò lui. "E devo aspettarti ancora. Ho bisogno di tornare a casa."

"Anche noi abbiamo bisogno che torni a casa. Non manca molto ormai."

"Come stanno i cavalli?" le chiese.

"Benissimo. Amano stare qui."

"È il tuo modo di dirmi che resteranno lì, vero?"

Lei scoppiò a ridere. "Forse. Ehm, sì. Penso di sì."

"Purché sia tu a prendertene cura. Non so un cazzo di cavalli."

"Imparerai."

"Suppongo di sì. Se si comporteranno bene con me."

"Ti adoreranno."

"Me lo prometti?"

Lei scoppiò di nuovo a ridere. "Oggi sei impossibile."

"Solo oggi?"

Lei si mise a ridere. "Sembra che tu stia abbastanza bene."

"Infatti è così. Tranne per il fatto che tu e Ollie mi mancate. Ti amo," le disse.

"Ti amo anch'io."

Dani si trascinò a letto, stanca dopo una giornata impegnativa. Le mancavano il suo sarcasmo e i suoi baci.

RICK ERA SVEGLIO QUANDO l'infermiera entrò nella sua stanza.

"Oggi?" le chiese, sollevando le sopracciglia.

Lei annuì. "Già."

All'improvviso, sentì i nervi a fior di pelle.

"Si sieda su questa sedia a rotelle e la porterò laggiù."

Lui si infilò la vestaglia e obbedì. Stavano per portarlo nella stanza con lo specchio. Era pronto. Mentre percorreva l'infinito corridoio dell'enorme ospedale, le preghiere gli affollavano la mente.

Gli avevano tolto le bende una settimana prima. Gli avevano ordinato di non toccarsi il viso, di lasciare che le ferite guarissero, che il gonfiore continuasse a diminuire e che la sua pelle tornasse alla normalità. Il battito del suo cuore era così forte che quasi non sentiva parlare l'infermiera.

"Siamo arrivati."

"Sono pronto. Almeno credo."

"Il dottor Welling la sta aspettando." Lei aprì la porta della stanza.

Rick lasciò la sedia a rotelle e si sedette sulla sedia indicata dal dottore.

Il dottor Welling gli spiegò che il risultato attuale non fosse definitivo, che la sua pelle avrebbe continuato a cambiare nel tempo e che il suo colorito sarebbe migliorato. Ordinò a Rick di stare assolutamente lontano dal sole e di usare la protezione solare quarantacinque se avesse dovuto esporvisi.

Le sue parole erano quasi tutte confuse.

"Ho capito, dottore. Posso guardarmi adesso?" Rick si alzò dalla sedia.

"Ok. È sicuro di essere pronto per questo?"

"Sono pronto da due anni," rispose Rick.

Il dottor Welling gli porse uno specchio.

All'improvviso, il cuore gli balzò in gola e sentì una stretta allo stomaco. Forse non era pronto a guardarsi come credeva. La paura gli scorreva nelle vene, insieme a una cinquantina di "e se".

"Allora?"

Con una mano tremante e gli occhi chiusi, Rick sollevò lo specchio. Aprì un occhio. Il suo viso era più roseo del solito, ma liscio. Lui spalancò gli occhi.

"Porca puttana!"

Fissò lo specchio con gli occhi spalancati. Poi lo girò e guardò dall'altra parte.

"Pensava che fosse uno scherzo?" gli chiese il dottore.

"Tutto è possibile. Ma non questo. Questo *non* era assolutamente possibile."

Non riusciva né a smettere di guardarsi né a chiudere la bocca.

"C'è una piccola cicatrice in cima sulla guancia destra. Non possiamo rimuoverla. Troppo vicina agli occhi. Le dà carattere."

"Il mio viso è quasi lo stesso di prima."

"Tranne quella cicatrice bianca."

"Mi dà davvero carattere. Non riesco a credere che Breaker Winslow sia tornato. Non posso credere che siate riusciti a ridarmi il mio viso."

"Sono state messe a punto delle nuove procedure negli ultimi due anni."

"Devo ammetterlo. Siete dei veri esperti nel fare miracoli."

"Il suo viso non era così male."

"Davvero? Lo dica alle persone che assumono modelli."

"Sta esagerando."

"No. La mia vita era finita."

"Non so se ricomincerà la sua carriera come modello, ma dovrebbe avere successo con le ragazze."

"C'è solo una donna con cui voglio avere successo," disse Rick senza rifletterci.

Il dottor Welling aggrottò la fronte per un attimo. "E con lei ne vale la pena."

"Mi scusi, dottore. Me ne ero dimenticato."

"Nessun problema. Voglio che Dani sia felice."

"Farò del mio meglio."

"Ne sono certo. Adesso rivediamo quello che dovrà fare. Niente sole. Assolutamente niente sole, né ora, né mai. Protezione solare quarantacinque. E sapone neutro. Non sappiamo se la barba le ricrescerà in quei punti. Probabilmente no."

"Nessun problema."

"E stia molto, molto attento quando si raderà. Soprattutto nei primi sei mesi. Usi un rasoio elettrico e lo usi lentamente. Adesso parliamo della crema per il viso e del dopobarba."

Rick annuì, obbligandosi ad ascoltare, mentre tutto ciò che voleva era mettersi a saltare. Quando finì, il dottor Welling si alzò in piedi.

"Può andare a casa."

"Grazie. Un milione di volte grazie," disse Rick, porgendogli la mano.

Il dottore gliela strinse. "Prego.

Ecco il mio biglietto da visita. Mi chiami in caso di problemi."

"Lo farò. Non potrò mai ringraziarla abbastanza." Rick non riusciva a smettere di sorridere.

"Si goda la vita," gli disse il dottor Welling prima di lasciare la stanza.

L'infermiera tornò a prenderlo. Mentre tornava nella sua stanza per fare i bagagli, mandò un messaggio a Dani.

Torno a casa. Viso guarito.

Poi chiamò la sua agenzia di viaggi.

"Stan? Prenotami un posto sul prossimo volo per New York. Sì. Torno a casa."

BREAKER WINSLOW ERA tornato alla grande. In aeroporto, ricevette più sguardi provocanti da parte delle donne in quindici minuti di quanti ne avesse ricevuti negli ultimi due anni. Oh, sì, Breaker era tornato. Più esaminava il suo viso, più si rendeva conto che non era ancora abbastanza per fare il modello, anche se il trucco l'avrebbe aiutato. Doveva essere perfetto, impeccabile. Non avrebbe riavuto la sua vecchia carriera, ma almeno avrebbe potuto guardarsi allo specchio senza rabbrividire.

Prendendo posto in prima classe, tirò fuori un pezzo di carta. Non appena l'aereo fu in volo, chiamò Tiffany Cowles. Il minimo che potesse fare per il dottor Welling era procurargli un'intervista per mettere in risalto il talento del bravo dottore e della sua squadra sui giornali e in tv.

Dopo aver messo giù il telefono, la donna sul sedile accanto a lui iniziò a conversare.

"Lei è Breaker Winslow?"

"Scusi se la mia conversazione telefonica l'ha disturbata."

"Niente affatto. È lei, vero? Il modello che ha avuto quell'incidente."

"Sono colpevole"

"Adesso ha davvero un ottimo aspetto," disse lei, arrossendo.

"E lei è?"

"Brie Sutter, CEO di Carson e Sutter."

"La casa editrice?" Lui aggrottò la fronte.

"Esattamente. Lei è apparso su alcuni dei nostri libri più popolari."

Ora fu Rick ad arrossire. "Nel mio periodo migliore."

"Sembra che lei si sia ripreso bene," disse lei, dandogli un'occhiata veloce. "La sua storia potrebbe diventare un buon libro."

Prima di incontrare Dani, ci avrebbe provato con quella donna leggermente più grande. Era evidente che stesse cercando un uomo o almeno un compagno di letto. Ma lui non avrebbe più giocato a quel gioco. Ora che la sua carriera era ufficialmente morta, non aveva bisogno di quella donna. E di certo non la voleva. La donna più dolce e sensuale del mondo lo stava aspettando a Pine Grove. Non aveva bisogno di distrazioni.

Eppure, Brie Sutter gli parlò delle condizioni del mondo dell'editoria. Rimase seduto ad ascoltare le sue opinioni sui libri. Condivisero una bottiglia di champagne per brindare alla sua guarigione. Rick le confidò che intendeva ufficializzare la sua relazione con Dani. La signorina Sutter fece il broncio per un attimo.

"Sta infrangendo i sogni di migliaia di donne," gli disse.

"È ora che mi concentri sui miei di sogni."

"Suppongo di sì," disse lei, con un tono di voce deluso.

Rick ridacchiò tra sé. Ammise che era bello sentirsi di nuovo desiderato, anche se da qualcuno che non voleva. Che cosa avrebbe fatto Dani? Pregò che sarebbe stata contenta e che avrebbe continuato ad amarlo.

Leggermente inebriato, lasciò Brie, scese dall'aereo e salì sulla limousine che l'avrebbe riportato a Pine Grove. Sul sedile posteriore, si mise a canticchiare insieme alla radio e abbassò il finestrino mentre attraversavano la contea di Sullivan. L'aria fresca lo fece addormentare. Sonnecchiò per tutto il tragitto fino a casa. Diede una generosa mancia all'autista e lo guardò allontanarsi. Non avendo fretta di entrare, si guardò intorno. La luce della luna accarezzava il nuovo recinto. Si diresse verso il fienile.

Percependo una presenza estranea, i cavalli si agitarono, nitrendo e muovendosi. Accese una lanterna e la sollevò. I loro sguardi stupiti lo scoraggiarono. Li aveva spaventati e la sua stessa paura lo fece indietreggiare fino ad appoggiarsi al muro. Lui sollevò le mani.

"Va tutto bene. Davvero. Sono il proprietario del fienile. Voi siete miei ospiti. Non abbiate paura."

Il suono di un fucile alle sue spalle lo spaventò ancora di più.

"Stia fermo lì, signore," disse una voce familiare.

Alzando la lanterna, lui si voltò di scatto. "Dani!"

Lei spalancò la bocca mentre abbassava il fucile. "Rick?"

"Breaker è tornato!"

Lei continuò a fissarlo.

"Che ne pensi?"

"Penso che tu sia... fantastico."

"Molto meglio di prima, eh?"

"Non che non mi andasse bene il vecchio Rick," disse Dani.

"Ma adesso?"

"Oh, mio Dio," disse lei, mettendo il fucile per terra.

"Vieni qui, tesoro," disse Rick dolcemente.

In un secondo, lei fu tra le sue braccia, piangendo e abbracciandolo. Lui la strinse a sé, baciandole il collo.

"Perché queste lacrime?" le chiese.

"Sono lacrime di gioia."

"Anche per me."

Lui cercò la sua bocca per darle un lungo bacio. Poi inclinò la testa per approfondirlo. Il movimento dei cavalli lo interruppe. Dani fece un passo indietro.

"Questi sono i due cavalli di cui ti ho parlato," gli disse, indicando le stalle. "Maizie è la cavalla baia a sinistra, mentre quella a destra è Glory. Ragazze, questo è Rick. L'uomo di cui vi ho parlato."

Le creature lo guardarono sospettosamente.

"Avvicinati. Va' ad accarezzarle. Parla a bassa voce. Fate amicizia."

"È tardi."

"Vieni," gli disse lei, prendendolo per mano e conducendolo alle stalle.

I cavalli gli lanciarono degli sguardi nervosi. Lui sorrise e si inchinò prima di abbassare la voce e avvicinarsi a loro. Si calmarono quando lui iniziò ad accarezzare loro il muso e a pronunciare parole dolci.

"Possiamo entrare in casa adesso?"

"Come mai tutta questa fretta?"

"Sono passate molte settimane da quando l'abbiamo fatto l'ultima volta," le sussurrò all'orecchio.

Alla luce della lanterna, la vide arrossire.

"Non posso darti torto."

Lui le prese la mano. "Ti piace la mia nuova faccia?"

"Certo. Ma mi piaceva anche quella vecchia."

"Questa è meglio. Molto meglio."

"Quante donne hanno cercato di abbordarti in aeroporto?"

"Nessuna."

"Bugiardo," disse lei, sorridendo mentre apriva la porta sul retro, dalla quale Oliver uscì entusiasta.

TEMENDO DI MOSTRARE la sua reale vanità, Rick si allontanava da Dani per dare una sbirciatina allo specchio circa un centinaio di volte al giorno. Era un sogno? Aveva davvero riacquistato il suo aspetto? Solo la cicatrice sulla guancia gli impediva di ricominciare a fare il modello.

"Pensi di poterla coprire con un po' di trucco?" le chiese il mattino dopo.

Lei si stava mettendo il rossetto, preparandosi per andare al lavoro.

"Quella piccola cicatrice?"

"Non è così piccola. Se tu riuscissi a coprirla, potrei avere la possibilità di ricominciare a fare il modello."

"Ecco. Serviti pure," gli disse, lanciandogli un flaconcino di fondotinta.

"E i cavalli? Non fanno colazione?

Lei gli mostrò un foglio di carta sul tavolo della cucina. "Qui c'è scritto tutto quello che devi fare."

Rick prese il foglio. A ogni frase, aggrottava sempre di più la fronte.

"Cazzo! C'è un sacco di lavoro."

"Non esattamente. Oh, devi anche dar da mangiare a Ollie e portarlo a fare la passeggiata."

"Non lo porti con te?"

"È il tuo cane."

"Ma guardalo! È lì vicino alla porta. Sta scodinzolando."

Lei gli diede un bacio. "È il tuo cane, tesoro. Non potrei mai prendere il tuo posto."

"Sembra che tu l'abbia già fatto," borbottò lui, fissando il cucciolo.

"Sei geloso?"

"Decisamente."

Lei si abbassò per accarezzare il cagnolino. "Devo scappare." disse lei soffocando uno sbadiglio.

Rick le lanciò un'occhiata lasciva. "Sei stanca?"

"Come se non lo sapessi. Mi hai tenuta sveglia tutta la notte."

"Dovevamo recuperare il tempo perduto." Lui alzò le braccia sopra la testa.

"È stato fantastico." Lei gli appoggiò la mano sul petto.

Rick la strinse tra le braccia. "Vorrei che tu non dovessi andare a lavorare. Vorrei che tu potessi restare qui. Potremmo occuparci dei cavalli insieme. Portare Oliver a spasso. Avere una vita di svaghi."

Lei aggrottò la fronte. "Una vita di svaghi?"

Lui si sentì arrossire sulle guance. "Sai cosa intendo."

"Sono stanca. Dimmelo chiaramente."

"Stare insieme. Tutto il tempo. Non avresti bisogno di lavorare."

"Stai parlando di matrimonio?" Lei spalancò gli occhi.

"Beh, di un relazione seria. Forse. Mmm. Sì. Forse. Oh, ok, sì. Forse il matrimonio."

"È una proposta?"

"No se non vuoi che lo sia."

Arrossendo per l'agitazione, diede un'occhiata al suo orologio. "Oops. Sono già in ritardo. Possiamo parlarne un'altra volta?"

"Certo, certo. Nessuna fretta. Buona giornata, tesoro." Lui aprì la porta, le diede un ultimo bacio sulle labbra e poi affrontò un Oliver deluso.

"Sì, vecchio mio. Dovrai stare con me oggi." Il cane abbaiò. "Lo so, lo so. Anch'io avrei voluto che restasse qui con noi." Lui sospirò. "Deve lavorare. Andiamo a vedere cosa fare con quei cavalli." Mise il guinzaglio al carlino e si diressero verso il fienile.

Quando arrivarono, Rick prese il foglio e lo attaccò alla porta del fienile. Un nitrito dall'interno gli disse che i cavalli erano pronti a iniziare la loro giornata.

"Ollie, qui dice di scegliere se dar loro prima da mangiare o se farli esercitare. Ma di aspettare un'ora tra le due attività. Mmm. Come si fa a far esercitare un cavallo? Si mette un video di Richard Simmons nella stalla? Forse si portano a fare una passeggiata? È possibile. Pettorina e guinzaglio? Vediamo."

Rick vagò per il fienile finché non trovò le briglie appese a un gancio. Le prese e le rigirò in diversi modi finché non ne trovò un paio che sembrava andar bene.

"Non dovrebbe esserci anche un morso insieme a questa roba, Ollie?" Il cane abbaiò. "Grazie. Sei un grande aiuto."

Lui si avvicinò alla cavalla baia. Lei fece un passo indietro nella stalla. Allungò una mano per accarezzarle il naso. Questo la tranquillizzò un po'. Tentò di metterle la cavezza. Lei si mosse e allontanò la testa da lui. Lui le parlò dolcemente.

"Ascoltami, bella. Dobbiamo fare questa cosa. Dobbiamo camminare. Va bene? Lascia che ti metta quel coso, il tuo guinzaglio, immagino, così potremo fare un po' di esercizio. Ok?"

Lei gli lanciò uno sguardo dubbioso.

"Ok, ok. Tu lo sai e io so che non so cosa sto facendo. Quindi sii gentile. Va bene? Dammi un po' di tregua."

La cavalla si calmò abbastanza da permettergli di toccarle la cavezza. Gli ci volle un minuto per trovare il guinzaglio. Glielo agganciò e sorrise, poi le accarezzò il naso.

"Andremo molto d'accordo, Maizie."

La cavalla iniziò a nitrire. Aprì la stalla e la portò fuori. Lei si fermò a metà della porta, voltandosi a guardare il suo compagno equino. La cavalla saura rimasta nella stalla si mise a nitrire.

"Dopo tornerò da te, Glory. Davvero. Per prima cosa, porto fuori questa ragazza, ma poi tornerò da te."

La cavalla baia rifiutava di muoversi. Rick cercò di convincerla, poi provò a spingerla, poi a tirarla, ma niente da fare.

"Non posso portarvi fuori contemporaneamente. Sono solo uno!" urlò lui. Lasciò il guinzaglio e andò a prendere l'altra cavalla. Nel frattempo, la cavalla baia tornò nella sua stalla. Dopo aver preso il secondo paio di briglie, Rick alzò lo sguardo e la vide nella sua stalla.

Mise la cavezza e il guinzaglio alla cavalla saura e cercò di farla uscire dalla stalla. Anche lei si fermò sulla porta e guardò indietro.

"Vaffanculo! Ci rinuncio. L'ora degli esercizi è finita. Facciamo colazione."

Rick rilesse le istruzioni per dare da mangiare ai cavalli. Fece ciò che c'era scritto sul foglio, poi mise dell'acqua nei loro abbeveratoi, attaccò il foglio sul muro del fienile e uscì, borbottando tra sé e sé.

"Faccio puzza di cavalli. E tutto questo per niente. Non hanno fatto il loro esercizio. E non ho intenzione di spazzolare nessuno. Se non vogliono uscire dal fienile, peggio per loro. Ci penserà Dani," disse a Oliver, che gli trotterellava accanto.

Davanti alla porta sul retro, si abbassò per accarezzare il suo cane prima di dargli un premio.

"Sanno tutti che un carlino è l'unico animale domestico da avere. Cavalli. Chi ne ha bisogno?" Scosse la testa e si diresse verso la doccia.

Capitolo Undici

Dani aprì la porta verso le otto e mezza.

"Sei in ritardo," disse Rick.

"Giornata infernale," rispose lei, sprofondando sul divano.

"Brutta giornata?"

"La peggiore."

"Morto qualcuno?"

Lei annuì. "Non mi va di parlarne."

"Che ne dici di un massaggio alla schiena?" le chiese.

"Oh, Dio, sì."

"Ti va un drink?"

"Vodka."

"Tonic?"

"Ok, ma poco tonic e molta vodka."

"Capito," disse lui, dirigendosi verso il bar. Dopo aver preparato da bere per entrambi, la raggiunse e la face voltare, in modo che rivolgesse la schiena verso di lui. Le appoggiò le sue grandi mani sulle spalle.

"Dio, sei davvero tesa."

"Come stanno i cavalli?" gli chiese, bevendo un sorso del suo drink.

"Cattive notizie."

Lei si irrigidì. "Che cosa hai fatto?"

"Va tutto bene. Davvero. Calmati. Li ho nutriti senza problemi, ma non hanno voluto saperne di uscire a camminare. Lascio a te questo compito."

Lei si mise a ridacchiare. "Ti hanno dato filo da torcere?"

"Già. Una rottura di palle, per essere precisi. Niente a che vedere con Oliver."

Lei scoppiò a ridere. "Ok. Me ne occuperò io. Tu seguimi e ti mostrerò come fare. A loro piace andare nel paddock insieme."

"Paddock? È così che si chiama?"

Lei annuì.

"Bene. Posso smettere di chiamarlo 'campo.'"

"Imparerai, Rick. E ti renderai conto di quanto siano magnifici i cavalli. Sono davvero intelligenti."

"Certo, certo. Sono felice con Oliver."

"C'è qualcosa da mangiare?"

"Ho preparato la cena. Rigatoni al ragù. Insalata. Ti va bene?"

"Oh, mio Dio, penso di amarti. Sto morendo di fame." Lei si alzò in piedi e si diresse verso la cucina.

Mentre lui metteva la salsa sulla pasta, Dani gli raccontò di come quei cavalli avessero perso la loro casa.

"Vedrai. Ti innamorerai di loro. La pasta è deliziosa."

"Grazie. Non è male. Non male," disse lui.

Dopo cena, fecero fare ai cavalli un giro intorno al paddock, Rick a piedi e Dani a cavallo. Li riportarono nella stalla, poi si stesero a letto a coccolarsi. Dani si addormentò prima che il cellulare di Rick iniziasse a suonare. Nessun nome comparve sullo schermo. Lui si allontanò e si precipitò al piano di sotto per rispondere alla chiamata.

"Breaker, tesoro!"

"Chi parla?"

Una risata falsa rimbombò dall'altra parte del telefono. "Non dirmi di esserti dimenticato così in fretta di me. Sono Belinda, la tua agente."

"Belinda? Belinda Morgan? Non ci sentiamo da due anni."

"Certo, certo. Perché non c'era niente che potessi fare per te. Ma ho ricevuto due chiamate. Una di *Behind the News* e una di Tiffany Cowles in persona, dalla redazione *di Celebs 'R Us.*"

"Davvero? Riguardo a me?"

"Sì. Hanno saputo che ti sei sottoposto a un intervento chirurgico e vogliono intervistarti."

"Non è divertente, Belinda."

"È vero. Immagino che un paparazzo abbia venduto una tua foto a Tiffany e le persone abbiano detto che fosse un falso. Ma lui ha dimostrato che era vera. Ti sei fatto aggiustare il viso?"

"Non era mica distrutto. Solo qualche piccolo ritocco."

"Oh, mio Dio. Allora sei di nuovo l'uomo più bello del mondo?"

"Non esattamente. Ma sono migliorato molto."

"Farai le interviste?"

"Perché no? Sarebbe un'ottima pubblicità per i medici che mi hanno operato."

"Bene. Ti chiamerò dopo aver stabilito le date."

"Grazie."

"A proposito, bentornato."

Lei riagganciò prima che potesse dirle di non essere ancora pronto per le telecamere. Non gli importava. La sua vita a Pine Grove era perfetta e non aveva la minima intenzione di ricominciare a fare il modello. Ma avrebbe fatto di tutto per fare una buona azione per il dottor Wellington e la sua squadra. Perché no?

Non essendo ancora tornato alla routine, Rick ricordò di dover far fare un'altra passeggiata al carlino. Mise a Oliver la pettorina e il guinzaglio per l'ultima passeggiata della giornata. Il pensiero delle interviste gli riempiva la mente. Avrebbe dovuto comprare dei vestiti adatti per la città. Non poteva presentarsi sulla tv nazionale con i suoi abiti da campagna, giusto? Lui sorrise. Quell'idea lo stuzzicava. Il famoso Breaker Winslow in jeans e camicia di flanella. Nessuno avrebbe creduto che fosse davvero lui. Inoltre, aveva una voglia matta di farsi fare un abito italiano su misura.

Avendo perso la maggior parte dei suoi vestiti nell'incendio, non si era preoccupato di sostituirne molti. Quelli della tintoria non gli stavano più da quando aveva messo su qualche chilo.

L'assicurazione l'avrebbe pagato e lui avrebbe pregato e implorato il suo sarto di fare in fretta. Esitò, cercando di ricordarsi il suo nome. Come poteva dimenticare Federico? Quell'uomo aveva creato i vestiti di Breaker per dieci anni. Ciò voleva dire che avrebbe dovuto fare una capatina a New York. Tempismo perfetto: avrebbe anche potuto controllare come procedevano i lavori nella sua villa.

Rick tornò a letto senza svegliare Dani. Peccato, non vedeva l'ora di raccontarle tutto. *Pensa alla pubblicità per il dottor Welling e la sua squadra.* Lei ne sarebbe felice. Quei pensieri felici gli riempirono la mente mentre aspettava di addormentarsi.

DANI SI SPORSE PER baciarlo dal finestrino abbassato della limousine. Lei aggrottò la fronte e fece il broncio.

"Non preoccuparti. Va tutto bene."

"Vedremo," disse lei, facendo un passo indietro. "Buon viaggio."

"Tornerò tra un paio di giorni."

Lei annuì mentre l'autista metteva l'auto in moto e usciva dal vialetto. Rick appoggiò la schiena al sedile. La sua mente iniziò a vagare. Aveva tantissime cose da fare in pochi giorni. Federico aveva creato un modello che avrebbe modificato dopo aver preso le misure a Rick.

Mentre la macchina si avvicinava alla città, la sua ansia aumentò. Lui aveva di certo un aspetto migliore, parecchio migliore, anzi normale. Tranne quella cicatrice sulla guancia. Ma aveva ancora l'aspetto meraviglioso che aveva in passato? Ne dubitava. Non aveva nemmeno preso in considerazione di tornare a fare il modello, ma come sarebbe sembrato in televisione durante le interviste? Il trucco era una cosa meravigliosa. Si accarezzò la guancia, perfettamente liscia dopo un'accurata rasatura. Sarebbe mai tornato ad avere quell'aspetto incolto e sexy che le donne apprezzavano tanto?

Scuotendo leggermente la testa, si ricordò che aveva la donna migliore del mondo e che non aveva bisogno di nessun'altra. Nessuna donna poteva competere con la dottoressa Dani Henderson. Un sorriso gli illuminò il volto. L'aveva conquistata, proprio quando il suo aspetto non era dei migliori. Non era per il suo aspetto, anche se lei dimostrava di apprezzare parecchio il suo corpo. Il suo sorriso si trasformò in una risatina. Lei era una ragazza passionale.

Mentre si avvicinava alla città, sentì una fitta allo stomaco. La sua sicurezza degli ultimi giorni era svanita. Forse Breaker Winslow era davvero morto, lasciando posto solo a un Rick insicuro. Lui cercò di riacquistare la spavalderia del suo alter ego. Breaker dava per scontato che ogni donna volesse andare a letto con lui e che ogni uomo volesse essere lui, il che non era lontano dalla verità. Era diventato facilmente una celebrità. Tutto questo gli calzava a pennello, come uno degli abiti su misura di Federico. Ma adesso?

La sua prima tappa fu la villa. Non voleva più uno stile moderno, ma uno stile country. Jess Lennox gli aveva dato qualche buona idea. Avrebbe occupato tre piani, come prima, e affittato gli ultimi due. Avrebbe anche fatto installare un sistema di irrigazione. Avrebbe chiamato l'editore di *Country Living Magazine* per farsi dare i nomi di un paio di arredatori.

Il nuovo edificio di pietra gli diede il benvenuto, con la sua lucente ringhiera in ferro battuto. Sorrise e porse all'autista una banconota da cento dollari come mancia. Rick rimase immobile per un attimo, intento a cercare in tasca le chiavi che Chelsea gli aveva mandato.

Quando aprì la porta, sentì l'odore fresco del legno appena tagliato e della cera passata di recente sul pavimento. Delle piastrelle di ceramica ricoprivano il pavimento dell'ingresso e da un parte vi erano un tavolo antico, uno specchio e un attaccapanni. Per un secondo, Rick non riconobbe la sua immagine allo specchio. Sorrise, allontanando alcune domande dalla sua mente. Aveva un aspetto magnifico con la sua camicia nera e turchese a scacchi e il suo paio di jeans.

Appoggiò la valigia, poi si mise a esplorare le stanze. Chelsea Wall, l'arredatrice che aveva assunto, aveva fatto un ottimo lavoro. La sua casa emanava calore e accoglienza. Dopo lo studio, entrando sulla sinistra, c'era la camera da letto sulla parte posteriore. Colori tenui, tessuti a quadri e piccole stampe abbellivano cuscini, tende e coperte. Oh, il letto — un letto a baldacchino! Vi saltò sopra, apprezzando il materasso rigido e il confortevole piumino. Un alto comò bianco era abbinato alla scrivania, posizionata in un angolo.

Si fermò nel bagno, poi all'ingresso sul retro, poi in cucina. Si avvicinò al lungo bancone di granito e ai nuovi elettrodomestici. Aprì il frigorifero, felice di trovarlo pieno di birra, vino e sandwich.

Rick tornò in salotto, si tuffò sui comodi cuscini del divano, si tolse le scarpe e appoggiò i piedi sull'antico tavolino di legno. La casa era migliore di quanto avesse sperato. Non c'era alcun dubbio che sarebbe stato a suo agio lì, durante il suo breve soggiorno. Che cosa gli riservava il futuro? Sarebbe tornato a vivere lì? Perché no?

Tornando in cucina, aprì una birra e frugò in frigo finché non trovò un sandwich con la carne in scatola. Nessuno faceva i sandwich con la carne in scatola come le rinomate gastronomie di New York. Portò il cibo in salotto e accese la televisione. Mentre mangiava, guardò il telegiornale locale.

Quando finì, andò da Federico. Era ora di farsi fare un nuovo vestito. Quando si rese conto che aveva cancellato tutti i numeri dei suoi vecchi amici dal telefono, si rattristò. Non aveva nessuno con cui mangiare quella sera. Per essere onesto con sé stesso, dovette ammettere che, anche se aveva cancellato tutti i numeri, non c'era nessuno che volesse vedere. La vecchia "banda" l'aveva abbandonato in un batter d'occhio. Poi si ricordò che l'unica persona con cui voleva cenare, la dottoressa Dani, era a miglia di distanza.

MARTEDÌ MATTINA, RICK prese il suo nuovo vestito, la camicia e la cravatta, ancora nel sacchetto di Federico, e chiamò un taxi che lo portasse allo studio. Grazie al suo viso, fu finalmente accolto alla reception, anche se doveva ancora mostrare la sua patente di guida. In ascensore, si domandò come fosse Diane Di Rossi. Sarebbe stata lei a intervistarlo. Aveva perso il suo fascino? Avrebbe potuto prendere il comando e pilotare la situazione, come faceva in passato? Ne avrebbe avuto bisogno? Lei non aveva motivo di essere ostile. Ricordò a se stesso che quell'intervista riguardava i medici e il miracolo che avevano compiuto su di lui.

Nel sacchetto col vestito c'era una busta con le foto che lo ritraevano prima e dopo l'intervento. Anni prima, sarebbe stato troppo vanitoso per mostrare le foto precedenti all'intervento. Adesso, non gli importava più. Con l'aiuto delle persone di Pine Grove, era riuscito ad accettare il più possibile il suo viso sfigurato. Oggi era un uomo nuovo, che andava avanti a testa alta. Era orgoglioso del percorso che aveva fatto, trasformandosi da un coglione egoista a un vero uomo.

Nel momento in cui uscì dall'ascensore, trovò un'assistente pronta a occuparsi di lui. Lei sussurrò un saluto e lo accompagnò nell'ufficio della signora Di Rossi.

"Piacere di conoscerla, signor Winslow," disse la giornalista, alzandosi dalla sedia.

"Mi chiami Rick," disse lui, stringendole la mano.

"Ma non dobbiamo fare un'intervista con Breaker?"

"Oh, sì. L'avevo dimenticato. Scusami."

"Hai assunto un'altra identità dopo l'incidente?"

"In un certo senso. Io mi chiamo Richard. Breaker è il mio soprannome. Era il mio nome quando facevo il modello."

"Capisco. Benvenuto. Grazie per aver accettato di fare l'intervista. È coraggioso per un uomo come te, un modello, comparire sulla tv nazionale. Lo apprezzo molto. Accomodati. Posso offrirti qualcosa? Un bicchiere di vino? Acqua?"

"Un po' d'acqua va bene, grazie."

Diane chiamò la sua assistente, che si precipitò nella stanza, ascoltò l'ordine del suo capo e uscì di nuovo. Ritornò dopo pochi secondi e porse a Rick una bottiglia d'acqua.

"Esaminiamo insieme l'intervista. Non mi piace che i miei ospiti memorizzino le loro risposte, ma nessuno vuole procedere senza sapere cosa aspettarsi."

"Perfetto."

L'assistente lo accompagnò nel camerino, dove si cambiò. I truccatori gli rimasero intorno finché non ebbe un aspetto decente. Rimase seduto sulla sedia mentre le ragazze gli sistemavano la cravatta e gli pettinavano i capelli, prima di spruzzargli un po' di lacca. Aveva dimenticato quanto fosse disgustosa la lacca per capelli e trattenne il respiro per alcuni secondi finché non si dissolse.

In passato, quando si avvicinavano per spruzzargliela, l'adrenalina gli andava alle stelle. Si innervosiva e lasciava scorrere l'energia, ma non stavolta. Era come se uno sciame di mosche fastidiose gli ronzassero intorno. La voglia di schiacciarle si faceva sempre più forte. Rick si alzò dalla sedia e si guardò allo specchio.

"Basta!" esclamò sollevando la mano. "Così va bene. Grazie. È perfetto. Abbiamo finito."

Una giovane donna gli tolse un pelucco dal braccio. Rick fece un passo indietro. La ragazza scrollò le spalle e si diresse verso la porta con le altre.

"Cinque minuti, signor Winslow," disse un ragazzo appoggiato alla porta.

Rick sollevò la mano e annuì. *Mi piaceva davvero questa merda? Tutto questo caos? Che seccatura! Che cosa c'è di sbagliato in me?*

Prima che potesse rispondere, fu accompagnato dietro le quinte e, dopo pochi secondi, sentì chiamare il suo nome e si ritrovò sul palco.

Dopo mezz'ora, le luci si spensero e Rick strinse la mano a Diane Di Rossi. L'intervista andò bene. Lei gli fece alcune domande difficili, che gli fecero riconsiderare le sue motivazioni e i suoi obiettivi. Ma non gli importava. Lei aveva fatto tutto il possibile per farlo apparire come un eroe. A chi non sarebbe piaciuto? Prese le sue foto e i suoi oggetti personali ed entrò nella limousine, inviata dalla produzione del programma per riaccompagnarlo alla sua villa. Fece rapidamente la valigia e ci mise dentro gli ultimi sandwich, perché dopo mezz'ora sarebbe ripartito per Pine Grove.

Fece una doccia, indossò di nuovo i jeans e salì sulla limousine per tornare nel piccolo villaggio che ormai era diventato la sua casa. Quando arrivò nella contea di Sullivan, il traffico diminuì. Abbassò il finestrino. Aprì la busta col cibo e tirò fuori un sandwich prima di offrirne uno al suo autista, cosa che Breaker Winslow non avrebbe mai fatto.

Continuò a mangiare mentre guardava il paesaggio, le fattorie e i fienili. Gli erano mancati il panorama e l'aria di campagna, ma soprattutto gli era mancata Dani. Lei avrebbe preso sul serio la sua proposta? Aggrottò la fronte mentre pensava a tutte le risposte che avrebbe potuto ricevere. L'unica accettabile sarebbe stata un sì.

Era buio quando arrivò alla fattoria. Rick diede la mancia all'autista e aprì lo sportello. In soggiorno, sulla sua cuccia, il carlino stava russando e non fu molto felice di essere svegliato, finché non si rese conto che era il suo padrone. Rick prese in braccio Ollie e, con la valigia nell'altra mano, salì in punta di piedi le scale fino alla camera da letto.

Mise il carlino ai piedi del letto e si spogliò. Mentre camminava a piedi nudi per la stanza per raggiungere la sua donna addormentata, la luce si accese all'improvviso e si ritrovò davanti la canna di una Glock 9MM.

"Mani in alto, signore!"

"Dani!"

"Rick?" Lei strizzò gli occhi.

"Mettila via."

Lei ripose la pistola nel cassetto del comodino.

"Stavi quasi per spararmi."

"Non l'avrei fatto. Quando non ci sei, dormo con la pistola sotto il cuscino."

"Non c'è il rischio che ti spari in testa in quel modo?"

Lei scoppiò a ridere. "Assolutamente no. Non preoccuparti. Sei tornato?"

"E sto tremando come una foglia. Accidenti. Questa è la seconda volta che mi punti contro una pistola."

"Devo proteggermi."

"Ma non da me."

"Già, non da te."

Gli occhi le brillavano alla luce della lampada. Tirò giù le coperte e si distese accanto a lei.

"Mi sei mancata," le disse.

"Davvero? Anche con tutte quelle donne che ti ronzavano intorno e le interviste? Scommetto che tu abbia destato molto interesse."

Lui non riuscì a nascondere il suo imbarazzo. "E allora? È di te che ho sentito la mancanza."

"Anche tu mi sei mancato."

Prima che potesse risponderle, Oliver si accoccolò ai piedi del letto e, dopo pochi secondi, iniziò a russare.

"Davvero? Dimostramelo," le disse, abbassando la voce. Lui le accarezzò la guancia con la mano.

Dani si strinse a lui e lo baciò. Lei mise la gamba sulla sua e i loro corpi furono più vicini.

"Portami sulla luna," sussurrò lei.

"Con molto piacere," disse, prima di sfiorarle la bocca con la sua.

"I POPCORN SONO PRONTI," disse Dani.

"Arrivo." Rick prese un secchiello di metallo pieno di birra e ghiaccio. Mindy e Drew, Cal, l'amica di Nancy del negozio di mangimi e Nancy stavano arrivando per guardare l'intervista di Rick con Diane Di

Rossi. Quello era il suo primo tentativo di ospitalità. Servì formaggio e cracker, popcorn e patatine con diverse salse, il tutto accompagnato da birra e vino.

Rick aveva anche previsto di preparare hamburger e hot dog. Dal momento che non aveva ancora superato la paura del fuoco, aveva chiesto a Drew di occuparsi della temuta griglia. Sempre più teso, iniziò a sudare sotto le ascelle.

"Tovaglioli?" le chiese.

"Fatto," rispose Dani.

"Salsa?"

"Fatto."

"L'insalata di cavolo è arrivata?"

"La porta Nancy."

"Insalata di patate?"

"Mindy e Drew."

Rick sospirò. "Direi che abbiamo tutto, giusto?"

Dani gli strinse l'avambraccio. "Non preoccuparti. È tutto sotto controllo. Andrà tutto bene."

"So che sono solo poche persone, ma sono comunque terrorizzato. Voglio che vada tutto bene."

"Sarai un ottimo padrone di casa."

"Ti amo," disse, sfiorandole le labbra con le sue.

Il campanello li interruppe. Rick accolse gli ospiti mentre Dani li invitava ad accomodarsi. Rick notò che lei aveva riservato un posto per Cal accanto a Nancy. Sorrise al suo ovvio tentativo di far mettere Cal insieme a Nancy. Perché le persone innamorate sono così interessate a fare in modo che anche il resto del mondo si innamori? Lui rise tra sé. Il suo tentativo la rendeva semplicemente più adorabile.

Una volta che tutti furono seduti ed ebbero preso i loro drink, Rick accese il gigantesco televisore a schermo piatto. Non essendo più abituato a vedersi in tv, ebbe un sussulto quando si rivide per la prima volta.

La sua famiglia e gli amici applaudivano quando diceva qualcosa di intelligente e si mettevano a ridere quando ironizzava sulle sue ustioni o faceva qualche battuta. Era felice di trovarsi con quelle persone, che erano diventate la sua famiglia. L'abito italiano gli calzava a pennello. Rick ringraziò in silenzio Federico per il suo incredibile lavoro dell'ultimo minuto. Breaker Winslow aveva un aspetto magnifico.

Si muoveva con disinvoltura, come aveva imparato a fare in tutti quegli anni davanti alle macchine fotografiche. Sorpreso di come fosse riuscito a riadattarsi al suo ruolo di modello, Rick sorrise. Per quanto quella fosse la sua più grande preoccupazione, non si era reso ridicolo. Quando il programma finì, ricominciò a respirare normalmente.

"Wow, Rick. Sei stato grande," disse Mindy.

"Non sapevo che fossi così famoso," osservò Cal.

Drew si limitò a dargli una pacca sulla spalla. "Quando si mangia?"

Rick si mise a ridere e si diresse verso la griglia. Aveva fatto la sua parte e ricambiato il favore ai medici, ma quella era la fine della sua fama. Fu sopraffatto da un misto di tristezza e nostalgia. Le lacrime minacciavano di uscire dai suoi occhi. Quella era tutta la fama che avrebbe avuto ?

"Cottura media, amico," disse Drew, interrompendo i pensieri di Rick.

"Oh, no. Sarai tu a occuparti della griglia, Drew."

Drew gli mise un braccio intorno alle spalle. "Puoi farlo tu."

"No." Rick scosse la testa.

"È ora che lo affronti. Il fuoco fa troppo parte della vita per evitarlo per sempre. Puoi farcela," disse Dani prendendogli la mano.

Rick le lanciò uno sguardo perplesso. Lei annuì. Rick fece qualche passo verso l'odiata griglia.

"Come ti ho detto prima. Cottura media," ribatté Drew.

"Mangerai tutto ciò che ti darò."

"Certo. Ma se ti capitasse qualcosa di cottura media, non farò obiezioni."

Rick rivolse la sua attenzione al barbecue. Dani lo accese per lui. Vi mise sopra gli hamburger e i wurstel. Grazie al manico lungo degli utensili, riuscì a stare lontano dal fuoco.

"Vuoi anche un hot dog?" gli chiese Rick.

"Certo. Sono un sostenitore delle pari opportunità," rispose Drew scherzando.

"Ovviamente."

"Scommettiamo? Quando vuoi." Lo scintillio negli occhi di Drew fece sorridere Rick. Drew era ciò di più vicino a un fratello che potesse mai avere.

"Posso farti qualche domanda? Mentre cucini, intendo," disse Nancy.

"Certo. Spara."

Quando hai iniziato a fare il modello?"

Rick rispose a tutte le sue domande, restando concentrato sugli hamburger, sul fuoco e su di lei allo stesso tempo. Dani gli lanciò un'occhiataccia. Lui si voltò e vide che Cal stava bevendo una birra, tutto da solo.

"Psss. Nancy. Vedi Cal laggiù? È tutto solo. Perché non vai a fargli compagnia?"

"Lui sta bene. Tu e la dottoressa Dani proprio non riuscite a lasciare in pace una ragazza, vero?" Lei scosse la testa, ma si diresse verso Cal.

"Grazie a Dio hai smesso di monopolizzarla," disse Dani, avvicinandosi a lui da dietro e mettendogli le braccia intorno alla vita.

"Io? Non sono stato io. Voleva conoscere la storia della mia vita."

"Immagino. Almeno adesso è andata da lui."

"Sei gelosa?" ribatté lui.

"Di Nancy? Non credo proprio."

"Sei piuttosto sicura di te, vero?"

"Non mi preoccupa nessuno qui a Pine Grove. Sono solo tutte le altre nel resto del mondo che mi infastidiscono," rispose lei.

Lui si sporse per darle un bacio. "Non hai nulla di cui preoccuparti.

Niente competizione per te. Sei in serie A tutta da sola."

Quando il cibo fu pronto, si sedettero a tavola nel portico. Oliver si raggomitolò vicino a loro per prendere tutto ciò che sarebbe caduto per terra. Quando squillò il telefono di Rick, Dani, che aveva finito di mangiare, balzò in piedi per andare a tagliare l'anguria.

Lui le lanciò un'occhiata perplessa. Lei sollevò le spalle. Chi avrebbe potuto chiamarlo? Nessuno dei suoi vecchi conoscenti aveva più il suo numero.

"Rispondi pure," gli disse lei.

Prese il telefono e la sua birra e si diresse verso lo studio per rispondere.

"Rick? Sono Belinda. La tua intervista è stata davvero geniale."

"Cosa?"

"Mi hai sentita. Il mio telefono non ha fatto altro che squillare. Beh, in realtà ho ricevuto solo una chiamata. Ma è stata un bel colpo."

"E che cosa ha a che fare con me?"

"Tutto il mondo ha visto la tua intervista. Ho un lavoro per te. Un lavoro meraviglioso. Un'occasione unica."

"Per Breaker Winslow?"

"Già. Mi hanno chiamata subito dopo l'intervista. Ti piacerà moltissimo."

Rick si tuffò sul divanetto. "Va' avanti. Ti ascolto."

Capitolo Dodici

"Questo tizio, Don Mayer, il responsabile del marketing per Northern Brands, mi ha chiamata. Stanno per lanciare una nuova tequila, si chiama *Falcon*. Hanno pensato a molti temi per la pubblicità, poi hanno optato per i pirati."

"Pirati? Non è un'immagine più adatta a un rum?"

"Lo pensavo anch'io. Ma sembra che loro non lo pensino. Sono loro a metterci i soldi. Tanti soldi. Un mucchio di soldi."

"E io cosa c'entro in tutto questo?"

"Stanno cercando un uomo che interpreti il *capitano Falcon*. Vogliono una sua foto in costume da pirata, con un falco sul braccio. Quando ti hanno visto in TV, con la cicatrice sulla guancia, hanno detto che saresti stato perfetto."

"Io?"

"Sì. Il tuo viso è praticamente l'ideale. Hanno detto che con quella cicatrice saresti un pirata magnifico."

Rick scoppiò a ridere. "Stai scherzando?" Lui bevve un sorso di birra.

"Non posso scherzare quando qualcuno mi parla di tre milioni di dollari."

Coprendosi la bocca con la mano, per poco non sputò la birra per tutta la stanza.

"Tre milioni di dollari? Dici sul serio?"

"E questo è solo per il primo anno."

"Primo anno?"

"Hanno in progetto una campagna quinquennale."

"Oh, mio Dio."

"Proprio ciò che ho detto anch'io."

"Ci sono migliaia di modelli là fuori. Perché io?"

"Tu sei già famoso. La tua intervista è stata grandiosa. E sei sulle copertine di milioni di libri."

"Non più," rispose lui.

"Quelle copertine sono eterne."

"Non mi stai prendendo in giro?"

"È tutto vero. Ti invierò il contratto quando concluderemo l'accordo."

"L'accordo?"

"Stipendio, spese di viaggio, programma di pagamento, cose del genere. Le cose noiose che non hai mai voluto sapere."

"Oh, sì. Quella roba," disse lui.

"Quindi accetti?"

"Vuoi scherzare? Certo che accetto."

"Perfetto. Inizierò a elaborare i dettagli lunedì. Ti auguro un buon fine settimana, Rick. Mi terrò in contatto. O dovrei chiamarti 'Breaker'?"

"Breaker?"

"Sei tornato, tesoro. Sei tornato più in forma di prima."

"Grazie per tutto questo, Belinda."

"Non ringraziarmi. È il tuo viso che ha fatto tutto. Oh, a proposito, se ti rasi ancora il petto, smetti di farlo. Vogliono un pirata con la camicia aperta e il petto peloso."

"Ho smesso di farlo dopo l'incendio."

"Ottimo! Non dobbiamo aspettare che i peli ricrescano per iniziare le riprese."

"Per favore, non accettare alcun programma prima di consultarmi."

"Perché? Hai qualcos'altro da fare?"

"In realtà, sì."

"Lavoro?"

"Tu consultami prima di fare accordi."

"Oh, capisco. Una ragazza. Ok. Lo farò. Mi terrò in contatto. Oh, grazie, Rick. Hai appena contribuito a pagare il college per mio figlio." Lei riagganciò.

Dani fece capolino dalla porta. "Tutto bene?

"Ho un lavoro. Almeno credo. Forse."

"Un lavoro?" Lei si sedette accanto a lui sul divanetto.

"È complicato. Te ne parlerò dopo cena."

"Ok. È una notizia buona o cattiva?" Lei aggrottò la fronte.

"Buona. Almeno credo."

"Ok, allora," disse lei, accarezzandogli la guancia. "Torniamo a tavola."

"Non dire niente a nessuno, ok?"

Lei sorrise e annuì.

Che cosa voleva dire? Lui aveva intenzione di tornare alla sua vecchia vita? Rick provava un misto di confusione e felicità. Rimase seduto in silenzio, ascoltando la conversazione solo a metà. Rick cercò di sorridere e di annuire nei momenti opportuni. Breaker era tornato? Sarebbe risorto dalle ceneri, come una fenice? Era quello che voleva? Negli ultimi due anni non aveva pregato costantemente di tornare alla sua vecchia vita?

Lui si offrì di lavare i piatti dopo cena. Il silenzio della cucina gli diede il tempo di pensare. Mindy lo raggiunse. Prese una carota e iniziò a rosicchiarla.

"Allora, cugino, che succede? Ti senti bene?"

"È tutto ok." Non avrebbe potuto parlarne con lei.

"Che cosa è successo a Mister 'Anima della Festa'? Da quando ti sei allontanato per rispondere a quella telefonata, ti sei chiuso a riccio. Qualcosa non va?"

"Sto bene. Va tutto bene."

Lei gli prese il braccio. "No, non è vero."

Voltandosi verso di lei, la guardò negli occhi. Mindy era l'unica persona che gli aveva sempre voluto bene. Aveva giocato insieme a lei a fare le bolle di sapone, l'aveva portata in giro nella sua nuova auto, aveva flirtato con le sue amiche e le aveva comprato dei lussuosi regali di Natale. Era stata lei a raccogliere i pezzi, quello che era rimasto di lui, dopo l'incendio. Non poteva nasconderle la verità.

"È complicato."

"Stronzate."

Lui si spostò. "Ok. "Ho un lavoro. Come modello."

"Davvero? Fantastico!"

"Lo pensi davvero?"

"Certo. Voglio sapere tutto al riguardo."

"Non posso parlarne finché il contratto non sarà firmato."

"Oh. Ok."

Lui si guardò le mani. Si sentiva ardere dentro e moriva dalla voglia di rivelare quel segreto. Mindy gli aveva sempre dato dei buoni consigli. Inoltre, era l'unica di cui si fidasse veramente, oltre a Dani.

"Vuoi dirmelo, vero?"

Lui annuì, ma continuò a non guardarla negli occhi.

"Ok, la smetto. Nessun problema. Me lo dirai quando potrai. Spero che ti porti qualcosa di bello, Rick. Ti meriti tanta fortuna."

"Ho Oliver e Dani. Sono già molto fortunato."

Lei scoppiò a ridere. "Non ti ho mai sentito parlare così. È proprio vero che non ci sono limiti. Continua così. Il successo porta successo. Mi sono usciti dalla bocca almeno un milione di cliché."

"Era così prima ed è così anche adesso. Adesso torna di là. Stai rovinando la festa. Le persone si staranno chiedendo cosa succede. E io devo finire di lavare i piatti."

Mindy uscì dalla cucina. Rick prese la spugna e si ripromise di non pensare più al Capitano Falcon Tequila. Non aveva senso impazzire se non aveva ancora firmato nulla. Avrebbe avuto un sacco di tempo per preoccuparsi quando la notizia sarebbe diventata ufficiale. Ora, era solo un sogno irraggiungibile da quindici milioni di dollari. O almeno era ciò che raccontava a sé stesso.

"VIENI A LETTO?" GLI chiese Dani sulla soglia della cucina.

Rick si sedette sul portico con un bicchiere di brandy in mano e Oliver al suo fianco.

"Non ancora. Arrivo tra poco. Voglio solo finire questo."

Lei lo raggiunse all'esterno. "C'è qualcosa che ti turba. Vuoi dirmelo o devo cercare di indovinare? Riguarda questo misterioso lavoro?"

"Ok. Siediti. Hai il diritto di saperlo."

Le raccontò tutto ciò che gli aveva detto Belinda.

"Dovrai aspettare fino a lunedì per sapere se firmeranno il contratto?"

"Già."

"E che cosa succederà se lo faranno?"

Lui sospirò, guardò il suo drink e finì di berlo. "Potrei dover viaggiare un po'. Servizi fotografici, partecipazioni ad eventi."

"Reciterai il ruolo del Capitano Falcon?"

"Già."

"Potrai indossare quei vestiti a letto?"

Lui aggrottò la fronte, poi scoppiò a ridere. Rick la prese tra le braccia e la strinse a sé. "Davvero divertente."

"Non vedo il problema. Voglio dire, se dovrai vestirti in modo stupido e stare davanti a una macchina fotografica per un paio di giorni per essere pagato un mucchio di soldi, che cosa c'è che non va?"

"È molto più di questo."

Lei aggrottò la fronte.

"Farò anche degli spot televisivi. Potrei dover andare sul posto."

"Ok, quindi un viaggio."

"Potrebbe essere un po' più impegnativo di così," disse lui, sperando che lei la smettesse di fargli domande.

"Andiamo a letto." Lei gli prese la mano.

Lui le diede un bacio sulla testa, poi si alzò in piedi. "Le parole magiche."

A letto, si staccò da lei per un momento.

"Va meglio ora che ho riacquistato il mio aspetto?"

"Sei un amante meraviglioso. Qualche cicatrice non ha mai fatto la differenza per me."

"Bene."

"Perchè?"

"Voglio solo sapere se l'aspetto è davvero importante."

"Non per me."

"Pensavo di sì. È bello averne la conferma."

"Basta parlare adesso. La tua donna è eccitata," gli sussurrò all'orecchio.

"Cazzo. Dobbiamo rimediare," disse, abbassandosi per darle un bacio sulla spalla.

Il giorno seguente, rimasero in casa. Dani insegnò a Rick a cavalcare la cavalla baia, mangiarono gli avanzi e fecero l'amore. Le cavalle cominciarono ad accettarlo un po'. Lui rise dei loro atteggiamenti buffi e rimase sorpreso dalla loro forza e dalla loro bellezza. Indossando qualcosa di comodo, Rick e Dani cenarono sul portico, a base di prosciutto e insalata di patate. Osservò le cavalle mentre pascolavano. Una leggera frescura gli ricordò che l'estate era quasi finita. Il fine settimana successivo sarebbe stata la Festa del Lavoro.

Allontanò dalla sua mente il Capitano Falcon, ma l'atmosfera autunnale era già vicina e ciò significava che le promozioni natalizie sarebbero iniziate tra circa un mese. Immaginò le grandi promozioni delle aziende di liquori per le vacanze. Concentrarsi sulle parole di Dani si rivelò difficile quando tutto ciò a cui riusciva a pensare era la Tequila Falcon. Sentirsi di nuovo desiderato stimolava la sua voglia di fama. Il dolce sapore della vendetta contro coloro che gli avevano detto che ormai era finito prese il sopravvento su di lui. Le loro parole gli tornarono in mente.

"L'aspetto non è tutto."

"Beh, ci sono molti altri lavori che puoi fare oltre al modello."

"Le cose brutte possono succedere. Adesso ho un provino. Devo scappare."

"Era comunque ora che tu voltassi pagina e lasciassi a qualcun altro un posticino sotto i riflettori."

"Ormai non sei un po' troppo vecchio per fare il modello?"

Vecchio, aveva solo trentuno anni all'epoca. Ritornare era stato il suo più grande sogno, quello che pensava non avrebbe mai raggiunto. Ora, forse, aveva la sua occasione, e riusciva a malapena a respirare, mentre aspettava di scoprirlo.

"Non mi stai ascoltando," disse Dani.

"Scusa. Non riesco a smettere di pensare al Capitano Falcon."

Lei annuì semplicemente. "Lo capisco."

"Davvero? Non credo che qualcuno che non sia stato al mio posto possa davvero capire. Tutta la mia carriera è andata in fumo." Lui si mise a ridacchiare. "Dico davvero. È successo tutto in un istante e non per colpa mia. A meno che aver cercato di salvare il mio cane non sia considerata una debolezza. Mi è stata strappata via. Non ero pronto a mollare."

"E adesso?"

"Adesso? Non lo so." Lui sollevò le spalle.

"Almeno sei sincero."

"Ci sono molte cose in ballo."

"Il denaro?" Lei aggrottò la fronte.

"Sì e no. La possibilità di tornare in vetta, di essere desiderato e cercato. Non puoi immaginare quanto sia bello."

"Dal momento che non lo sono, no, non posso immaginarlo." Lei si alzò in piedi.

"Ehi, non fare così. Andiamo. Non prendertela. Sai cosa intendo."

"Oh, sì che lo so. Certo che lo so."

"Io voglio te. E Pine Grove vuole te." Lui le prese la mano.

"Immagino di sì."

"La fama, il successo, o comunque tu voglia chiamarla, è qualcosa di incredibile."

Lei tornò a sedersi accanto a lui. "E che ne sarà di noi se accetterai il ruolo del Capitano Falcon?"

"Di noi? Sei la cosa migliore che mi sia mai capitata, Dani." Avvicinò la sedia alla sua e si sporse per baciarla. Qualcuno bussò alla porta.

Lui finì di baciarla e borbottò fino alla porta, dicendo: "Chi cazzo è a quest'ora?"

Stringendosi l'accappatoio in vita, afferrò la maniglia.

"Consegna speciale," disse l'uomo in uniforme. Gli porse una grossa busta.

Rick la prese e firmò lungo la linea tratteggiata.

"La ringrazio, signore."

Rick annuì e fece un passo indietro.

"Ma lei non è Breaker Winslow?"

"Sono proprio io."

"Posso chiederle un autografo?"

"Certo."

Rick scarabocchiò la sua firma sul foglio che l'uomo gli aveva porto, poi tornò dentro. Era quasi sempre bello ricevere la richiesta di un autografo, tranne quando la sua ragazza lo stava aspettando. Aprì la busta e vi sbirciò dentro mentre tornava sul portico.

"Che cos'è?"

Lui sollevò le spalle, tirando fuori un documento dall'aspetto ufficiale. Prese il telefono e compose il numero.

"Belinda? Che cosa mi hai mandato?"

"Il contratto per il Capitano Falcon. Ci ho dato un'occhiata. È perfetto. Non preoccuparti. Firmalo e rimandamelo il prima possibile."

"Non prima che lo legga il mio avvocato."

"Hai un avvocato nel bel mezzo della campagna?"

"Certo che ho un avvocato."

"Ho bisogno che me lo rimandi subito. Vogliono iniziare il servizio fotografico entro la fine della prossima settimana."

"Cazzo! Veramente?"

"Sì. Firmalo e rimandamelo. È ora di ricominciare. Breaker Winslow è tornato." Lei riagganciò.

Sbalordito, guardò Dani. "Quindi è arrivato il momento di cominciare."

MINDY E DREW PARCHEGGIARONO vicino alla fattoria. Drew, l'avvocato di Rick, portava una busta di manila sotto il braccio.

Si sedettero in cucina mentre Rick preparava il caffè. Dani era in clinica.

"L'ho letto e ho chiesto all'avvocato della Falcon Tequila di apportare alcune modifiche. Mi ha mandato via fax il contratto modificato. Adesso puoi firmarlo." Drew prese una penna dal taschino.

Rick lo sfogliò fino all'ultima pagina e aggiunse la sua firma.

"Puoi mandarmelo? Non c'è un servizio di consegna qui."

"Certo. Nessun problema." Drew rimise il contratto nella busta.

"Jess ha preparato un po' di insalata di pollo per pranzo," disse Rick, dirigendosi verso il frigo.

Mindy lo aiutò ad apparecchiare e sollevò la sua tazza. "Alla rinascita di Breaker Winslow."

Brindarono con le loro tazze e bevvero i loro caffè.

"È una buona opportunità?" gli chiese Drew. "Voglio dire, ti pagheranno un mucchio di soldi. Ma il lavoro e la fama, un'altra volta?"

"Me lo sono chiesto anch'io. Non ne sono sicuro," disse Rick.

"Di certo è un modo impegnativo per ricominciare," disse Mindy.

"Ero certo che non sarebbe mai più successo. E le cose stanno andando bene. Ma non posso rifiutare, è un'opportunità troppo grande. E ho un conto da regolare," disse Rick.

"Con chi?"

"Con me stesso."

Quando se ne andarono, lui sparecchiò e andò al piano di sopra a fare le valigie. Oliver seguì il suo padrone. Rick aprì l'armadio e aggrottò la fronte. Nella sua villa, aveva un armadio delle dimensioni di una piccola camera da letto. Il suo guardaroba conteneva di tutto, dai jeans più costosi a diversi smoking di modelli leggermente diversi.

Vivendo a Pine Grove, non si era preoccupato di riacquistare tutti quegli abiti, camicie e pantaloni. Aveva bisogno solo di magliette, camicie di flanella e jeans. Sollevò il telefono e chiamò Federico. Mentre l'azienda gli avrebbe fornito il costume da indossare durante le riprese, gli servivano un po' di vestiti eleganti per il tempo libero.

"Federico, per favore," disse Rick. "Ah, amico mio. Sto tornando a New York. Sì. E ho bisogno di un po' di vestiti casual. Posso fare una lista e mandartela tramite messaggio? Perfetto. Grazie."

Ritornò facilmente alla modalità 'uomo ricco e famoso' e iniziò a essere di nuovo molto gettonato. Era sempre stato un amante delle comodità ma, dopo averle messe da parte per due anni, fu sorpreso di quanto fosse facile tornare a quello stile di vita. A Pine Grove, Rick aveva dovuto badare a sé stesso. Il vecchio Breaker Winslow non avrebbe mai dato il fieno a un cavallo, ma avrebbe assunto qualcuno per farlo. Rick non vedeva l'ora di andare dalle cavalle. Parlò con loro mentre facevano colazione. Cucinare, pulire, lavare i piatti: tutte attività che Breaker Winslow non avrebbe mai fatto. E i barbecue di pollo, i mercatini dell'usato e, soprattutto, il chiosco dei baci non avrebbero mai avuto il piacere di conoscere Breaker Winslow.

Mentre sceglieva cosa portarsi a New York, si guardò allo specchio. Aveva l'aspetto del vecchio Breaker Winslow, ma era ancora lui? C'era qualcosa in lui, qualcosa di diverso, forse nei suoi occhi? Il loro blu glaciale era diventato caldo. Lui sorrise. Il suo sorriso sembrava genuino, non forzato o falso. Si esercitava davanti allo specchio ogni giorno prima di avere successo. La sua espressione fredda, attentamente studiata, all'epoca era diventata la sua seconda natura, ma ora non c'era più.

Doveva concentrarsi sul suo futuro e tenersi stretta Dani per affrontare il caos che sarebbe arrivato nella sua vita. Non poteva lasciarsela sfuggire. Ricordò a sé stesso che lei era l'unica cosa reale, l'unica persona a cui importasse davvero di lui. Oltre a Mindy, sua cugina, ma lei non contava.

Mise i vestiti nella valigia, poi scese al piano di sotto. Dopo aver messo a Oliver il guinzaglio e la pettorina, fecero una passeggiata nel terreno intorno alla casa. Lui si guardò intorno, imprimendo nella sua mente ogni ramoscello e ogni filo d'erba. Quella era la sua fattoria, dove lo aspettavano la libertà e la felicità. Dopo essersi allontanato per conquistare il mondo, sarebbe tornato nel suo regno, dai suoi cavalli, dal suo cucciolo e dalla sua donna.

Alle sei, aprì un libro di ricette in cerca di una buona insalata e cominciò a preparare la cena. Sintonizzò la radio sulla sua stazione locale preferita e si mise a canticchiare mentre tritava, affettava e tagliava a dadini le verdure per un'insalata paradisiaca. Diventò malinconico, pensando che quello sarebbe stato l'ultimo pasto che avrebbe cucinato per Dani per molto tempo. Dani e Oliver erano un'ottima compagnia per la cena. Non sapeva quando sarebbe tornato. Tutto dipendeva da come sarebbero andate le riprese e da quali altri impegni la Falcon Tequila avesse in programma per lui. Diede da mangiare a Oliver e condì l'insalata. Dani sarebbe tornata a casa da un momento all'altro.

L'atmosfera a cena era tesa. Dani era quasi sul punto di piangere. Non aveva molto appetito. Rick ebbe una fitta al cuore. Voleva poter dire qualcosa per alleviare le sue preoccupazioni. Ma, proprio come lei, non sapeva cosa sarebbe successo. Sapeva già cosa significasse. Come poteva prevedere se avrebbe avuto la forza di affrontare le difficoltà che si sarebbero presentate? Anche se ci avesse provato, non ne aveva la certezza. Quando lei allontanò il piatto, lui le prese la mano e la baciò.

"Ho preso il tuo gelato preferito come dessert."

Lei scosse la testa.

"Niente gelato? Devi stare proprio male."

Lei cercò di sorridere ma non ci riuscì. "Magari solo un pochino?"

"Va bene."

Dopo cena, andarono subito a letto. Dopo aver fatto l'amore, lei scoppiò a piangere. Le sue lacrime furono per lui come una pugnalata al cuore. La tenne stretta a sé finché la stanchezza interruppe bruscamente le coccole. Alle dieci, si erano già addormentati.

Rick si svegliò alle cinque. Fece una doccia e si vestì senza fare rumore, poi finì di fare i bagagli. Portò Ollie a fare una passeggiata prima di fare colazione. Lasciò due pancake per Dani. La limousine sarebbe arrivata alle sette.

Rick si appoggiò sul letto e svegliò Dani con un bacio.

"Tesoro. Andrò via tra pochi minuti."

"Oh, ok," rispose lei.

La baciò finché lei non aprì gli occhi.

"Sei sveglia? Adesso devo andare. La limousine sarà qui da un momento all'altro."

Lei si strinse a lui. "Vorrei che non te ne andassi. So che sono egoista."

"Tornerò presto, tesoro," le disse, accarezzandole i capelli.

"Davvero?" Lei lo guardò negli occhi. "Vorrei poterti credere."

"Credimi. Tu sei unica, Dani Henderson. Non dimenticarlo."

"Sarai al sicuro tra tutti quei lupi?"

"Ero uno di loro."

"Ma non lo sei più."

"So come affrontarli," disse con tutta la sicurezza che riuscì a trovare.

"Lo spero."

Un clacson suonò due volte. Era ora di andare. La baciò con tutto il suo amore, poi si allontanò dalle sue braccia e scese al piano di sotto. Sbadigliando, Oliver lo seguì. Sulla porta, Rick prese in braccio il cane. Appoggiò il naso sul fianco del carlino.

"Fa' il bravo, Ollie. Prenditi cura di Dani. "Tornerò presto, amico mio. Ti amo."

Uscì in un lampo dalla porta e salì in auto, per iniziare il suo viaggio verso i cancelli dell"Inferno.

Capitolo Tredici

Alle sei del mattino seguente, Belinda gli mandò un messaggio con il programma per la settimana. Alle nove, doveva incontrare i dirigenti della Falcon Tequila. Elogiò silenziosamente il sarto quando indossò il vestito nuovo cucito da Federico, le sue scarpe da mille dollari e la cravatta Kobey da ottocento dollari.

Aveva una limousine a sua disposizione durante il periodo delle riprese. Mandò un messaggio a quel numero e, dopo quindici minuti, l'auto si fermò davanti a casa sua, all'angolo tra la Settantasettesima e West End Avenue. Gli uffici della Falcon Tequila, una divisione della Northern Brands, avevano sede nei quindici piani che la casa madre occupava all'angolotra la Cinquantacinquesima e Avenue of the Americas.

Don Mayer, il responsabile del marketing, aveva dato appuntamento a Rick all'ingresso e lo accompagnò al piano di sopra. Rick trascorse le successive tre ore a guardare una presentazione di diapositive sul lancio di un nuovo prodotto e in riunione con i dirigenti di Falcon Tequila e Northern Brands.

I dirigenti sottolinearono la necessità che il lancio del prodotto fosse perfetto. Gli spiegarono un'altra volta per quale motivo avessero scelto lui.

"È stata una scelta unanime del comitato esecutivo, Breaker," disse Don Mayer.

"Grazie."

Rick decise di giocarsi la carta del fascino. Come andare in bicicletta, si ricordò come fare in un batter d'occhio. Raccontò delle barzellette e alcune storie salaci sulle sue avventure di quando era stato il modello più gettonato negli Stati Uniti per ben cinque anni. Prima di pranzo, tutti i dirigenti pendevano dalle sue labbra.

Lo portarono al The Palm, una delle migliori bisteccherie di New York. Rick prese un'insalata di mare. Mentre i dirigenti presero due cocktail ciascuno, Rick bevve un ginger ale. Doveva fare attenzione al peso. L'alcol l'avrebbe fatto ingrassare e avrebbe diminuito le sue inibizioni. Rick non voleva dire nulla che potesse inficiare il loro accordo.

Felice di aver creato un rapporto con gli uomini che l'avevano assunto, Rick saltò nella limousine e si diresse verso lo studio di registrazione. Una ragazza dai capelli rossi, alta e attraente, gli diede il benvenuto.

"Salve, sono Vanessa, account supervisor per Falcon Tequila. Puoi chiamarmi Van, lo fanno tutti," disse lei, porgendogli la mano.

"Piacere," disse lui, ricambiando la sua salda stretta di mano.

Lei lo esaminò rapidamente e un lieve sorriso le comparve sulle labbra.

Wow! Se pensa che farò sesso con lei, si sbaglia di grosso.

In passato, il suo sguardo gli avrebbe fatto venire l'acquolina in bocca. Aveva avuto relazioni con la maggior parte dello staff femminile delle agenzie pubblicitarie, con le fotografe e le assistenti che aveva incontrato nella sua carriera. Era quasi diventata una procedura operativa standard. Un sorriso sexy e qualunque ragazza sarebbe caduta ai suoi piedi.

"Ho sentito molte cose su di te," disse Van, con gli occhi che le brillavano.

"Non so cosa tu abbia sentito, ma sono fidanzato con la donna che voglio sposare e sono un fidanzato fedele."

Lei cambiò espressione. "Grazie per avermelo detto," rispose lei freddamente.

"Dov'è il guardaroba?"

"Da questa parte. Olga è già lì per prenderti le misure."

Non era davvero fidanzato. Dani non gli aveva ancora detto di sì, ma credeva che fosse una semplice formalità. Lei lo amava e lui la amava: il matrimonio era il prossimo passo.

Svoltò l'angolo e, in piedi nello spogliatoio, con il suo metro e cinquanta d'altezza, c'era la signora Olga. Rick se la ricordava dopo le numerose prove abiti del passato.

"Olga!" La salutò con un abbraccio, sollevandola da terra.

"Mettimi giù, Casanova!" La donna minuta, di circa settant'anni, gli diede un colpetto sui bicipiti.

Lui scoppiò a ridere mentre la rimetteva dolcemente per terra.

"Ragazzaccio. Come stai? Ho sentito tutto su di te. Ma guardati adesso? Sei più in forma che mai."

"L'adulazione le aprirà tutte le porte, signorina Olga."

"Mascalzone! Come stai?"

Passarono alcuni minuti ad aggiornarsi.

"Ok, adesso spogliati, tenendo solo la biancheria intima," gli ordinò lei con le mani sui fianchi.

Lui seguì gli ordini. Lei tirò fuori un metro.

"Colleen! Vieni qui!" urlò Olga.

Una bella ragazza, di non più di diciannove anni, entrò nella stanza. I capelli ricci e castani le ricadevano sulle spalle e aveva un grosso paio di occhi azzurri.

Completamente a suo agio a spogliarsi davanti alla gente, Rick non fece una piega, finché non guardò l'assistente di Olga. Lei arrossì fino alla radice dei capelli. Lui scoppiò a ridere.

"Immagini che io indossi un costume da bagno mentre siamo in spiaggia."

Olga gli diede una pacca sulla schiena. "Perfetto."

"Adesso toglilo," gli ordinò la donna più anziana.

Lei lo misurò dalla testa ai piedi. Colleen mantenne lo sguardo sul suo taccuino e il suo rossore si attenuò lentamente. Quando Olga finì di prendergli le misure, Van lo accompagnò da Mala, la fotografa, e dalla sua assistente. Gli fecero assumere pose diverse per regolare le luci e prendere appunti.

"Faremo foto all'interno e all'esterno. Oggi faremo alcuni scatti per regolare la luce e valutare te," disse Mala.

Lui le lanciò un'occhiata e notò una fede nuziale. Sospirò, sollevato di trovare una donna che non avrebbe nemmeno preso in considerazione di portarselo a letto.

Trascorse il pomeriggio cambiando varie pose mentre Mala scattava. Fu una giornata faticosa. Pranzarono nello studio fotografico e continuarono a lavorare per tutto il pomeriggio. Olga mise le sue sarte al lavoro sui suoi costumi prima che finissero di pranzare. Alle cinque in punto, Olga gli disse che sarebbero stati pronti per le prove tra due giorni.

"Domani mattina esamineremo le foto e fisseremo il programma per le location," disse Mala, stringendogli la mano.

"Il programma delle location è già stato stabilito?" le chiese.

"Parlane con Van. È l'agenzia che se ne occupa. Ottimo lavoro, Breaker. La macchina fotografica ti ama. Credo che questo servizio fotografico andrà molto bene."

"Grazie."

Il suo atteggiamento positivo lo incoraggiò. Nella toilette degli uomini, si asciugò le mani sudate con un asciugamano. Solo quando Mala gli disse qualcosa capì di essere ancora abbastanza fotogenico da rispettare il suo impegno. Riacquistò lentamente la fiducia in sé stesso. Alle sei e mezza, la limousine lo riportò nella sua villa. Si preparò un vodka tonic molto alcolico e si sedette vicino alla finestra.

Trovò una grossa busta nella cassetta delle lettere. Era il programma di produzione completo per la campagna pubblicitaria della Falcon Tequila. Le riviste di novembre e dicembre sarebbero andate presto in stampa, quindi le tre settimane successive sarebbero state molto intense. Avrebbero dovuto scattare delle foto sia all'aperto sia in studio.

Poi avrebbero dovuto girare tre spot televisivi da trasmettere durante le festività natalizie. Erano previste due location per gli spot televisivi. Sarebbe andato nei Caraibi, poi in Florida.

Le misurazioni del costume erano programmate per i due giorni successivi, poi le foto in studio per tre giorni, poi in trasferta per tre settimane. Erano finiti i giorni tranquilli, trascorsi a contemplare la vita. Sentì un nodo allo stomaco alla prospettiva di trascorrere tutto quel tempo con le persone dell'agenzia e con i vecchi dirigenti della Falcon Tequila. Andando ad abitare in campagna, la sua vita era diventata pacifica e serena. Avrebbe dovuto riabituarsi rapidamente alla vita frenetica della città.

Sospirò e chiamò Dani. La chiamata passò direttamente alla segreteria telefonica. Lui controllò l'orologio. Lei stava ancora lavorando. Le lasciò un messaggio, ordinò del cibo cinese e fece una doccia. Alle nove, era già a letto a dormire e non sentì neppure squillare il telefono.

La mattina presto, si svegliò con un messaggio di Dani. Avrebbero comunicato solo tramite la segreteria telefonica? I loro programmi erano così sfasati che non sarebbe mai riuscito a parlarle direttamente?

Preparò il caffè, poi si sedette e guardò gli uccellini nel suo cortile. Non aveva forse pregato di riavere la sua vecchia vita? Non era questo che avrebbe voluto? Guardò fuori, cercando nel suo cuore la risposta. L'unica frase che continuava a tornargli in mente era: "Sta' attento a ciò che desideri."

DANI AVEVA PRESO POSSESSO dell'armadio di Rick. Non che lei avesse quintali di vestiti. Di che cosa poteva aver bisogno una veterinaria oltre a un abitino nero e diverse paia di jeans? Doveva vivere nella sua casa per prendersi cura dei cavalli. Inoltre, Oliver era più a suo agio a casa sua. In fondo al suo cuore, Dani pensava che se lei avesse vissuto nella sua casa, lui non avrebbe potuto allontanarsi facilmente da lei. O almeno sperava che fosse così.

Nancy andava a cena da lei una volta alla settimana. Anche Mindy e Drew andavano a trovarla. Pur sostenendo di aver vissuto da sola per molto tempo e di non aver bisogno di nessuno che la sorvegliasse, le piaceva avere compagnia.

Rick le mandava messaggi quasi ogni notte. La chiamava ogni volta che ne aveva l'occasione. Spesso, lei era in clinica, coinvolta in un'emergenza o con l'agenda piena di appuntamenti per esami e sterilizzazioni. L'incapacità di coordinare i loro programmi la rendeva estremamente frustrata. Moriva dalla voglia di parlare con lui direttamente. I giornali, specialmente su Internet, lo mostravano circondato da persone, spesso giovani donne sexy.

Anche se cercava di considerare quella una mera pubblicità, il dubbio sulla sua fedeltà si insinuò nel suo cuore. Essendo sempre stata indipendente, Dani si meravigliò di quanto le mancasse Rick e di quanto lui fosse essenziale per il suo benessere. Una notte, alle tre del mattino, non riuscendo a dormire, andò in cucina.

Tra un sorso di latte e l'altro, ricevette un messaggio di Rick.

Spero che tu stia bene. Qui tutto bene. Ho mentito alla persone e ai giornalisti. Devo dirtelo, nel caso lo vedessi.

Dani si sentì crollare il mondo addosso. La bocca le si seccò e il cuore iniziò a batterle all'impazzata. Si leccò le labbra. Voleva saperlo? Probabilmente no.

Che cosa hai detto a quelle persone?

Le mani le tremarono quando prese il telefono per leggere la sua risposta.

Ho detto loro che siamo fidanzati. So che non mi hai ancora detto di sì.

So che non è vero. Questo non significa che tu non possa tirarti indietro. Sei arrabbiata?

Lacrime di sollievo le scesero lungo le guance. Arrabbiata? Impossibile.

Vorrei baciarti adesso. È grandioso. Se me

lo chiedessi veramente, ti risponderei di sì.

Finì di bere il latte e si diresse verso la camera da letto.

È tardi. Non riuscivo a dormire. Ero preoccupato che potessi vederlo e che mi avresti scaricato. Sto sbadigliando. Torno a letto. Ti amo.

Lei tornò a letto e tirò su le coperte prima di inviargli la sua risposta.

Ti amo anch'io.

Oliver la seguì trotterellando. Balzò sulle zampe e girò in tondo prima di accucciarsi. Le lanciò uno sguardo irritato, sbadigliò e chiuse gli occhi.

"Giusto, amico. Scusa se ti ho svegliato. Rick sta bene. Io sto bene. Stiamo bene. Non hai nulla di cui preoccuparti."

Lei si rannicchiò sul letto, stringendo il cuscino e immaginando che fosse il suo uomo. Dopo aver fatto un respiro profondo, sorrise e lasciò che il sonno prendesse il sopravvento.

Una telefonata la svegliò alle sei. Un cane era stato avvelenato. Si vestì di corsa e si precipitò fuori dalla porta con Oliver sotto il braccio. Quello era solo l'inizio di una giornata impegnativa. Aveva in programma interventi chirurgici, sterilizzazioni, esami e un possibile caso di coliche di un cavallo. Sempre di corsa per tutto il giorno, all'ora di pranzo tornava a casa di Rick per dar da mangiare ai cavalli.

Dopo varie scuse, non essendo sicura che le cavalle le credessero, dava loro da mangiare e acqua fresca. Fortunatamente, Rick le aveva lasciato un po' di denaro per assumere qualcuno che pulisse le stalle. Aveva fatto il pieno di sporcizia lavorando con gli animali alla clinica e con gli animali da fattoria. Non aveva bisogno di occuparsi anche di quelli del fienile.

Facendo una piccola pausa, si sedette su uno sgabello mentre le cavalle mangiavano. Controllò il suo telefono e vide diversi messaggi che Rick le aveva mandato la mattina presto. Era nei Caraibi e la linea telefonica non era delle migliori. Tutti e cinque i messaggi le arrivarono contemporaneamente.

Appoggiandosi alla porta, li lesse uno per uno. Si teneva aggiornata sulle sue avventure. Doveva essere emozionante stare al centro dell'attenzione per un importante servizio fotografico e per le riprese per gli spot pubblicitari. Forse il prodotto, la Falcon Tequila, era il vero centro dell'attenzione, ma Rick era proprio lì accanto alla bottiglia. E le attenzioni delle donne? Dani non aveva mai messo in dubbio che ce ne fossero un sacco in giro.

Le aveva mandato una foto in costume da pirata, con la camicia aperta fino alla vita, e il suo petto le aveva fatto venire l'acquolina in bocca. Dio, era bellissimo! Era molto sexy con la benda sull'occhio, la cicatrice che avevano enfatizzato con il trucco e quel sorrisino malizioso. Lei sospirò, percependo tra le gambe una sensazione che non aveva avuto per un po' di tempo. Aveva voglia di non farlo uscire dalla camera da letto per giorni e giorni. Forse lui si stava già dando da fare a letto per soddisfare i suoi bisogni?

Le aveva mandato una sua foto in una taverna, circondato da donne sexy che indossavano costumi scollati e con le spalle scoperte. Quante di quelle donne si erano gettate ai piedi di Rick? Probabilmente tutte. Si sentiva demoralizzata. Un nitrito della cavalla baia richiamò la sua attenzione.

"Non so se tornerà, ragazze. Sarebbe meglio trovarvi una nuova casa il prima possibile."

La cavalla saura batté le zampe per protestare. Dani scrollò le spalle, chiamò Oliver e tornò in clinica. Aveva ricevuto molti inviti a cena dagli abitanti di Pine Grove. Si prendevano cure delle persone della comunità. Non volevano che la dottoressa Dani cenasse da sola. Ma lei era troppo giù per socializzare. Alla fine delle sue giornate impegnative, era troppo stanca per uscire di casa.

Col passare dei giorni, i dubbi la perseguitavano, costringendola ad allontanare dalla mente i pensieri di Rick. Dimenticarsi di Rick era diventato un po' più facile ora che i giornali erano pieni di foto e articoli sulle sue avventure nei Caraibi. La solitudine non sembrava essere un problema per lui.

La vita le sembrava molto semplice prima che Rick se ne andasse. L'unico modo per riavere quella vita sarebbe stato dimenticare completamente Rick Winslow. Dani ci stava lavorando.

"ANDIAMO, BREAKER. NON fare il guastafeste." Una ragazza gli tirò la manica. "Vogliamo andare al Buccaneer. Devi venire anche tu."

Erano le otto e lui aveva fame. La sua giornata di dodici ore era finalmente finita. Voleva fare una doccia, bere qualcosa di forte e mangiare un sacco di cibo. Inoltre, quella ragazza era troppo giovane per lui. La guardò freddamente.

"Andate senza di me, Natalia," disse lui indietreggiando.

"Ma tu sei l'anima della festa. Sei un ragazzo molto simpatico." Lei gli lanciò uno sguardo civettuolo.

Tre anni prima, avrebbe scommesso con sé stesso su quanto tempo gli ci sarebbe voluto per portarsela a letto. Ora voleva solo stare da solo, cenare da solo e andare a letto da solo.

"Andiamo, Breaker. Un drink. Solo un drink. Le donne ti adorano," disse Tom, l'account executive.

"Tu ci andrai?" Rick aggrottò la fronte.

"Vuoi scherzare? Con tutte queste donne sexy?"

Rick riconobbe subito il bagliore nello sguardo di quell'uomo. Fino a tre anni prima, anche Rick aveva quel bagliore nei suoi occhi.

"Un drink. Niente di più. Fanno anche da mangiare?"

"Sì. Vieni," disse Tom, prendendo il braccio di Rick.

"Breaker si unisce a noi! Evviva!" Natalia esultò.

"Tu puoi prendere lei, io prenderò Beth," sussurrò Tom all'orecchio di Rick.

Lui si irrigidì. "Prenderò chiunque vorrò e tu potrai avere gli scarti. Cioè, sempre che io voglia qualcuna."

Tom scoppiò a ridere. "Vorresti dirmi che non ti interessano questi bei bocconcini?"

"È esattamente ciò che ti sto dicendo."

"Allora sei un pazzo. E non ho mai considerato Breaker Winslow un pazzo."

Unirono tre tavoli, che presto si riempirono di assistenti di produzioni, modelle e dipendenti dell'agenzia. Rick era circondato da belle donne. Ordinò un hamburger e un vodka tonic. Mentre Tom portava avanti il suo debole e ovvio tentativo di provarci con un paio di donne, Rick mangiava. Si divertiva a guardare Tom usare delle vecchie tecniche di abbordaggio.

Ridacchiando tra sé, ricordò la tecnica migliore di tutte. Cercare la ragazza più vanitosa del gruppo e poi ignorarla volutamente. Non ci voleva molto perché lei decidesse di sedurlo. Cazzo, funzionava ogni volta. Pensò di dirlo a Tom, ma poi abbandonò l'idea, lasciando che quel povero coglione se la cavasse da solo.

Ancora una settimana a St. Thomas, poi di nuovo a New York per altre prove dei costumi e qualche giornata estenuante in studio di registrazione. Dopo aver mangiato, ordinò un altro drink e uscì dal ristorante. Udì il tenue sciabordio delle onde e si diresse verso la spiaggia. Passeggiando e bevendo, fissò la luna, poi il mare.

Molte domande gli affollavano la mente. Qual era il suo posto? Si riadattò senza problemi alla folla, come se non se ne fosse mai andato. Anche se quella vita non era il paradiso che ricordava, non era nemmeno il posto peggiore al mondo. Il lusso regnava ovunque: limousine, piatti costosi, i liquori migliori e gli alberghi lussuosi creavano un vero incantesimo. Cazzo, di certo era meglio di spalare il letame dalla stalle del suo granaio. Lui scoppiò a ridere.

La settimana precedente aveva ricevuto delle chiamate da alcuni vecchi *amici* che l'avevano abbandonato subito dopo l'incendio. Stupito dalla rapidità del loro allontanamento, li aveva insultati per la loro insensibilità e mancanza di lealtà. Ora erano tornati, tentando di strisciare come vermi per tornare nelle sue grazie. Ridacchiò alla parola vermi, perché era perfettamente azzeccata.

L'adulazione da parte dei migliori talent agent, arredatori e ricchi magnati del settore immobiliare era quasi irresistibile. Sebbene non si facesse influenzare facilmente, Rick era confuso. Come era possibile che qualcosa che sembrava così bella fosse così brutta?

Ricevette centinaia di messaggi di persone che lo invitavano a qualche festa. E la tentazione di partecipare a tutte, solo per farsi vedere e mostrare loro il dito medio, gli ardeva nel petto. I ricordi dell'odore dei divani di pelle pregiata, il sapore del caviale più costoso e il gusto dei liquori più raffinati gli affollavano la mente. Prima, le persone importanti che pendevano da ogni sua parola lo tentavano. Adesso non più. Breaker Winslow, letteralmente rinato dalle sue ceneri, era un uomo diverso. Non era più un tipo superficiale, non era più un animale da festa, ma era diventato più grintoso, più duro, più freddo e molto più perspicace. Tuttavia, il desiderio di tornare a dare l'ultimo addio ai falsi amici che aveva avuto nella sua vita precedente lo allettava e gli mancava la forza di resistere.

Avrebbe dovuto dare loro un'altra possibilità? Prese il suo telefono. Aveva ricevuto un invito di Channing Laurelton, Presidente e CEO di Talent Unlimited, a una festa nella lussuosa Starlight Room dell'elegante Silver Spoon Hotel a Park Avenue. Breaker doveva essere l'ospite d'onore. La moglie di Laurelton, Phoebe, era presidente dell'agenzia pubblicitaria che si occupava della Falcon Tequila. Non avrebbe potuto mancare a quella festa, vero?

Mandò un messaggio per *accettare* l'invito e sorrise. Il lavoro era finito. Quella era solo un'elegante festa per la fine delle riprese. E sarebbe stata la sua festa, la sua notte, in tutti i sensi. Finì il suo drink e tornò in albergo. Dando un'occhiata a Tom, che cercava di convincere una delle ragazze a tornare con lui nella sua stanza, Rick si fermò.

"Rebecca!" esclamò.

Lei e Tom si voltarono. Rick fece pochi passi per raggiungerli. Porse a Rebecca il suo braccio.

"È molto tardi. Dovresti andare a dormire. Posso accompagnarti a casa?"

"Oh, Breaker. Sì." Lei sospirò e gli prese il braccio.

Ignorando l'occhiataccia di Tom, Rick accompagnò la donna nella sua stanza.

"Vuoi entrare?" gli chiese lei.

"Mia cara, sei troppo giovane, troppo ubriaca e troppo carina. E io sono un uomo più grande e sono fidanzato. Buonanotte."

Chiuse la porta, lasciando la ragazza sorpresa, e tornò nella sua stanza. Era troppo tardi per chiamare Dani. Si limitò semplicemente a mandarle un messaggio con scritto *ti amo,* poi andò a letto.

QUEL LUNEDÌ, DANI ANDÒ in clinica presto. Nancy era già lì. Portava gli occhiali sul naso e osservò la dottoressa.

"Sembra che ci sia un acquirente per i cavalli. E in questo momento il tuo ragazzo sta sicuramente correndo dietro a tutte le donne della Grande Mela."

"Che cosa intendi dire?" Dani si avvicinò alla sua amica e guardò lo schermo del computer.

Breaker è tornato!

Breaker Winslow, il famoso modello che ha perduto il suo aspetto in un incendio è risorto come una fenice o è il mostro di Frankenstein? Dopo un lungo intervento di chirurgia plastica, Winslow ha riconquistato la corona come re delle pubblicità sexy con la sua nuova immagine per Falcon Tequila.

Dopo la frenesia delle riprese nei Caraibi e lungo la costa della Florida, Breaker ha trascorso la serata al Backyard, un elegante nightclub.

La foto mostrava Breaker mentre ballava con due ragazze che indossavano abiti succinti. Stava sorridendo. Giovani uomini e donne, stipati in una piccola stanza, tutti felici e ubriachi. Dani si allontanò.

"È la sua vita, Nancy."

"Sì. Volevo solo dire che..."

"Ho capito."

Lei andò nel suo ufficio e chiuse la porta. Sprofondando sulla sua sedia, con il cuore in gola, fece due respiri profondi. Poi il suo telefono squillò. Il cuore le balzò in gola. *Rick?*

Fu delusa quando vide il nome di Mindy Winslow sul display.

"Ciao, Mindy." Cercò di sembrare entusiasta.

"Hai visto Rick su Internet oggi?"

"Sì."

"Ascolta, non preoccuparti. So che non sta facendo lo scemo con quelle ragazze."

"Come fai a saperlo?"

"Lo so e basta. Non gli interessa più. Adesso ha te."

"In questo modo può avere la botte piena e la moglie ubriaca," disse Dani, pur sapendo che non avrebbe potuto averla se fosse andato a letto con altre donne.

"Per favore, per favore, non giudicarlo. Quando hai parlato con lui l'ultima volta?"

Lei sollevò le spalle. "Secondo te mandarsi qualche messaggio significa parlare?"

"Intendo dire se hai davvero parlato con lui."

"Non me lo ricordo."

All'improvviso, cadde il silenzio.

"Merda," disse Mindy.

"Tu hai parlato con lui?"

"Due volte da quando è arrivato a New York."

"E?"

"E non gli importava nulla di quell'ambiente. Non vuole tornare alla vita di prima."

"Potrebbe avermi presa in giro."

"Per favore, Dani!"

Lei sospirò. "Ok. Non prenderò nessuna decisione finché non gli parlerò di nuovo."

"Decisione?"

"Non ci sono davvero decisioni da prendere, giusto?"

"Beh..."

"Intendo dire quando tornerà. Sempre che torni. Sarà lui a decidere, no?"

"Anche tu dovrai dire la tua."

"Dici?"

"Certo," disse Mindy.

"Vedremo. Devo andare adesso. Ho dei pazienti. Grazie per avermi chiamata."

"Puoi venire a cena domani sera?"

"Per ora lavoro fino a molto tardi. Non sono molto socievole in questo periodo."

"Per favore. Ti aspettiamo per cena."

"Ok. Verrò da voi dopo il lavoro."

"Ottimo! Stammi bene, Dani. Non mollare con Rick."

"A domani."

Lei riagganciò. Lei non stava mollando con lui, ma forse era il contrario?

Nancy la chiamò dalla reception.

"Ho tre possibili acquirenti per le cavalle. Vuoi parlare con loro?"

"Potresti organizzare i colloqui per la prossima settimana?"

"Certamente."

Prima avrebbe trovato un acquirente, prima sarebbe riuscita a lasciare la casa di Rick. Nei due mesi in cui lui non c'era stato, la vita lì si era trasformata da stupenda a dolorosa. La sua presenza era ovunque, ma lui non era lì. Sospirò, prese il suo stetoscopio e si diresse verso l'ingresso. Aveva del lavoro da fare e non poteva perdere tempo a pensare al famoso Breaker Winslow.

Poté andare in pausa pranzo solo alle tre.

"C'è una lettera per te," disse Nancy, porgendole una busta.

Dani guardò l'indirizzo del mittente. Era di un avvocato di New York. La aprì e un assegno cadde dalla busta. Lei lo raccolse. Dopo aver letto la cifra, spalancò gli occhi per lo stupore.

"Di che si tratta?" Nancy si alzò dalla scrivania e si avvicinò per dare un'occhiata. Dani le porse l'assegno.

"È per i cavalli."

"C'è una lettera?" le chiese.

Annuendo, Dani aprì il foglio. La lesse ad alta voce.

Gentile Dottoressa Henderson,

a nome di Richard B. Winslow, le invio un assegno dell'importo di diecimila dollari per l'acquisto dei due cavalli che attualmente vivono nel suo fienile. La contatterà per ulteriori istruzioni.

Cordiali saluti,

Robert Allberg

"Rick vuole comprare i cavalli?" le domandò Nancy.

"Sembra di sì. L'assegno è intestato alla clinica," rispose Dani.

"Wow. Questo è un bel cambiamento."

Dani sorrise. "Sta facendo una donazione."

"Molto generoso, direi."

Dani sorrise e porse l'assegno a Nancy.

"Suppongo di poter cancellare gli incontri con gli altri acquirenti."

Dani andò nel suo ufficio e scartò il suo sandwich. Rick era generoso o era il suo modo di farla restare a casa sua fino al suo ritorno? Ad ogni modo, doveva ammirare la sua astuzia. Anche se era circondato da donne sexy, si era preso il tempo per assicurarsi che lei sarebbe stata lì ad aspettarlo. Lei scosse la testa. *Breaker è tornato, oh, sì che lo è.*

Capitolo Quattordici

Le feste di fine riprese di solito non richiedevano lo smoking. Erano spesso feste selvagge, ma non quella. Aveva imparato da anni a farsi il nodo alla cravatta. Spazzolò i suoi folti capelli e si guardò allo specchio. Rick aveva fatto amicizia con la piccola cicatrice bianca che non sarebbe mai più andata via. Aveva deciso che gli dava classe, che lo rendeva unico, persino autoritario. E quelli di Falcon Tequila la adoravano.

Non vedeva l'ora di bere qualche margarita. Probabilmente, avrebbero servito solo tequila. Ma non gli importava. Molti dei suoi ex amici gli avevano telefonato per dirgli che sarebbero andati alla festa. Non gli importava un cazzo di sapere se ci sarebbero andati o no. E sue tre ex fidanzate, tutte ex modelle, l'avevano chiamato per proporsi come accompagnatrici per la festa. Gli era piaciuto rifiutare la loro proposta dopo che loro gli avevano voltato le spalle quando lui aveva bisogno di un posto dove stare dopo l'incendio.

Era così che era arrivato a Pine Grove. Sua cugina Mindy l'aveva accolto quando *tutti i suoi amici ricchi e le sue amiche di letto l'avevano ignorato*. La situazione era cambiata e lui era felice di vederli strisciare per tornare nelle sue grazie. Non c'era nulla che potessero fare perché Rick li riaccogliesse nella sua vita. Tuttavia, doveva ringraziarli, perché andare a Pine Grove era stata la scelta migliore della sua vita.

La limousine andò a prenderlo alle sette in punto. Si appoggiò allo schienale e guardò fuori dal finestrino. I marciapiedi erano affollati di gente che correva per tornare a casa dal lavoro o per andare a cena in qualche ristorante. Erano il cuore pulsante della città. Carico di energia, aveva il battito cardiaco leggermente accelerato. La città lo confondeva. Aveva una nuova vita adesso, ma il ritmo della città risvegliava ancora i suoi impulsi, scatenando la sua creatività. Era diventata parte di lui e lo sarebbe sempre stata. Sospirò e cercò di chiarire i suoi sentimenti mentre l'auto si faceva strada in mezzo al traffico per arrivare a Park Avenue.

Fece il numero di Dani, ma la chiamata fu reindirizzata alla segreteria telefonica. Guardando l'orologio, si rese conto che non aveva ancora finito di lavorare. Una dose della dottoressa Dani Henderson era ciò di cui aveva bisogno per rigare dritto. Lui aggrottò la fronte. Cosa avrebbe trovato mentre attraversava i cancelli dell'Inferno per tornare alla sua vecchia vita?

La macchina si fermò e un portiere aprì lo sportello. Rick si sistemò la giacca e si alzò in piedi. L'aria frizzante dell'autunno gli diede un leggero brivido. O forse era per l'imminente disastro di quella festa?

L'ascensore lo portò all'ultimo piano. Quando uscì, c'erano palloncini ovunque e decorazioni a tema sui pirati. Sulle pareti, erano appesi dei poster che lo raffiguravano, con una bottiglia di Falcon Tequila in mano. Quando vide la folla di persone eleganti nella grande sala da ballo, fece un respiro profondo prima di entrare.

Don Mayer si precipitò verso di lui per salutarlo.

"Breaker! Sono felice che tu sia qui. Vieni. Voglio presentarti alcune persone." Il responsabile del marketing mise un braccio intorno alla schiena di Rick e lo spinse verso la folla. Il suo sguardo fu attratto da dei lunghi capelli castani che ricadevano su una schiena nuda. Era curioso di scoprire come fosse la scollatura anteriore di quella donna.

"Oh, sì. Melody Parker. Dice di conoscerti," gli disse Don, fermandosi.

La donna si voltò. Due ampie bretelle che le coprivano a malapena il seno erano legate dietro al suo collo.

"Bene, ciao, Breaker. È passato molto tempo," disse lei, avvicinandosi per dargli un bacio sulla guancia.

L'aveva accarezzata almeno una dozzina di volte, eppure non riusciva a ricordare come fossero la sua pelle e i suoi baci. La sua bellezza statuaria emanava una sensualità fredda, suscitando in lui la sensazione di poterla 'guardare ma non toccare'. Non aveva alcuna passione per lei, che non gli suscitava nulla.

"Già," le rispose, annuendo prima di voltarsi per allontanarsi. Una leggera sensazione di freddo sulla guancia dove l'aveva baciato gli ricordò perché tra di loro era finita. All'improvviso, stava morendo di fame.

"Dove posso prendere qualcosa da mangiare?" chiese a Don.

"Da quella parte. C'è anche un open bar." Si fecero strada tra la folla di leccapiedi e ficcanaso, che lo salutarono al suo passaggio. Alcuni pronunciarono i loro nomi per rinfrescargli la memoria, altri fecero rapide allusioni a un precedente legame con lui. Quando necessario, lui annuiva e sorrideva.

"Solo margarita stasera. Cosa gradisce?" gli chiese il barista.

Rick ordinò un margarita alla fragola e guardò il tavolo del buffet. Lo stomaco gli brontolava. Aveva bisogno di mangiare per evitare di ubriacarsi. In quel gruppo, essere ubriaco l'avrebbe fatto litigare con qualcuno tra quelle dozzine di persone, con chiunque avesse dichiarato di essere il suo migliore amico o la sua amante più apprezzata. Non avrebbe mai potuto affrontare quello schifo a stomaco vuoto.

"Cibo," mormorò lui, appoggiando il suo drink e prendendo un piatto vuoto. Lo riempì di antipasti caldi e freddi e iniziò a mangiare. Mentre stava masticando, i grandi capi della Falcon lo circondarono.

"Breaker, ragazzo mio! Ottime foto."

"Pubblicità grandiosa!"

"Le prime previsioni d'ascolto hanno superato ogni aspettativa."

"Questa sarà la migliore campagna pubblicitaria di sempre."

Lui li guardò negli occhi, ma continuò a riempirsi la bocca di gamberi, brie fuso con pane tostato, bastoncini di zucchine fritti e formaggio. Finì la sua bevanda, mantenendo il contatto visivo con gli uomini che chiacchieravano con lui. Il tesoriere lo prese da parte.

"Ecco la copia dell'assegno che abbiamo inviato alla tua agente. Abbiamo anche fatto quella donazione in beneficenza di cui ci avevi parlato. Ecco la ricevuta." Consegnò a Rick una busta e lui la ripose nel taschino della giacca.

"Grazie. Significa molto per me."

"Prevediamo un grande successo. Ciò significa che ci sarà una fase due."

"Fase due?"

La tua agente non te l'ha detto? Se questa campagna farà vendere la tequila, lanceremo una seconda campagna in tempo per l'estate. E tu sarai di nuovo il protagonista."

"Oh. Stupendo." Rick cercò di mostrarsi entusiasta per i piani della Falcon Tequila, ma non ci riuscì.

"Sono sicuro che tu sia stanco e che voglia trascorrere una settimana o due alle Bahamas," disse il presidente. "Sembra che ci siano alcune signore qui che vorrebbero andarci con te."

Rick scrutò i loro volti e fece una smorfia dentro di sé. Non c'era nessuna donna lì con cui avrebbe voluto passare un giorno, figuriamoci due settimane. Oh, no, Dani, solo Dani l'avrebbe accompagnato ovunque fosse andato.

"Sono fidanzato, nel caso non lo sapessi," ribatté Rick.

"Davvero?" L'uomo aggrottò la fronte. "Forse potremo organizzare un matrimonio a base di tequila? Sarebbe grandioso, no? E saremmo noi a pagare tutto."

L'idea di trasformare il suo matrimonio in uno spettacolo per vendere la tequila gli fece rivoltare lo stomaco.

"Ti ho già monopolizzato per troppo tempo. Volevo solo ringraziarti per il lavoro ben fatto. Non vediamo l'ora di lavorare di nuovo con te." L'uomo gli strinse la mano e si diresse verso il bar.

"Breaker, tesoro! Dove sei stato?" gli disse una voce femminile all'orecchio.

Si girò e vide la sua ultima ragazza prima dell'incendio, Jasmine Taylor, modella e attrice.

DANI SI PRESE DUE ORE di pausa per pranzo e andò a comprare qualcosa per le cavalle. Le servivano altre coperte, nuove cavezze e alcune altre cose. Non comprò gli articoli più economici. Con i diecimila dollari di Rick, prese degli attrezzi di qualità migliore, dall'aspetto gradevole e più duraturi.

Aveva trovato alcune chiamate perse di Rick e alcuni messaggi vocali, ma erano pochi e distanti tra loro. Forse la sua nuova vita lo impegnava troppo? Lei si mordicchiò un'unghia. Sarebbe tornato a casa da lei o avrebbe ceduto al fascino e allo stile di quel mondo?

Dani pagò i suoi acquisti, prese accordi per la consegna, poi tornò alla clinica.

"Qualche emergenza mentre non c'ero?"

"No. Neanche una," disse Nancy, alzando lo sguardo dai suoi documenti.

Dani fece un mezzo sorriso e si ritirò nel suo ufficio.

"Non hai scuse per lavorare fino a tardi stasera," le disse, seguendola.

"Che differenza fa se lavoro fino a tardi o no?"

"Torna a casa presto. Chiama Rick. Hai un aspetto terribile."

"Non ho un aspetto terribile. Sto bene anche se lui non è qui."

Nancy scoppiò a ridere. "Qualsiasi cosa tu dica, non puoi negare l'evidenza. Puoi prendere in giro te stessa, ma non me. Hai bisogno di lui. Devi scoprire cosa sta succedendo e quando tornerà a casa."

"Vuoi dire *se* tornerà a casa, no?"

"Voglio dire *quando*. Intendo sempre quello che dico." Nancy aggrottò la fronte prima di voltare i tacchi.

Dani si appoggiò allo schienale e mise i piedi sul cestino della spazzatura. Ogni settimana, si poneva sempre più domande su Rick. Tre settimane erano diventate presto sei. Il vento freddo preannunciava l'arrivo dell'inverno. Le domande che gli aveva posto nei suoi messaggi avevano ricevuto solo risposte vaghe o addirittura nessuna risposta. Con il passare del tempo, tutto diventava sempre più evidente. Rick si era lasciato sedurre dalla sua nuova vita. Continuava a rimandare la data di ritorno. Prima le riprese, poi la festa di fine riprese, poi le interviste per il lancio della campagna e le partecipazioni agli eventi organizzati dai principali rivenditori.

Un altro Ringraziamento da sola incombeva su di lei, minacciandola come un mostro che cercava di divorarla. L'anno precedente, un'emergenza l'aveva salvata dalla solitudine. Il proprietario di un cavallo malato l'aveva allontanata dal suo sandwich al tacchino e dai mirtilli in scatola. Quella famiglia le fu così grata che la invitarono a mangiare con loro.

Sperare in un miracolo che migliorasse le sue vacanze non sembrava un piano sensato. Avrebbe dovuto prendere la situazione in mano. Ecco! Avrebbe fatto i suoi programmi per il Ringraziamento! Avrebbe invitato Nancy, Cal, il ragazzo del negozio di mangimi, il farmacista e sua moglie. Cinque persone. Sarebbe riuscita a gestire cinque persone da sola. Ovviamente, avrebbe apparecchiato un posto anche per Rick, ma dubitava che lui sarebbe venuto.

Quella sera alle nove, Dani si sedette a mangiare gli avanzi, bevendo un bicchiere di vino, con accanto un taccuino e una penna. Iniziò a fare la lista della spesa per la cena del Ringraziamento. Mentre si guardava in giro per la stanza, una sensazione di invidia ebbe il sopravvento su di lei. Era meraviglioso poter cucinare una magnifica cena del Ringraziamento in quella cucina. Era praticamente una cucina professionale, con tutte le apparecchiature necessarie, compreso il frigorifero e i fornelli. Immaginò di condividere con Rick una bottiglia di vino rosso in una gelida giornata di novembre mentre camminava per la cucina, sbirciando dentro le pentole e tagliuzzando qualcosa sul piano di lavoro.

Il suo telefono iniziò a squillare. Era lui.

"Sei a casa?"

"Sì."

"Come stai? Mi manchi, Dani. Mi manchi moltissimo."

"Davvero?"

"Non ci credi?"

"Sarebbe più facile crederti se ogni tanto ti avessi sentito. E se mi avessi detto quando tornerai a casa."

Silenzio.

"Non è così semplice. Ho firmato per molto di più di quello che mi ha detto Belinda. Aperture nelle città principali, interviste. Ogni tipo di stronzate. Credimi, preferirei essere a casa con te che qui a Chicago. Fa maledettamente freddo."

"Allora, torna a casa," disse lei, con gli occhi pieni di lacrime.

"Tornerò il prima possibile."

Le lacrime iniziarono a scorrerle lungo le guance. Prese un fazzoletto e si asciugò il viso. Cercando di controllare le sue emozioni, fece un respiro profondo prima di parlare.

"Mi hai sentito, Dani? Ci sei ancora?"

Quella era la domanda più importante.

"Sono qui. Sono qui."

"Già. Tu sei lì e io sono qui. C'è qualcosa di sbagliato in tutto questo. Potresti venire

qui? Prenderti una piccola vacanza?"

Lei scosse la testa. "Impossibile. C'è un cavallo malato di cui mi sto occupando. E c'è il cane di Will Lennox, il gatto di Laura. E poi le sterilizzazioni, le castrazioni, le mucche del signor Kress. È un lavoro infinito."

"Non c'è qualcuno che possa sostituirti?"

"No. L'ex veterinario è troppo malato e non ha ancora trovato un sostituto."

"Questo perché stai facendo il lavoro di due persone. Perché non ti prendi una piccola pausa?"

"Perché non lo fai tu?" gli chiese lei arrabbiata.

"Ho un contratto."

"Anch'io. Con le persone di Pine Grove, per prendermi cura dei loro animali."

"Il cavallo malato non è una delle nostre cavalle, vero?"

Sentendo la parola "nostre", il cuore le balzò in gola.

"No," gli rispose.

"Grazie a Dio. Il tuo lavoro è più importante. Credimi. Lo capisco. Ma questo non mi fa sentire meno la tua mancanza."

"È tardi."

"Ho capito. Ok. Ti amo. Dormi bene, tesoro."

"Anche tu," disse lei, interrompendo la telefonata prima di mettersi a singhiozzare.

Oliver si alzò dal letto per acciambellarsi sul pavimento accanto a lei. Dani si nascose il viso tra le mani e scoppiò a piangere. Le sue spalle iniziarono a tremare e le sue lacrime bagnarono il tavolo. Era ancora innamorata di Rick. Lui le scaldava il cuore, ma la faceva anche infuriare. E nella sua mente c'era ancora una domanda senza risposta: *sarebbe mai tornato a casa?*

IL PRIMO GIORNO DI novembre, Rick si svegliò con i postumi di una sbornia. La serata di Halloween era stata totalmente folle. La festa era iniziata in ufficio. Quelli dell'agenzia pubblicitaria avevano portato una cassa di champagne per festeggiare il lancio della nuova campagna. Rick immaginò che andasse bene.

Seduto nel suo costume da pirata, mentre lo truccavano, iniziò a sorseggiare lo champagne. Non era Moet & Chandon, ma poteva adattarsi. Il primo diventò un secondo bicchiere, poi un terzo. Quando arrivò a Times Square, stava già barcollando.

La Falcon Tequila aveva radunato duecento persone offrendo coupon e dolciumi gratis. Inoltre, avevano assunto più di cento attori per ampliare la folla. Breaker rimase sul palco con gli annunciatori. Salutò con le mani, assunse pose da pirata e si mise a ridere con le altre persone.

Più gente voleva bere, più la folla aumentava. Poco prima di mezzanotte, la festa prese una piega selvaggia. Molti giovani erano totalmente sballati e la polizia dovette intervenire. Ci fu un after-party nella suite della Falcon Tequila presso l'Hotel Americana, che dava sulla Broadway. Anche Jasmine Taylor ci andò e cercò di attirare l'attenzione di Rick.

"Resta con me, Breaker," gli sussurrò all'orecchio, mettendogli un braccio intorno alla vita.

"Meglio di no." Lui si allontanò e si diresse verso il bar. "Un ginger ale, per favore."

"Andiamo. In memoria dei vecchi tempi?"

Lui scosse la testa e bevve un grosso sorso.

"Non sei divertente."

"Adesso sono un noiosissimo uomo fidanzato."

"Non sei ancora sposato. Che cosa cambierebbe un'altra piccola follia?"

Lui scoppiò a ridere. "Non succederà mai. Prova con qualcun altro."

"Non essere scortese." Lei aggrottò la fronte e gli lanciò un'occhiata ostile.

"Non volevo esserlo. Ma devi imparare ad accettare un *no* come risposta."

"Gli uomini non mi respingono."

"Io sono un'eccezione."

"Bevi un altro drink. Magari cambierai idea."

Lui scoppiò di nuovo a ridere, poi si fece strada tra la folla alla ricerca della porta. Don Mayer lo fermò nel tragitto. Continuò a ritrovarsi con dei drink in mano e, come un idiota, li bevve tutti. Alle tre del mattino, tornò barcollando nella sua suite, si tolse il costume e si buttò sul letto.

Aveva un mal di testa colossale e, all'improvviso, qualcosa iniziò a ronzargli nell'orecchio. Aprendo leggermente un occhio, guardò il suo telefono. Dani. Rispose e borbottò un saluto.

"Rick?"

Prima che lui potesse rispondere, una voce femminile disse qualcosa.

"Spegni quel cazzo di telefono."

Rick spalancò gli occhi, si voltò e guardò la persona che era a letto accanto a lui. Jasmine Taylor, nuda, con un lenzuolo che la copriva quasi tutta, lo fissava con gli occhi iniettati di sangue.

"Chi è?" È Dani.

Rick mise la mano sulla bocca di Jasmine. Lei si dimenò, lui indietreggiò, spostò le gambe da un lato e, facendo una smorfia, si alzò in piedi. Poi andò in bagno e chiuse la porta.

"Dani!"

"Ho sentito una donna. Di chi era quella voce?"

"Devo aver lasciato il televisore acceso."

"Non mentirmi. In tv non dicono certe parolacce."

"Nei programmi via cavo sì."

"Andiamo, Rick. Se c'è una donna lì, faresti meglio a dirmelo subito, prima che lo legga sui giornali."

Lui abbassò la testa. "Non so come abbia fatto Jasmine a entrare qui."

"Questa è buona. Prova di nuovo."

"Sto dicendo la verità. Sono rimasto alla festa di Halloween fino alle tre. Mi sono ubriacato e sono crollato qui, nella mia stanza, a letto, da solo."

"Allora lei come c'è arrivata?"

"Non ne ho idea. Davvero. Credimi. Glielo chiedo e ti richiamo."

"Così avrai tutto il tempo per trovare una scusa. Non affrettarti a richiamarmi. Sono molto occupata," disse Dani, prima di mettere giù.

"Merda." Rick fissò il telefono prima di afferrare un asciugamano. Se lo mise intorno alla vita e aprì la porta. "Jasmine, che cazzo ci fai qui?"

"Non potevo tornare al mio albergo."

"Come sei entrata?"

"Il direttore dell'albergo è stato così gentile da darmi il numero della tua camera e la chiave. Sapeva tutto di noi."

"Coglione," borbottò Rick. "Devi andartene." Lui si sedette su una poltrona di fronte al letto. Jasmine spostò le coperte.

"Sei sicuro di non volere niente di tutto questo?"

Doveva ammettere a sé stesso che lei era meravigliosamente bella.

"No. Te l'ho già detto. Sono fidanzato."

Lei gli lanciò uno sguardo malvagio. "Davvero? Anche dopo quella telefonata? Sei sicuro che lei sia ancora la tua ragazza?"

Lui ebbe un sussulto. Lei aveva ragione. Dani si era incazzata e Rick non sapeva come rimediare. Lui era innocente, ma nessuno gli avrebbe creduto. Cazzo, se fosse stato al suo posto, non ci avrebbe creduto neanche lui.

"Devi andartene. Subito."

"Subito?" Lei lo guardò aggrottando la fronte.

"È proprio quello che ho detto. Subito." Cazzo, era solo un essere umano, ed era stato per troppo tempo lontano da un corpo femminile.

"Che ne dici di una scopata in nome dei vecchi tempi, Breaker?"

"Fuori. Subito!" Lui si alzò dalla sedia e raccolse i vestiti che lei si era tolta. Li lanciò sul letto. "Vestiti."

Lei si alzò lentamente, dimenando tutto ciò che poteva dimenare e lanciandogli degli sguardi ammiccanti. Sarebbe stato molto facile farsi una sveltina con lei, per calmarsi e ridurre lo stress e la tensione. Del resto, chi l'avrebbe saputo? Solo lui e Jasmine, giusto?

La sua vecchia vita lo allettava, spingendolo a condividere il cibo, a provare per una volta come fosse andare a letto con Jasmine, a bere troppo e vivere gran parte della sua vita con i postumi di una sbornia. Era stato un alcolizzato? Pensava di no, ma ci si era avvicinato molto. Per quanto riguardava le donne, erano a sua completa disposizione a tutte le ore del giorno e della notte. Non prostitute, ma modelle, giornaliste, attrici, esponenti politiche, era andato a letto con tutte.

Certo, Jasmine non avrebbe spifferato tutto ai giornali, ma Rick l'avrebbe saputo. Avrebbe saputo di aver infranto il suo impegno con Dani. Non poteva farlo, indipendentemente da quanto si sentisse tentato ed eccitato.

"Vestiti." *Prima che io cambi idea.*

"Sei diventato vecchio, Breaker. Prima eri divertente. Pronto a tutto," disse lei, poi ridacchiò. "Appunto, lo ero. Capito?

"Sì, sì. Ho capito. Sbrigati, Jasmine. Prima che la stampa venga a saperlo."

"A sapere cosa? Non è successo niente."

"Tu e io lo sappiamo, ma nessun altro ci crederà. Soprattutto non *Celebs 'R Us*."

Lei sollevò le spalle. "Non me ne frega niente. Potrebbe far bene alla mia carriera."

Lui aggrottò la fronte. "La tua carriera? Qualcosa non va?"

"Non esattamente. Solo qualche mese di rallentamento." Lei si infilò i suoi pantaloni attillati di satin nero.

"Sono sicuro che le cose miglioreranno." Lui guardò fuori dalla finestra. A volte guardare una donna vestirsi era provocante come guardarla mentre si spogliava. Ma lo sarebbe stato se fosse andato a letto con lei.

Allacciò il gilet rosso e attillato intorno al suo seno prorompente e prese la sua giacca.

"È stato bellissimo, Breaker."

"Che cosa è stato bellissimo?"

"Vederti. Trascorrere la notte insieme."

"Non l'abbiamo fatto."

"Oh, ma l'abbiamo fatto. Forse non è successo niente, ma abbiamo dormito nello stesso letto."

"Cazzo, non sapevo nemmeno che fossi lì!"

Lei sorrise. "Ti sto solo prendendo in giro, tesoro. In memoria dei vecchi tempi."

Lui fece un lieve sorriso. "Dimenticati tutto. Questo non è mai successo."

"Va bene. Come vuoi." Lei fece un gesto sprezzante con la mano. "Ci vediamo. Se cambi idea, sai dove trovarmi."

Non aveva idea di dove trovarla e gli andava bene così. Lei indossò il cappotto e gli fece un sorriso abbagliante.

"Hai un aspetto magnifico. L'intervento è stato un successo. Buona fortuna, Breaker. Teniamoci in contatto." Con quelle parole, lei uscì dalla stanza.

La testa gli pulsava. Prese il telefono e chiamò il servizio in camera, ordinando anche l'ibuprofene e un litro d'acqua. Si trascinò fino all'armadio e scelse un paio di jeans e una maglietta.

Si sentiva come se tutto fosse confuso. Si strofinò il viso ruvido. Tornare in quel mondo era una buona o una brutta idea? Cercò la risposta nella parte della sua mente che ancora funzionava quando bussarono alla porta.

Capitolo Quindici

Dani stava per esplodere dalla rabbia mentre posava il telefono sulla scrivania del suo ufficio. Rick aveva trascorso la notte con un'altra donna. Una modella, probabilmente. Quante erano le probabilità che non fosse andato a letto con lei? Probabilmente nessuna. Dopotutto erano passati mesi da quando lei e Rick avevano fatto l'amore. Non era un uomo capace di rinunciare al sesso per lunghi periodi.

Lei sospirò. Alla fine era successo. Il sottile filo che li aveva tenuti insieme si era spezzato. Il loro legame aveva lasciato il posto alla tentazione di un modella sensuale e determinata. Per Dani era la fine, basta, kaputt. Si sarebbe allontanata il più possibile da Rick Winslow, un bastardo infedele.

Con lo sguardo carico di rabbia, si diresse verso la reception.

"Nancy, dov'è il numero di quel rifugio per cavalli?"

"Dammi un minuto," disse la segretaria, consultando il suo schedario. "Che cosa è successo?"

"Niente. Ho solo finito di fare da babysitter ai cavalli di Rick Winslow. Li porterò al rifugio, poi me ne andrò da casa sua."

"Dici sul serio?"

"Puoi dirlo forte."

"Ecco il numero."

"Perfetto. Per favore, chiamali e di' loro che vogliamo trasferire i cavalli immediatamente. Oggi."

"Sei sicura che è quello che vuoi?"

"Ne sono più che sicura. Avrei dovuto farlo mesi fa. Ci sono abbastanza soldi per pagarli."

"Non riceverebbero le stesse cure che riceverebbero da te," precisò Nancy.

Dani si fermò e si mordicchiò il labbro inferiore. Nancy aveva ragione. Nessuno avrebbe potuto occuparsi di quelle cavalle come aveva fatto lei. Lei aggiungeva sempre una grossa dose di coccole al fieno e alla toelettatura.

"Staranno bene," rispose Dani.

"Forse. Ma va bene. Pensi che a loro piacerà?"

Dani abbassò lo sguardo.

"Chiamali," disse Dani, voltando i tacchi. "Chi è il prossimo?"

"Il signor Walters è qui con il suo gatto. Deve fare i vaccini."

"Va bene, allora. Andiamo. Signor Walters, per favore, da questa parte." La dottoressa lo accompagnò nell'ambulatorio.

Alla fine della giornata, Dani si lavò le mani e si unì a Nancy per una tazza di tè.

"Allora, per il trasferimento dei cavalli?"

La segretaria scosse la testa. "Sono già pieni fino a dopo il Ringraziamento."

"Dopo il Ringraziamento?" Dani stava quasi per sputare il suo tè.

"Già. Sembra che dovrai restare lì ancora per un po'."

"Cazzo," imprecò Dani a bassa voce, guardando fuori dalla finestra.

"Sembra che tu possa ancora fare quella cena di Ringraziamento che stavi organizzando."

"Cosa?"

"Già. Proprio così. Alcuni di noi ci contavano. Al negozio di mangimi, Cal ne parla da settimane."

Dani sorrise. "Davvero?"

"Sì. Anch'io non vedevo l'ora. E in quella casa," sospirò Nancy.

"È stupendo," disse Dani.

"Immagino che tu possa resistere un po', no?" Nancy soffocò un sorriso.

"Credo che dovrò per forza. Non posso lasciare i cavalli lì da soli."

"No. Non puoi farlo. Lo dirai a Rick?"

Lei scosse la testa. "Credo che l'abbia già capito."

Dani accese il cellulare. C'erano dodici messaggi di Rick. Ognuno era più disperato di quello precedente.

"Credo che non l'abbia ancora capito," disse Nancy, lanciando un'occhiata allo schermo del telefono.

"È un uomo testardo."

"Hai già ascoltato la sua versione?"

"In un certo senso."

"Mmm. Condanna senza processo. Non è molto americano."

"Immagino di no," rispose Dani.

"Devi cercare di capire com'è andata veramente. L'hai condannato senza nemmeno ascoltare la sua versione."

Dani le raccontò della sua conversazione con Rick e della voce femminile in sottofondo.

"All'inizio, mi ha mentito. Ma io l'ho scoperto. Questo non gioca molto a favore della sua credibilità."

"Cazzo, probabilmente mentirei anch'io, se mi cogliessero alla sprovvista in quel modo. Dagli una possibilità," le disse Nancy.

Gliene ho già date molte. Non tornerà a casa, Nancy. Fattene una ragione. Io l'ho fatto. Ora voglio solo smettere di badare a quelle cavalle e di vivere in casa sua."

Nancy sospirò e sollevò le spalle. "Dopo il Ringraziamento, potrai fare quello che vorrai."

"Puoi dirlo forte. E lo farò." Si allontanò con passo pesante, afferrò il cappotto e lasciò la clinica. L'indignazione le ardeva nel petto. Un milione di spiegazioni possibili le affollavano la mente. Cercando conforto, si leccò le ferite, ma non ebbe alcun sollievo. Niente la faceva sentire meglio. Se fosse stata sincera con Nancy, avrebbe ammesso di non voler lasciare la sua casa, il suo letto e il suo cuore. Quello che voleva più di ogni altra cosa era che lui tornasse a casa da lei: niente più scuse, pubblicità, apparizioni pubbliche e feste.

Ma nulla le faceva pensare che sarebbe mai accaduto. Mise il broncio come un bambino, si lasciò sopraffare dalla commiserazione e desiderò ardentemente ciò che non poteva avere.

Dopo essersi preparata un drink, si sedette davanti alla televisione. Un messaggio attirò la sua attenzione. Era Nancy.

Metti subito sul canale diciassette!

Dani le ubbidì. Vide il volto di Tiffany Cowles. Sembrava che stesse facendo un'intervista. Era con Breaker? Non poteva fregargliene di meno. Mentre stava per spegnere, una voce familiare le giunse all'orecchio. Era la voce della donna che aveva sentito nella camera d'albergo di Rick!

"Siamo davvero fortunati ad avere Jasmine Taylor qui oggi. Come stai?"

"Bene, Tiffany. Grazie per avermi invitata."

"Vogliamo sapere tutto del tuo prossimo progetto, ma prima, so che hanno scoperto che hai passato la notte nella stanza d'albergo di Breaker Winslow."

"È vero."

"Ho saputo che è fidanzato. È vero?"

"Sì, ma..."

"Oh, oh, oh. Pare che il lupo non abbia perso il vizio. Corre ancora dietro alle altre, anche se c'è una donna che lo sta aspettando?"

Se Tiffany Cowles le avesse dato una pugnalata dritta nel cuore, non le avrebbe fatto altrettanto male.

"No. Aspetta un attimo. Voglio chiarire la situazione. È vero, eravamo alla stessa festa. Ma niente di più. Io avevo bevuto un po' troppo. Ho chiesto alla receptionist dell'albergo di farmi entrare nella stanza di Breaker. Mi aveva detto il numero della sua camera. È un vecchio amico e mi ha aiutata, dandomi un posto dove superare la sbornia. Non mi sentivo molto bene. Non è successo niente tra di noi."

"Niente?" Tiffany spalancò gli occhi per lo stupore.

"Niente. È davvero innamorato di quella ragazza e l'ha tenuto nei pantaloni."

"Beh, sono sbalordita! Breaker Winslow fedele a una donna?"

"Già. C'è sempre una prima volta."

"È difficile crederti, Jasmine."

"Vorrei essere al posto di quella ragazza. È davvero fortunata."

"Puoi dirlo forte. Si dice che lui andrà in Sud America per girare un nuovo film indipendente..."

Dani spense il televisore. Il suo cellulare si mise a squillare. Era Nancy.

"Hai visto?"

"Ho visto. Sono sbalordita."

"Beh, ma pensa un po', Rick ha detto la verità!"

"Chi l'avrebbe mai detto?"

"Oh, sicuramente non tu," disse Nancy ridacchiando.

Dani si vergognò. L'aveva giudicato male? Forse.

"SARAI IL BENVENUTO a casa mia, Breaker. So che i miei parenti vorrebbero conoscerti ", gli disse Don Mayer.

"Grazie, Don. Ho altri programmi," mentì Rick.

Si sedettero nella hall dell'hotel, in attesa di una limousine che li portasse all'aeroporto. Avevano altre due città da raggiungere prima della pausa per il Ringraziamento. Jasmine Taylor gli si avvicinò.

"Tesoro, vieni a casa mia. Possiamo fare qualcosa di molto più divertente che mangiare un tacchino," gli sussurrò lei all'orecchio.

Lui scoppiò a ridere. "Grazie, ma no."

Lei fece una smorfia. Un uomo la chiamò per nome, attirando la sua attenzione. Era un autista di limousine. Jasmine lo salutò con la mano, Rick le mandò un bacio, e lei sparì in un lampo. Lui sospirò. Si sentì sollevato quando lei andò via.

"Pensavo che non se ne sarebbe mai andata," borbottò lui.

"Jasmine Taylor? Mi stai prendendo in giro? Se lei ci provasse con me, potrei persino essere infedele a mia moglie," disse Don, guardando il sedere della modella mentre si dirigeva verso la porta.

"È tutta tua."

Don scosse la testa. "Non ti capisco."

"Lo faresti se avessi una donna come la mia che ti aspetta a casa. Senza offesa per tua moglie."

"Una donna migliore di Jasmine Taylor?" Don guardò Rick.

"Puoi dirlo forte. È soggettivo. Credimi. Lei è molto meglio."

"E allora che cosa ci fai qui?"

"Rispetto il mio contratto."

Don annuì. "L'invito per il Ringraziamento è ancora valido."

"Grazie."

Due auto accostarono al marciapiede. Don e Rick vi salirono. Dopo aver raggiunto l'autostrada, Rick tirò fuori il suo telefono. Chiamò sua cugina.

"Ehi, come va? Ho visto lo spot. Sei stato bravissimo."

"Grazie. Drew è lì?"

"Solo un attimo."

Rick guardò fuori dal finestrino, osservando le immagini sfocate della città. Aveva visitato molte città, molti villaggi e molti negozi di alcolici. Si sentiva frastornato e non riusciva nemmeno a ricordare in quale stato si trovasse.

"Rick?"

"Ehi, Drew. Come procede quella pratica?"

"I documenti sono quasi pronti. Glieli consegnerò per farglieli firmare la settimana prossima."

"Eccellente. È necessario che io ci dia un'occhiata?"

"Direi di no. Credo di aver inserito tutto ciò che mi hai detto."

"Fammi contento. Rivediamo la lista ancora una volta," disse Rick.

"Sei tu il cliente. Procedi pure," rispose Drew.

I due riesaminarono la lista di Rick. Ogni punto era stato inserito. Soddisfatto che qualcosa nella sua vita stesse andando bene, ringraziò il marito di sua cugina e riagganciò.

Bloccato nel traffico dell'ora di punta, Rick appoggiò la schiena al sedile di pelle. Non riusciva a contattare Dani da dieci giorni. Non aveva ricevuto alcuna risposta alle telefonate e ai messaggi. Dentro di sé, sentiva che la stava perdendo. Aggrottando la fronte, mise una mano nel taschino della giacca e tirò fuori il foglietto del programma. Quella sera, avrebbe preso un volo per Washington, poi sarebbe andato a Boston, poi a Toronto e due giorni prima di Natale sarebbe andato a Buffalo.

"Buffalo?" Lui aggrottò la fronte. "Veramente? Natale a Buffalo." Il suo cuore ebbe sussulto. Lui scosse la testa. Non era un burattino, ma un essere umano che aveva una vita. Perché aveva una vita, no? Ne aveva avuta una, o almeno così pensava.

Gli occhi gli si riempirono di lacrime. La dottoressa Dani Henderson. Aveva sempre più bisogno di lei, ogni giorno che passava. La sua vecchia vita era tornata, avvicinandoglisi sempre di più e minacciando di travolgerlo. Lei lo avrebbe aspettato? Dato che non gli aveva risposto, sembrava che non l'avrebbe fatto. Aveva il cuore a pezzi.

Poi capì. Era sempre la stessa storia. Il lavoro da modello prendeva sempre il sopravvento, rendendo impossibile ogni relazione.

"Non questa volta," disse Rick.

"Mi scusi, signore?" disse l'autista.

"Niente. Niente.

Sto solo parlando da solo."

Perché non se ne era reso conto prima? Anche se non era andato a letto con Jasmine, aveva ripreso le vecchie abitudini. Bere troppo, andare alle feste e stare sveglio fino a tardi erano tutte le cose che faceva prima dell'incendio. L'unica cosa che mancava all'appello era il sesso.

Lui rise tra sé. Tutto questo doveva finire subito. Se poteva resistere alla mancanza di sesso, poteva fare qualsiasi cosa! Già. *Era ora di crescere e di smetterla di permettere agli altri di gestire la sua vita.* Le regole sono fatte per essere infrante. L'impegno con Dani doveva venire al primo posto.

Non aveva firmato per quel programma così intenso. Belinda aveva deciso tutto e lui si era limitato ad accettare passivamente. Che cosa importava a Belinda se lui avesse perso l'amore della sua vita? Proprio niente. Le importava solo di ricevere in tempo il suo quindici per cento.

La rabbia prese il sopravvento su di lui. Era stato uno stupido, ma ora non lo era più. Buffalo poteva anche andare all'inferno, insieme a Boston, Washington e Toronto. Lui serrò la mascella. Breaker Winslow si sarebbe fatto da parte e Rick Winslow avrebbe potuto avere una vita.

Premette il pulsante delle chiamate rapide sul suo telefono.

"Belinda?"

DANI SI SVEGLIÒ TROVANDO la brina sulle finestre della camera da letto di Rick. Erano le sei del mattino del giorno del Ringraziamento. Rimase ferma, rendendosi conto che era il suo penultimo giorno in quella meravigliosa fattoria. Il giorno dopo, avrebbe fatto le valigie. Will Lennox sarebbe venuto per portare i cavalli al rifugio. Si rifiutò di permettere alla tristezza di rovinarle quel giorno speciale. Se quello doveva essere il suo atto finale, voleva fare qualcosa di grandioso prima di tornare alla sua noiosa esistenza.

Oliver sbadigliò, poi si infilò ulteriormente sotto le coperte.

"È ora di alzarsi, Ollie. Devo mettere quel maledetto tacchino dentro al forno. Andiamo, piccolo." Dani tirò giù le coperte e mise i piedi per terra. Sbadigliando, lei si alzò, tremando mentre camminava sul legno freddo. Dopo aver preso la vestaglia, si rivolse al carlino.

"Non ho intenzione di ridarti a Rick. Non mi interessa quello che dirà. Sei stato con me per tanto tempo. Mi sono abituata alla tua presenza. Sarai il mio cane, non il suo. Andrà tutto bene. Solo tu e io. Giusto?" Lei sorrise mentre il cane abbaiava una volta, poi saltò giù dal letto e scese al piano di sotto. Dani lo raggiunse in cucina. Oliver era già sull'attenti, in attesa del suo pasto mattutino.

Dani gli diede da mangiare e preparò il caffè prima di tornare in camera da letto per vestirsi. Consultò la sua lista e il programma che lei e Nancy avevano elaborato. Mindy e Drew si sarebbero uniti a loro perché il teatro di Pine Grove, di cui Mindy era la proprietaria, avrebbe fatto uno spettacolo serale per il Ringraziamento e lei non avrebbe avuto il tempo di cucinare.

Secondo la sua lista e secondo le lancette dell'orologio, Dani aveva un'ora per rilassarsi prima di iniziare a cucinare. Mise il guinzaglio a Oliver, si mise una busta sotto il braccio e uscì in giardino. Lasciò Oliver libero mentre si avvicinavano al fienile. Gli piaceva correre e andare a salutare i cavalli ogni mattina. Il suo abbaio ricevette come risposta il nitrito di una delle cavalle. Mentre passeggiava, Dani estrasse dei fogli da una busta che Drew le aveva lasciato il giorno prima.

Il primo era una lettera di Drew, poi c'era un documento ufficiale. Lesse la lettera. Le parole *'Rifugio per Animali Henderson'* catturarono la sua attenzione. Ma che cazzo è? Continuò a leggere. Nel documento, Drew le spiegava che era stato creato un rifugio per animali senza scopo di lucro, con lei come amministratore delegato. Passando alla seconda pagina, lesse che l'organizzazione era stata finanziata con una sovvenzione di centomila dollari da parte della Falcon Tequila.

Non riusciva a respirare aveva gli occhi pieni di lacrime. *Era stato Rick!* Leggendo il resto del documento, notò gli astrusi termini legali che Drew avrebbe dovuto spiegarle al suo arrivo. Il cuore cominciò a batterle all'impazzata e le emozioni le si bloccarono in gola. Rick aveva spinto la Falcon Tequila a fare tutto questo per lei, soltanto per lei. Iniziò a immaginare tutte le cose che avrebbe potuto fare con quei soldi e a tutti i cavalli, i gatti e i cani, e forse anche alcuni maiali, che avrebbe potuto salvare!

Quando arrivò al fienile, salutò le cavalle. Non riusciva a smettere di piangere. Abbracciò la cavalla baia, condividendo con lei il suo amore e le sue emozioni. La cavalla rimase ferma per sostenere la dottoressa. Si asciugò le lacrime dalle guance e cercò di sorridere. Le sarebbero mancate le cavalle. Erano diventate amiche. Certo, il posto in cui le avrebbero ospitate sarebbe stato una buona casa per loro, ma non avrebbero ricevuto lo stesso amore che Dani aveva dato loro. E neanche quello di Rick. Anche lui si era affezionato a loro.

Bevve il suo caffè e si prese cura delle cavalle. Spostandosi dal viso una ciocca di capelli, guardò l'orologio e si rese conto che era ora di cominciare a organizzare tutto per la festa. Fece un fischio a Oliver, che si mise a trotterellarle accanto mentre tornavano verso casa.

Durante il tragitto, pensò di rifiutare la realizzazione del rifugio per gli animali. Ferita dal suo rifiuto di tornare, Dani non voleva nessun regalo da lui. Il suo viso si imbronciò all'improvviso.

Prima che la sua indignazione prendesse il sopravvento, pensò a ciò che avrebbe potuto fare con quel denaro e a quanti animali maltrattati e abbandonati avrebbe potuto salvare. Quel denaro le avrebbe permesso di comprare molto cibo e di salvare molti animali bisognosi. Non avrebbe mai potuto rinunciare a un dono così generoso. Se l'avesse considerato un dono per gli animali e non per lei, l'avrebbe accettato.

Scosse la testa. Credere che lui volesse tornare con lei era piuttosto audace, persino per lei. Dani fece una breve risata. Quello non era un regalo per chiederle di tornare insieme, ma era più una liquidazione per lavarsi la coscienza. Se fosse stato così, beh, lei l'avrebbe accettato, cercando di sfruttare al massimo ogni centesimo. Era piuttosto evidente che Rick non sarebbe tornato, indipendentemente da ciò che pensava Jasmine Taylor. Lei sospirò. Si era ripetuta mille volte che non sarebbe tornato, ma una piccola parte di lei ci sperava ancora. Ora che aveva ricevuto quella lettera, ebbe la conferma che il suo uomo sarebbe andato avanti senza di lei.

Prima che potesse dar sfogo alle sue emozioni, suonò il campanello. Era Nancy, in perfetto orario.

"Cominciamo? Dov'è la nostra lista?" le chiese Nancy, indossando un grembiule. Non ricevendo risposta, si fermò a guardare Dani. "Che cosa c'è che non va?"

Dani non riusciva a parlare, così si limito a porgere la lettera a Nancy. La sua amica la lesse rapidamente.

"Beh, accidenti! Non è grandioso? Potrai davvero fare del bene agli animali. E tutto questo grazie a Rick."

Dani annuì, non riuscendo ancora a parlare. Aveva gli occhi lucidi per le lacrime.

"Perché sei triste? Non vuoi farlo? Non è quello che hai sempre voluto?"

Dani fece un respiro profondo, obbligandosi a parlare. "È il suo regalo d'addio."

"Oh, santo cielo! Che razza di sciocchezza è quella che hai appena detto?"

"È la verità. L'ha fatto solo per farmi sentire meglio. Non tornerà a casa, Nancy. Non tornerà mai più."

"Non puoi saperlo. Non fare la scema. Quel ragazzo sta guadagnando una fortuna e tu ti aspetti che lui ti tenga per mano ogni minuto della giornata. Sii forte, amica mia."

"Che cosa intendi dire?"

"Se un uomo non può contare sul fatto che la sua donna riesca a superare i momenti difficili, che cosa gli resta? Una stupida capra che sbatte la testa contro un muro. Amica mia, devi essere più forte di così."

"Che cosa ti fa pensare che abbia intenzione di tornare?"

"Nessun uomo farebbe mai qualcosa del genere per una donna che ha intenzione di lasciare."

Dani si fermò di colpo. "Hai ragione, è strano. Ma Rick non è un tipo normale."

"È un tipo raffinato. Non buttarti giù. Devi avere fiducia, ragazza."

Dani cercò di sorridere.

"Andiamo. Dobbiamo preparare un'ottima cena per i nostri amici. Non perdiamo tempo."

Nancy si arrotolò le maniche e si lavò le mani. Dani si unì a lei.

"Qui dice di iniziare con il ripieno," disse Dani, consultando la lista.

"Prima bisogna preriscaldare il forno, tesoro."

DANI E NANCY SI SEPARARONO, andando in due stanze diverse per fare un sonnellino prima dell'arrivo degli ospiti. La giornata era cominciata col cielo grigio e non accennava a migliorare. La temperatura si aggirava intorno ai tre gradi. Oliver raggiunse Dani a letto. Lei coprì entrambi con una coperta che Nancy aveva fatto all'uncinetto per lei.

In casa c'era un profumino meraviglioso. L'aroma del tacchino arrosto riempiva ogni stanza, preannunciando una cena molto invitante. La tavola era apparecchiata, i contorni erano pronti e il formaggio e i cracker dovevano solo essere disposti su un tagliere. Lei guardò fuori dalla finestra posteriore mentre accarezzava Ollie.

Essendo troppo impegnata per concentrarsi sulla sua vita nelle ultime ore, sentiva un peso al cuore che le impediva di dormire. Sapere che Rick non avrebbe partecipato a quella cena che lei aveva organizzato in casa sua la rattristava. Avrebbe voluto che lui fosse lì più di ogni altra cosa. Ma erano già le due e mezza e lui non le aveva ancora detto niente, così aveva smesso di sperarci. E se Nancy avesse avuto ragione? Il denaro per l'associazione era un gesto d'amore o un addio? Non l'avrebbe mai saputo, a meno che non l'avesse rivisto.

Non si erano più parlati al telefono. Lei si era rifiutata di parlargli dopo aver scoperto che c'era una donna nella sua stanza. Quella era stata l'ultima goccia. Chiudendo gli occhi, si appisolò, mettendo da parte le sue preoccupazioni per un'ora. Alle tre e mezza, suonò la sveglia, si cambiò i vestiti e si diresse verso la cucina per raggiungere Nancy.

"Beh, era ora, signorina!"

"Stavo riposando."

"Ottimo. Eri esausta." Nancy le accarezzò il braccio.

"Che cosa resta da fare?" le chiese Dani, prendendo la lista.

Rifornirono il bar, sistemarono gli antipasti sul tavolino e misero lo sformato di fagioli nel forno. Alle quattro in punto, suonò il campanello. Cal fu il primo ad arrivare, insieme a una torta appena sfornata. Poi entrarono Mindy e Drew. Il farmacista e sua moglie arrivarono poco dopo.

Mentre Nancy e Dani andavano avanti e indietro dal soggiorno alla cucina, Drew si occupò del bar.

"Hai qualche domanda sul documento che ti ho mandato?" chiese a Dani.

"Non ho ancora avuto modo di leggerlo bene. È incredibile. Possiamo davvero fare qualcosa di buono."

"Rick ha preso accordi con la Falcon, nel caso non l'avessi notato."

"Me ne sono accorta," rispose lei.

Un timer suonò all'improvviso.

"Questo vuol dire che è ora di cena. A tavola, amici," disse Nancy, mentre accompagnava le persone al tavolo.

Gli ospiti presero posto. Dani indugiò ancora per un momento, con il cuore pieno di gioia. E se...? No, lui non sarebbe venuto. Era troppo tardi. Lei sospirò, fece una carezza a Oliver, che era stato tutto il giorno a sbavare accanto al forno, poi si diresse verso la sala da pranzo. Il rumore di una chiave nella serratura attirò la sua attenzione. La porta si spalancò, lasciando entrare una folata d'aria gelida, ma Dani non sentì freddo.

"Maledetto traffico! Sarei dovuto arrivare un'ora fa!" esclamò Rick, sbottonandosi il cappotto. Si fermò a fissare Dani, che aveva il viso coperto di lacrime.

"Sei qui?"

"Certo che sono qui. Dove altro dovrei essere? Voglio stare con la mia ragazza per la mia festa preferita dell'anno," disse lui, spalancando le braccia.

Dani si gettò tra le sue braccia. Lui la strinse a sé, baciandole la testa mentre lei singhiozzava sul suo petto.

"Chi cavolo ha lasciato la porta aperta? Qualcuno qui ha la coda? Il tacchino si raffredderà," disse Nancy, precipitandosi in soggiorno. Poi si fermò e spalancò la bocca. "Rick?"

"Beh, non sono certo Quasimodo." Continuò ad abbracciare Dani per farla calmare.

Dopo pochi secondi, gli altri li raggiunsero. Nancy chiuse la porta.

"Mio cugino ha appena fatto l'ingresso dell'anno," disse Mindy, scuotendo la testa.

"Grazie a Dio. Pensavo che non ce l'avresti fatta," disse Drew, avvicinandosi per stringere la mano a Rick.

"Tu sapevi che sarebbe venuto?" Mindy si rivolse a suo marito.

"Mi ha chiesto di mantenere il segreto."

Mindy diede a Drew una pacca sul braccio.

Dani fece un passo indietro e Rick appoggiò la bocca sulla sua. Quel bacio appassionato suscitò gli applausi dei presenti e fece arrossire Cal.

"Dov'è il cibo? Sto morendo di fame," disse Rick, mettendo un braccio intorno alle spalle di Dani mentre si dirigeva verso la sala da pranzo.

Nancy si precipitò in cucina per aggiungere un posto a tavola.

"Non riesco a credere che tu sia qui," disse Dani, guardandolo negli occhi.

"Sono qui per restare. Per sempre."

"E il contratto?"

"I contratti possono essere modificati, vero, Drew?"

Il marito di sua cugina annuì mentre si infilava il tovagliolo nella camicia.

"Modificati?"

"Belinda l'ha firmato al posto mio. Ma non mi ha mai consultato. Non avrei acconsentito all'epoca e di sicuro non lo faccio adesso. Con l'aiuto di Drew, siamo riusciti a modificarlo. In futuro, concederò loro due trasferte di due settimane. Niente di più. Il resto del tempo, starò qui con te. Se mi vorrai ancora," le disse.

"Sei tornato per restare?"

"Certamente. Abbiamo un rifugio da gestire. Insieme. Se per te va bene. Voglio dire, sei tu il capo. Dipende tutto da te."

"Sei sicuro che è qui che vuoi stare?"

"Non sono mai stato più sicuro in tutta la mia vita," le rispose.

"Ma cosa...?" Lui le mise un dito sulle labbra.

"Non dire niente. Avevo bisogno di tornare a quella vita per ricordarmi cosa volesse dire. Dovevo rendermene conto da solo. Non fa per me. Questa è la vita che voglio. Tu, Oliver, le cavalle... è qui che voglio stare. Voglio invecchiare insieme a te, Dani. Sposami," le disse, tirando fuori una scatolina dalla tasca.

Dani rimase quando la aprì e vide un grande anello di diamanti taglio marquise. Lei si coprì la bocca con le mani.

"Porca paletta!" esclamò Nancy, con gli occhi fuori dalle orbite.

"Stupendo, cugino," disse Mindy, sorridendo a Rick.

"Allora?"

"Sì, oh, sì. Certo che ti sposo," rispose Dani.

Si baciarono mentre i loro amici applaudivano.

"Ok. Basta romanticismo. Drew, taglia quel maledetto tacchino. Sto morendo di fame."

Oliver abbaiò.

Rick spinse indietro la sua sedia, si alzò e prese in braccio il carlino. Appoggiò il viso sulla pancia del cane, che abbaiò prima di leccarlo.

"Ci sei mancato," disse Dani, porgendogli la ciotola del ripieno.

Mindy stappò una bottiglia di vino e lo versò nei bicchieri. Il suono di un coltello e una forchetta tintinnanti fece restare tutti in silenzio.

Rick tornò al suo posto e baciò Dani un'altra volta. Gli occhi gli si riempirono di lacrime.

"È bellissimo essere qui," disse lui.

"Bentornato a casa," rispose Dani, accarezzandogli il viso.

FINE

Ecco un'anteprima del prossimo libro di questa serie, "Un miliardario tutto nuovo".

Capitolo Uno

JESS LENNOX AVEVA MOLTO tempo per leggere durante i viaggi di andata e ritorno dal carcere di Fishkill. Si sedette accanto al finestrino e aprì il suo libro. Un uomo si sedette accanto a lei. Jess sì avvicinò il libro agli occhi. Percependo il suo sguardo, si appoggiò contro il vetro.

"Va a trovare qualche parente?" le chiese, guardandola dall'alto in basso.

Lei annuì. L'ultima cosa di cui aveva bisogno era un chiacchierone, un uomo di mezza età che voleva provarci con lei.

"Mia moglie. Taccheggio. Minima sicurezza."

Jess lo ignorò e continuò a leggere.

"Mi sento solo ora che lei non c'è," proseguì l'uomo.

La rabbia le ribolliva in petto. Cazzo! Lavorava sodo e quel viaggio una volta al mese era l'unico tempo libero che potesse concedersi.

"Il suo fidanzato è in galera?" le chiese.

La sua pazienza evaporò come l'acqua che bolliva su un fornello. Jess chiuse il libro e guardò negli occhi quello zotico insensibile.

"Mia madre. È dentro per omicidio. Ha ucciso mio padre. Si dice che le tendenze omicide siano ereditarie," rispose lei, lanciandogli l'occhiata più cattiva che riuscisse a fare.

L'uomo impallidì, annuì una volta e si alzò in piedi.

"Vedo che non vuole essere disturbata," borbottò lui, andando a sedersi da un'altra parte. Jess sorrise e riaprì il suo romanzo, *Se ti amassi*. Totalmente assorbita dalla storia, le lacrime iniziarono a scorrerle sulle guance mentre si identificava con le difficoltà che i personaggi dovevano affrontare.

Jess divorava i libri d'amore che prendeva in prestito dalla biblioteca. Quei libri le permettevano di credere che le cose potessero funzionare, che la vita potesse migliorare e che la felicità potesse esistere. Quando il pullman arrivò alla fermata di Pine Grove, passò accanto a quell'uomo irritante, scese i gradini e corse verso la sua auto.

Ripose il libro nel vano portaoggetti, pronto per la sua prossima visita in carcere, e mise l'auto in moto.

Quella storia le era entrata dentro. Che cosa avrebbe fatto se avesse incontrato un uomo come Chaz Duncan? Avrebbe riconosciuto il suo buon cuore sotto la maschera del suo atteggiamento arrogante? Con una breve risata, pensò che non l'avrebbe fatto. Jess odiava gli uomini egoisti, gli uomini così innamorati di loro stessi da non riuscire a vedere nessun altro.

Aveva incontrato solo un uomo che era riuscito a scalfire la sua corazza. Chip Matthews aveva conquistato il suo cuore al liceo. Aveva conquistato anche la sua verginità. Ma questo non le importava. Lui le aveva fatto dimenticare il clima di tensione, rabbia e ostilità che regnava a casa sua. Era stato il suo rifugio.

Fermandosi nel parcheggio di Java the Hut, spense la macchina e tirò fuori una banconota da un dollaro dalla sua borsetta. All'interno, un caffè freddo da portar via la aspettava sul bancone. Marge, la cameriera, alzò lo sguardo. Jess raccolse il bicchiere di carta e passò il dito sulla formica lucente. Fece un lieve sorriso alla donna e tornò alla sua auto.

Prossima fermata, la vecchia villa sulla Route 113. Accese la radio e alzò il volume per non pensare a quanti altri viaggi avrebbe fatto verso Fishkill nei successivi trent'anni. Imboccare la strada tortuosa che circondava Cedar Lake le tirò su il morale.

Eccola lì, in tutto il suo splendore. Pur essendo diroccata, la villa a quattro piani del 1825 si ergeva in tutto il suo orgoglio. Tutte le finestre erano rotte e sul tetto c'erano degli spazi vuoti, tra cui un enorme buco che consentiva l'ingresso a molti animali selvatici.

Quando aveva solo diciotto anni, Jess aveva trovato per caso quella casa e se ne era innamorata. Minnie West, la signora anziana che la possedeva, l'aveva invitata per il tè. Jess aveva il permesso di entrare in tutte le stanze, essendosi offerta come volontaria per spazzare e spolverare. C'erano quaranta stanze nella villa, compresi i bagni.

Il terzo piano, con le sue stanze piccolissime, che potevano contenere solo un letto singolo e un piccolo cassettone, sembrava la tana di un coniglio. Jess immaginò che quelli fossero gli alloggi dei domestici. In fondo, c'era la scala più lunga che avesse mai visto. Portava direttamente dall'ultimo piano alla cucina.

Minnie le aveva raccontato la storia della casa e che, anni prima, aveva cresciuto lì suo nipote. La vecchina non si interessava molto di lui e lui non andava mai a trovarla, almeno non quando Jess era nei paraggi. Col passare del tempo, Jess si accorse che la casa stava andando sempre più in rovina. Quando chiese a Minnie come mai, la donna glielo spiegò.

"Oh, ho abbastanza denaro, ma lo spendo per salvare gli animali. Una casa è solo un oggetto. Gli animali sono vivi. Sai, molti di loro hanno bisogno d'aiuto. Faccio quello che posso. Faccio donazioni a diversi rifugi."

Pur essendo d'accordo con la nobiltà della causa, Jess dubitava della scelta di Minnie di trascurare la casa. Gli anni passarono e Jess ebbe sempre meno tempo per le visite. Badare a sé stessa e a suo fratello si era rivelato più impegnativo di un lavoro a tempo pieno. Lei e Minnie si persero di vista.

Dopo aver studiato cucina al liceo, Jess era diventata una pasticcera piuttosto brava. Si guadagnava qualcosa da vivere cucinando e vendendo i suoi dolci a ristoranti, negozi e alberghi. Sognava di acquistare a buon prezzo la casa da Minnie, per ristrutturarla e aprire un bed and breakfast.

Un giorno, mentre osservava sua sorella, Will aveva scoperto il suo segreto. Aveva promesso di non dirlo a nessuno e che si sarebbe occupato di ristrutturare la casa. Le aveva detto che una riverniciata, martelli, chiodi e tanto olio di gomito avrebbero riportato la villa al suo antico splendore. Jess aveva creduto a ogni sua parola.

Da quel giorno in poi, avevano condiviso quel segreto. Jess continuava a vendere i suoi dolci mentre, quando riusciva a procurarseli, Will faceva dei lavoretti e qualche riparazione. Lavoravano per realizzare quel sogno.

Quando Minnie diventò troppo vecchia per vivere da sola, si trasferì in una casa di riposo a diverse contee di distanza. Anno dopo anno, Jess osservava il cartello 'Vendesi' piantato nel giardino anteriore, sempre più rovinato dalle intemperie.

Di tanto in tanto, un agente immobiliare portava qualcuno a vedere la casa, ma andavano subito via. Essendo l'unica a cogliere il potenziale di quella casa fatiscente, Jess sorrideva ogni volta che un'auto si allontanava o che qualcuno scuoteva la testa storcendo il naso.

Era molto dispiaciuta per quella vecchina un po' suonata che aveva vissuto in quella villa. Aveva aspettato con pazienza che mettesse in vendita la casa a un prezzo irrisorio.

Adesso lei aveva trent'anni e Will ne aveva venticinque. Erano pronti per affrontare la ristrutturazione più impegnativa del mondo e realizzare il suo sogno. Anche dopo un'attesa così lunga, Jess non si era mai arresa. Aveva continuato a preparare i suoi dolci, a fare dei lavoretti per gli abitanti del villaggio e a occuparsi della casa per sé e suo fratello. Quando possibile, avevano messo da parte del denaro, continuando ad aspettare.

Un giorno, si avvicinò al giardino posteriore, per osservare le erbacce aggrovigliate, i rovi ispidi e i ceppi degli alberi. Jess decise che lì avrebbe piantato il suo giardino. Verdure fresche ed erbe avrebbero reso i suoi piatti migliori di tutti gli altri per chilometri.

Trovò un angolino ricoperto di erba e si sdraiò, fissando il tetto spiovente e l'ultimo piano che, molto tempo prima, aveva ospitato nelle sue stanze cuochi, maggiordomi e cameriere. Mentre strappava un po' di erbacce, fece un elenco mentale dei semi e delle piante che avrebbe comprato quando quella casa sarebbe diventata sua.

Le nuvole si schiarirono e il sole iniziò a splendere. Jess credeva negli angeli custodi. In quale altro modo lei e Will sarebbero sopravvissuti senza i loro genitori negli ultimi dodici anni?

Si guardò intorno. Qualcosa non andava. Jess si sollevò a sedere. Che cosa mancava? Il cartello "Vendesi".

DOVE ACQUISTARE IL LIBRO:

Avete già letto il primo libro della serie, "Un amore imprevedibile"?

OH OH. AMBER FIRMA una lettera a un marine con il nome di sua sorella. Come sempre, Jory Walker si ritrova a dover rimediare alle piccole bugie bianche di sua sorella. Quando inizia a ricevere le lettere del sergente scelto Trent Stevens dall'Afghanistan, Jory non ha altra scelta e deve rispondergli. È certa gli sia venuta l'acquolina in bocca guardando la foto di Amber in bikini, credendo che fosse Jory. Non essendosi mai incontrati, che male ci sarebbe a scrivergli qualche lettera? Quella situazione si rivolterà contro di lei come un boomerang e la sua felicità lascerà il posto al dolore? Quella che era iniziata come un'azione innocente, si trasforma presto in una mostruosa rete di imbrogli. Forse un amore imprevedibile è destinato a spezzarle il cuore.

Notizie sull'autrice

Jean Joachim è un'autrice di romance di successo e i suoi libri sono in cima alla classifica Amazon Top 100 fin dal 2012. Scrive romance contemporanei, tra cui gli sport romance e la romantic suspense. *Dangerous Love Lost & Found* ha vinto il primo premio International Digital Award dell'Oklahoma Romance Writers of America nel 2015. *The Renovated Heart* ha vinto il premio Miglior Romanzo dell'Anno del Love Romances Café, *Lovers & Liars* è arrivato tra i finalisti del RomCon del 2013 e *The Marriage List* ha conquistato il terzo posto nella classifica Miglior Romance Contemporaneo del Gulf Cost RWA. To Love or Not to Love si è classificato al secondo posto del Reader's Choice contest del 2014 della sezione del New England dell'associazione Romance Writers of America. È stata nominata Miglior Autore dell'Anno nel 2012 dalla sezione di New York dell'associazione Romance Writers of America. Moglie e madre di due figli, Jean vive a New York City. Solitamente, di mattina presto la si può trovare al computer a scrivere mentre beve una tazza di tè, con al suo fianco Homer, il carlino che ha salvato, e la sua scorta segreta di liquirizia nera.

Jean ha scritto e pubblicato più di 30 libri, novelle e racconti brevi. Consultate il sito: http://www.jeanjoachimbooks.com.

Iscrivetevi alla newsletter sul suo sito per partecipare alle sue vendite private di libri in formato tascabile. Iscrivetevi alla sua newsletter qui: https://www.facebook.com/pages/Jean-JoachimAuthor/221092234568929?sk=app_100265896690345